本格ミステリ戯作三昧

贋作と評論で描く本格ミステリ十五の魅力

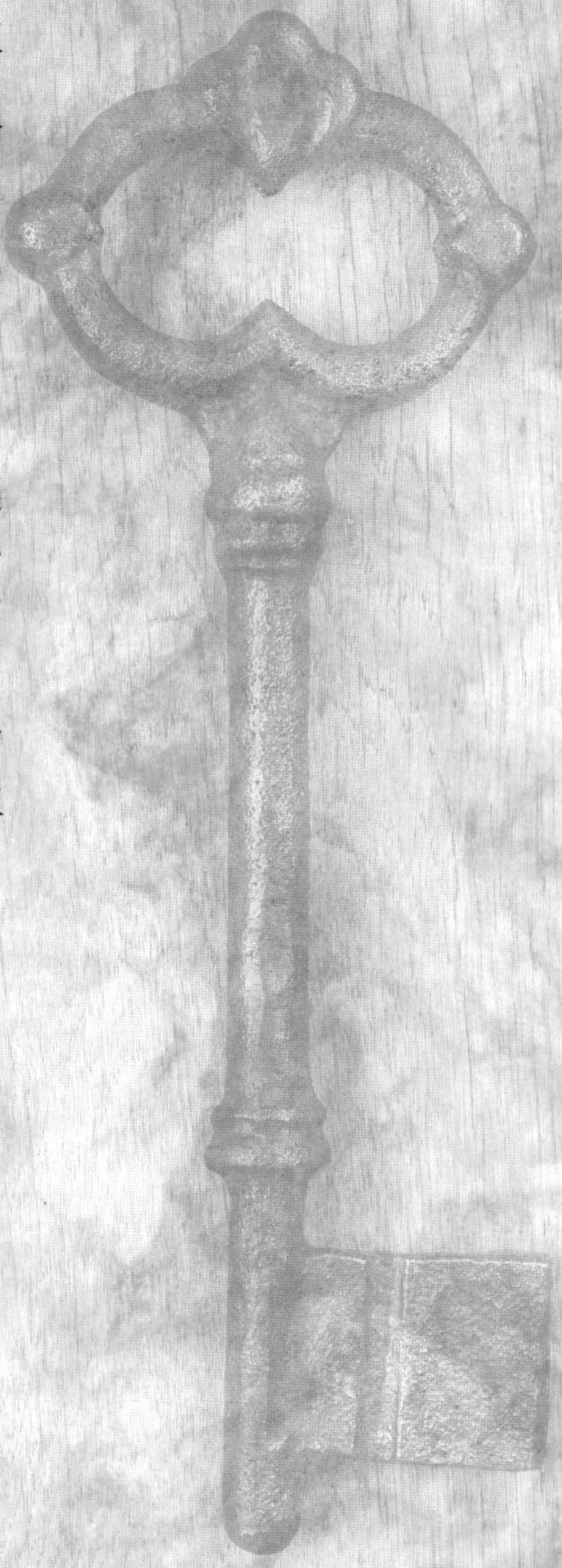

飯城勇三
Yusan IIKI

南雲堂

装幀 岡 孝治

写真 BrAt82 / Shutterstock
IgeeBOY / Shutterstock

本格ミステリ戯作三昧

贋作と評論で描く本格ミステリ十五の魅力

目次

まえがき

私の最初の評論集『エラリー・クイーン論』(論創社)は、〈意外な推理〉を切り口に、クイーン作品に挑んだものでした。次の『エラリー・クイーンの騎士たち』(論創社)は、そのクイーンを切り口に、日本のさまざまな本格ミステリ作家に挑んだもの。そして、三冊目にあたる本書では、本格ミステリのさまざまな作家やテーマに、贋作と評論の二方向から切り込んでみました。――と書くと、「贋作が半分以上を占めているのに〝評論集〟と銘打つのはおかしい」と思う読者もいるでしょうね。しかし、私自身は、本書を評論集だと考えているのです。そこで、その理由を説明しましょう。

贋作には二種類あります。一つ目は、創作的な贋作。作家が創作の際に、題材や舞台や人物を他作家の創造物から借りるものを指します。例えば、エドワード・D・ホックのホームズ贋作は、「ホックがホームズの世界を用いて書いたホックの作品」以外の何ものでもありません。同じように、芦辺拓の贋作もまた、「芦辺拓の作品」と言えるでしょう。

もう一つは、評論的な贋作。こちらは、作家や作品に対する考察を小説の形で表現したものを指します。例としては、高野史緒がドストエフスキーの『カラマーゾフの兄弟』に対する独自の解釈を贋作の形で描いた『カラマーゾフの妹』などが挙げられるでしょう。本書に収めた贋作は、いずれもこちらの〝評論的な贋作〟になります。実際、第八章の贋作「『第二の銃声』さらなる解決篇」は、初出では評論の形でした。

この〝評論的な贋作〟には、評論にはないインパクトがあります。例えば、「島田荘司が奇想理論を実践する手法」を分析した評論を読んだ人の感想は、おそらく、「そんなものかな」程度でしょう。しかし、この手法を用いて描いた贋作が、まさに島田荘司風の内容だったら、読者はどう感じるでしょうか？　間違いなく、評論を上回るインパクトを感じるはずです。

逆に、こういった〝評論的な贋作〟を書いているうちに、論が深まったり、変わったり、あるいは、新しい論を思いつくこともあります。こうやって生まれた評論は、単に読者として読んだだけでは気づかない観点からの論なので、やはり、インパクトは小さくありません。

そして、こうやって生まれた贋作と評論は、二つを並べた方が、読者の理解は深まります。言わば、評論が理論篇、贋作が実践篇に当たるわけですから。

もっとも、読者のみなさんは、本書をどう読んでもかまいません。各作品に長い解説が添えられた贋作集として読んでもいいし、贋作集と評論集の合本として読んでもいいです。作者からお願いしたいのは、次の二点だけです。

①各章の最初に、贋作や評論の中でネタバラシをしている作品名を挙げているので、未読の人は注意してください。

②どの章から読んでもかまいませんが、各章は掲載順（贋作→評論の順）に読んでください。評論には、贋作の趣向などを明かしているものが少なくありませんので。

それでは、楽しんでください——贋作と評論を両輪として本格ミステリの世界をめぐる冒険を。

贋作でしか読み解けない真実がある

――『本格ミステリ戯作三昧』に寄せて

芦辺　拓

本書を手にしたあなたは、きっととまどっておられることでしょう。

『本格ミステリ戯作三昧』？　著者の飯城勇三氏は『エラリー・クイーン論』（論創社）で第十一回本格ミステリ大賞の評論・研究部門を受賞し、そこから発展した『エラリー・クイーンの騎士たち――横溝正史から新本格作家まで』を著したほか、フランシス・M・ネヴィンズの大著『エラリー・クイーン　推理の芸術』をはじめ、数々の訳書・編著がある――ということは、すでにご存じかもしれません。

そして氏が本名ではエラリー・クイーン・ファンクラブの会長であり、〝いいき・ゆうさん〟と読む風変わりなペンネームは、彼のもう一つの名義であり、ミステリ・ファンダムではむしろこちらの方が通りのいい「EQⅢ《イーキューサン》」の読みかえであることをご承知の方も、おられることでしょう。

となればこれが、一筋縄では行かない評論書であり、おそらく読者の目を洗うような知見がドッサリともたらされることも大いに期待されるわけですが、だとしても本書の目次は相当な混乱を生むにちがいありません。

各章ごとに著名なミステリ作家がとりあげられているのはともかくとして、それが《贋作篇》と《評論篇》に分かれているのはどういうことか。贋作というのは小説らしいが、それらと評論が半々にサンドイッチされているというような本は聞いたことがない。いくら今の世知辛い出版状況下に果敢な戦いを挑んでいる南雲堂さんとはいえ、これは少々やりすぎなのではなかろうか……。

さよう、やりすぎです。しかし、およそ本格ミステリの楽しみ、とりわけその遊び心を知るあなたならば、おそらく、いや、きっと……。

そもそも「贋作」とは何でしょう。

絵画や陶芸の世界では贋作《アート・フォージャリー》をめぐる騒動は絶えず、文学においてもシェークスピアやコナン・ドイルの幻の作品と呼ばれていたものが、赤の他人によるでっちあげだと判明したこともあります。

贋作とは本来、著名な作者の手になるものであるかように偽って（あまり無名な作者を騙るのは聞いたことがありません）、すでに存在する作品をそっくり模倣したり、たぶんこんなものも描（書）いたのではないかと、ぬけぬけと新たな作品を創ってしまったりすること。むろん、贋作者は黒子に徹して顔も名も出すことはありません。

これに対し、贋作者が堂々と名を出し、まるで料理の腕を競い合うように、いかにもそれらしくオリジナルそっくりな、それでいてオリジナルでは果たされることのなかった趣向や、他作品とのクロスオーバーを試みたりする場合があります。

これはむしろパロディであり、近年隆盛をきわめる二次創作やファンアートにも通じるものがありますし、しばしばパスティーシュと呼ばれます、

そして、この贋作《パスティーシュ》が最も盛んなのが、探偵小説とりわけ「本格」と呼ばれるジャンルなのです。

わが国におけるそのルーツは定かではありませんが、すでに「新青年」一九二六年七月号に久山秀子が書いた「代表作家選集?」に風変わりな趣向が見られます。シリーズ・ヒロインの女スリ「隼お秀」が子分とともにすり取ったのは著名作家の原稿で、隅田川散歩「闇に迷《まごつ》く」、鎗先《やりさき》潤一郎「桜湯の事件」、興《きょう》が侍《さぶら》ふ「画伯のポンプ」、お先へ捕縛「人工幽霊」の内容が面白おかしく紹介されるというもの。

これらが江戸川乱歩「闇に蠢く」（内容的には、むしろ「人間椅子」ですが）、谷崎潤一郎「柳湯の事件」、甲賀三郎「琥珀のパイプ」、小酒井不木「人工心臓」のパロディであることは言うまでもなく、ここでネタにされた乱歩自身、自作「陰獣」に自分自身のグロテスクなパロディのような作家を登場させ、題名のみではありますが、「一銭銅貨」「屋根裏の遊戯」「一枚の切手」「B坂の殺人」「パノラマ国」などの作品を書いたことにさせ、返す刀で久山秀子ならぬ平山日出子なる女流探偵作家が実は男性であり、しかも「れっきとした政府のお役人」のなりすましであることを暴露してしまっています。

探偵小説は、元来機智と遊び心の文学ですし、自己言及や批評も盛んですから、キャラクターのみならず個々の作家性すらも、容赦なく俎上に載せてしまうところがあります。昨日は斬新だったトリックやプロットが、今日はたちまち陳腐でお決まりになってしまう関係上、権威を保ち続けることが難しいということもあるのでしょう。

さて、贋作という言葉がはっきりとパスティーシュの意味で使われ、作家のセンスや腕前の競いどころであることが示されたのは、戦後の探偵小説誌「宝石」一九五三年十二月号「贋作集」でしょうか。

ニコラス・メイヤーの『シャーロック・ホームズ氏の素敵な冒険』に先駆けること二十一年、かの名探偵に虚実を股にかけた出会いをさせた「黄色い下宿人」が「贋作コナン・ドイル」の副題付きで掲載され（一説には、この短編の出来があまりよかったので、急遽他の作家にも依頼して特集を組んだそうですが）、ほかに高木彬光が「贋作ヴァン・ダイン　クレタ島の花嫁」、大坪砂男が「贋作師父ブラウン物語　胡蝶の行方」、島田一男が「贋作M・ルブラン　ルパン就縛」、城昌幸がこれは詩ですが「贋作エドガア・アラン・ポオ　ユラリウム」を寄稿しています。

さらに、ハヤカワ・ポケットミステリで訳されたフランスのトーマ・ナルスジャックの短編集に『贋作展覧会』があり、これはピエール・ボアローとのコンビによるサスペンス・スリラーで一世を風靡した彼が、単独で書きためてきたパスティーシュを再編集したものです。

もともとは『わが深夜の告白《コンフィダンス・ダン・マ・ニュイ》』など三冊の贋作集に収録されてきたものを主に全二十一編。あいにく邦訳の際に大半がカットされてしまったのですが、この原題が”Usurpation d'identité”――〃なりすまし〃というのです。

贋作とは、単に作品をまねるのではなく、その作者になりすましてしまうもの――ナルスジャックは、この連作でモーリス・ルブランになりすまして「ルパンの発狂」を書き、ヴァン・ダインになりすまして「雄牛殺人事件」、エラリー・クイーンになりすまして「赤い風船の秘密」を、レックス・スタウトになりすまして「赤い蘭」を、ジョルジュ・シムノンになりすまして「メグレほとんど最後の事件」――などなどを書いたということになります。

未訳のパスティーシュの中には、何とナルスジャック、つまり自分自身を対象としたものもあり、どうやらここには彼独自のクールな視点が秘められていそうではありませんか。

彼がすぐれた評論家であり、邦訳されたミステリ論が二冊もあることを考え合わせると、答えはおのずと明らかでしょう――それらしい作品を模造するだけでなく、作者の内面にまで入りこんで、その発想や息遣いまで取りこんでしまう贋作は、それ自体が評論でありうるのだと。

その後、贋作ミステリはいよいよ盛んで、たとえば西村京太郎氏の『名探偵なんか怖くない』（一九七一）に始まる四長編は、内外の名探偵を同一空間に集合させる趣向で、そのうちのメグレ警部の生国フランスで先に評価され、第一作が"Les grands détectives n'ont pas froid aux yeux"として仏訳されたほどです。

またアメリカのジョン・L・ブリーンがEQMM誌に十五年にわたり寄稿した作品をコレクトした『巨匠を笑え』は、原著の副題がparodies of mystery fictionとある通り、各作家の文体や展開の手癖、気取りや不自然さまでおちょくったパロディ色の強いものでした。そのためか、アメリカはフランスほど寛容でないのか、キャラクター名は全て変えてありましたが……。ホームズの贋作やパロディに至っては、個々の作品どころかそれらをまとめたアンソロジーが数えきれないぐらいです。

そして、かく言う私もこうした趣向に遊ぶのがやたらと好きで、ひたすらさまざまな名探偵たちの住む世界をつなぎ合わせ、一つの探偵小説共和国を形成する作業に熱中しているわけなのですが……まぁとにかく、ことほどさように ミステリというものは贋作という不思議な営為と縁が深いということをわかっていただきたくて、ここまで長々と述べてきた次第なのです。

では、なぜそんな必要があったかといえば、それは……本書に収められた一連の作品が、右に掲げたそれらとさらに一線を画するということを示すために！

——私が飯城勇三氏の贋作に最初に接したのは、本書巻頭の「翼上の小鬼」でした。

当時、ミステリ界では突如抬頭した「新本格」の書き手たちに対しては懐疑的な見方が強く、その作風を揶揄するパロディもいくつか書かれていました。

著名なミステリ同人誌に掲載されたこの作品も、そんな一つかと思われました。しかし大いに予想を裏切られたことに、私はEQⅢ氏なる未知の人物が描き出す奇想天外な事件とその真相に笑い転げ、と同時にすっかり感心させられたのです。そこには相当に辛辣な批評があり、ツッコミがあり、当の新本格作家たちの強みとともに弱みまでも浮き彫りにされていました。

ムチャぶりな事件状況と、それ以上にムチャクチャな解決、それを成り立たせるためのムチャラクチャラとしか言いようのない偶然の多用——これはいくら何でもと考えつつ読み終えたのですが、後日とんでもないことに気づかされました。

「新本格」を代表するような作品は——と考えたとき、ほかのどんな本職作家たちの作品にも増して、この短編が思い出されてしまうのです。これは実に困ったことであるとともに、大きな驚きでした。だってそうでしょう、明らかなパロディが正統派に見え、パスティーシュとして書かれたものが代表作に思えてしまったのですから。

真作とヒョイッと入れかわってしまいそうな贋作と、その書き手——こうして、私はEQⅢ氏を強く印象づけられ、飯城勇三の名で始まった活動にも、注目することにもなったのでした。ことにエラリー・クイーン（作家としても作中探偵としても）については、ミステリ界に語る人も論じる人も数多い中で、突出した鋭さと深さ、論理に徹して理論に淫さない潔さに瞠目させられました。

今は、それが何に由来するかわかります——ここに収められた贋作の一点ごとに演じられたなりすまし《ユズユルパシオン・ダイデンテイテ》という方法論のおかげなのだと。

そして、今回「翼上の小鬼」のすぐあとに収録された評論「奇想、犯人を動かす」を併せ読んでみて、この贋作の不気味なまでの真作性（おかしな言葉ですが）の秘密に気づかされました。

これが通常のパスティーシュないしパロディならば、作品にふくまれた作者（以下、真作者と呼びます）の癖や弱点、不自然さは、贋作者によって皮肉に、あるいは微笑ましく取り上げられることでしょう。探偵が常におかしな偶然に助けられたり、不可能を可能にするために、ナンセンスといっていい状況がお目こぼしされていたり——そういった事柄が、ことさら取り上げられていたことでしょう。

しかし飯城氏の贋作はいささか違うのです。真作者の内面に入りこみ、その創作の特徴を欠点までふくめて、そのまま自分に取り入れ、弱点は弱点、不自然は不自然のまま描き出してしまうのです。誰やらのごとく（あ、私だ）、安易に他作家の作品とクロスオーバーすることもありません。

一つひとつ取り上げていてはキリがありませんから、同じく同人誌で読んだ『甲冑殺人事件』を見てみましょう。これは、高木彬光氏の名探偵・神津恭介の登場長編として、題名のみ伝えられてきたもので、かねて私も贋作愛好家として興味を魅かれていました。

そこで、お手並み拝見と読んでみて一驚したのは、この贋作があまりにも書かれざる真作にそっくりだったことでした。

神津恭介というのは日本三大名探偵に挙げられながら、実は不運なところのある存在です。というのは『刺青殺人事件』『人形はなぜ殺される』という代表長編を持ち、「妖婦の宿」「影なき女」など短編にも恵まれながら、娯楽雑誌を発表の舞台として無視できなかったこと、さぁこれからというときに社会派推理の抬頭に遭遇して、生みの親である高木氏の力作が非神津ものに移りがちだったために、印象の希釈されたところがあるのです。

それだけに、真っ向勝負な本格となったろう『甲冑殺人事件』がもし書かれていたら、神津の運命も変わっていたのではと惜しまれるのですが、飯城氏の贋作は舞台設定からケレン味のある道具立て、さらにトリックなど、いかにも昭和二、三十年代の探偵小説らしく、神津恭介のふるまいもいかにも名探偵らしく水際立ったものでした。

しかも、そこに贋作者だからこそ書ける、真作者があえて書かずにすませたかもしれないドラマが加えられていました。そして今回、そのあとに二段階にわたってはさまれた評論を読んで、私は飯城氏の読みに空恐ろしいものすら感じずにはいられなかったのです（このあたり、ちょっと神津もの調ですね）。

内に悪を秘めた探偵と、秘めていない探偵の差異。彼らは、それぞれ悪にどう対するか――というのは、ミステリマニアのひそやかな話題でしたが、この贋作と評論のダグウッド・サンドイッチには、そのあたりが容赦ないまでに暴き出されています。ここで描かれるもう一人のキャラクターについては重大なネタバレをふくむため、今ここで書くことは避けますが、元の作品を読んでいるときの疑問が、まさかこのような形で解消されるとは思ってもみませんでした。

飯城氏は評論を書くように贋作を書き、贋作を書く目でもって評論を書きます。この二つは常に不可分であり、だからこそ、この本の一見奇妙な構成がある——ということにご納得いただけたでしょうか。

もしそうなら、ただちにこのギッシリと詰められた物語の重箱を賞味することにとりかかってください。そしたら読者《あなた》は気づくことでしょう——贋作でしか読み解くことのできない真実があることに、その底知れない魅力に。

〝飯城勇三〟の生みの親である〈ＳＲの会〉に本書を捧げる――

【注釈】贋作の元となった作品や、評論の対象となった作品には、今日の観点からみて差別的と思われる表現が出てくる場合がありますが、発表当時の時代的背景を考慮し、あえて原典のまま贋作や評論で使わせてもらいました。

第一部

作家と作品をめぐる贋作と評論

第一章は島田荘司の〈奇想理論〉をめぐる贋作と評論
第二章は綾辻行人の『十角館の殺人』をめぐる贋作と評論
第三章は天城一の「夢の中の犯罪」をめぐる贋作と評論
第四章は高木彬光の神津恭介をめぐる贋作と評論
第五章はG・K・チェスタトンの「見えない男」をめぐる贋作と評論
第六章はウィリアム・アイリッシュの本格ミステリ性をめぐる贋作と評論
第七章はジョン・ディクスン・カーの密室をめぐる贋作と評論

第一章 島田荘司

【注意】以下の作品の真相に言及しています。
《評論篇》島田荘司『占星術殺人事件』
『斜め屋敷の犯罪』
『北の夕鶴2／3の殺人』
『魔神の遊戯』
『ネジ式ザゼツキー』

《贋作篇》翼上の小鬼

プロローグ

札幌を飛び立って一時間。翼の先端でライトが点滅し、エンジンカバーから凄まじい光が吹き出ていた。ここは、と考える。高度二万フィートの上空で、うなりをあげる危険な箱に閉じ込められて、星のきらめく夜の闇のなかを飛んでいる――。

突発的に胃に激しい痛みがはしったが、機外から目をそらせない。翼の上でなにかが這いまわっていたからだ。

次の瞬間、稲妻がはしり、翼を昼のように明るくすると、男の心臓は猛烈な勢いで鼓動した。まるで、凍りついたように座っている男の胸を破って、飛び出そうとするかのように。

それは人間だった。――いや、銀色の体をした人間がいるだろうか？　確かに二本の腕と二本の足がついている。だが、あの頭部は何だ。髪の毛が一本もなく、巨大な目がたった一つ。おまけに口は昆虫のようにとがり、触手のようなものが震えている。そして背中から出ているのは、折りたたんだ翼じゃないのか？

男は立ち上がって叫ぶ。「スチュワーデス！　スチュワーデス！」

通路をスチュワーデスが小走りにやってくる。男の表情を見るなり、ぎょっとして立ちすくむ。

「外に何かがいるんだ！　悪魔が！」男は叫んだ。

「なんですって？」スチュワーデスは目の周囲と頰をひきつらせた。

「あれだ、あれを見てくれ！」男は窓の外を指さす。「這いつくばっているだろう。翼の上で……」

喉《のど》がつまったような音とともに口ごもる。翼の上には何もいなかったのだ。

男はふるえながら座っていた。

1

御手洗潔《みたらいきよし》と暮らしていると、奇妙な依頼人というやつが、もはや生活の一部となってしまっていることに気づく。鳥人間が実在すると信じている男。狐《きつね》つきに悩まされている男。

しかし今回の「フライト中の飛行機の翼上に悪魔がいるのを見た」という依頼人については、私でも簡単に推理できる。こういう話を以前、映画で見たことがあるからだ。酒でも飲んでいたので、映画を思い出して、幻覚を見たのだろう。

ところが、御手洗は真剣な表情で話を聞いているから不思議である。せわしなく手をこすり合わせながら、体を揺すっている。

「いやあ、面白いですねえ。で、その悪魔の皮膚は何色でしたか？」

「銀色だったんです」

と綾野青年が答えると、御手洗はますます楽しそうに身を乗り出す。

「目はどうでした？　普通じゃなかったでしょう？　それに、背中から翼が生えていませんでしたか？」

「ええ、どうして知ってるのですか？　確かに一つ目で、翼みたいなものが生えていましたが」

「うんうん、そうでなくては」

「それだけではないのです。どうしても気になるので、翌日、羽田空港で到着後の点検をする整備士をつかまえて、いろいろ尋ねたのですが……」

「悪魔の爪痕《つめあと》でも、ありましたか？」

「そうです。整備士が言うには、もともとフライトのたびに翼は傷つくものだが、今回は、僕が悪魔を見た側の翼の方が、もう一方の側より、ずっと傷が多かった、と。しかも、その傷は一ヵ所に集中しているのです」

「あなたが悪魔を見たあたりでしょう」

「ええ、そうなのです」

するとは御手洗は異常なほど喜び、右の拳《こぶし》を左の手のひらで包み、バーテンがシェイカーを振る時のように振った。

「なるほど、なるほどねえ！」

2

私たちに話してすっきりした綾野が名刺を置いて帰っていったので、私は御手洗に文句をつけようとした。すると御手洗はうるさそうに手を振って、

「おっと石岡君、君の言いたいこともわかるが、先に頼まれてくれないか。二日前の新聞が読みたいんだ。ほら、クルーザーの殺人事件が載っていたやつさ」

〈クルーザー殺人事件〉というのは、クルーザーで釣りやダイビングを楽しんでいた法辻《のりつじ》という男が、酸素ボンベで殴り殺された事件のことである。クルーザーには被害者の他には恋人しか乗っていなかったが、体力的にみて、彼女には犯行は不可能だったので、洋上の密室殺人として大きく扱われていた。

しかし、この事件と依頼人の話には、どういう関係があるのだろう。クルーザー殺人事件も依頼人の目撃も、ともに三日前の夜だということ以外、私には何の共通点も見いだせなかった。

新聞を読み終えた御手洗は、ますます上機嫌になり、鉄骨なんとかという飲料のＣＭを歌いながら、電話機の方へ向かった。

「ああ、石岡君。牛越《うしこし》刑事と話すには、どこにかければいいんだっけ？」

「牛越？　あの人は札幌署だろう？　クルーザー殺人事件は管轄外じゃないのか？」

「いいの、いいの」

だいぶもたついたが、どうにか牛越刑事をつかまえることができたようだ。

「やーあ、牛越さん、久しぶり。警部に昇進したそうで、おめでとうございます」

電話の向こうで牛越刑事がブツブツ言う声が聞えてくるが、御手洗はかまわず、

「ええ、あなたが捜査中の殺人事件を解決してあげようと思いまして。あれ、変だな。札幌かその近くで、三日前に殺人事件があったでしょう？　ふんふん。ああ、その事件ですよ。犯人を教えてあげますから、こちらに来てください。旅費？　捜査費から出せるでしょう。どうせアリバイ調査のため、上京する予定じゃなかったのですか？」

電話を切った御手洗は、にこにこしながら私に向かって話しかけた。

「さあ石岡君。牛越刑事がこちらに着くまで半日近くあるから、その間にクルーザー殺人事件の方の担当刑事と連絡をとろう。綾野君も呼んでおいてくれ。全員そろったら、謎解きといこうじゃないか」

3

はるばる札幌から来た牛越刑事、クルーザー殺人事件担当の中村刑事、依頼人の綾野青年、それに私を前にして、御手洗はこの複雑怪奇な事件の謎解きをはじめた。

「まず、こちらの綾野君が目撃した悪魔について説明しましょう」

そう言って、御手洗は綾野の目撃談を手短かに語った。牛越刑事と中村刑事は狂人でも見るような目つきで御手洗を眺めている。

「さて、この悪魔の正体は何でしょう？　銀色の皮膚、一つ眼、背中の翼——そう、一つしか考えられません。スキューバ・ダイビングの格好をした人間です！　銀色の皮膚はウエット・スーツ、一つ

眼は水中眼鏡、翼はエアー・タンクとホースだったのです」

「ああっ、そうか！」

綾野が叫んだ。

「そう言われると、そうかもしれない。雷光《らいこう》で照らされた一瞬の光景でしたし、飛行機の翼の上にスキューバ・ダイビングの格好をした人がいるなんて、思いもしませんでしたから……」

「これで、翼についた悪魔の爪痕の説明もつきます。この人物が翼の上に自分の体を固定するために使った、金具か何かの痕だったのですよ。――あるいは、綾野君に姿を見られて、あわてて位置を変えた時についた痕かもしれませんが」

「いったい何の話をしているんだ、君は」

中村刑事が口をはさむ。

「どこのだれかは知らんが、何でスキューバ・ダイビングの格好をして、飛んでいる飛行機の翼にしがみつかなきゃならんのかね」

「ジャンパーにGパンでは死んでしまうからですよ」

御手洗は涼しい顔で答える。

「五千キロ上空は寒いし、空気も薄いですからね」

「なるほど！」

こんどは牛越刑事が几帳面な調子で言った。「では次に、そんなバカなことをする理由を教えてくれますかな」

「アリバイ作りのために、決まっているではありませんか」

「アリバイ作り?」

「飛行機というのは、列車より早く移動できますが、同時に、搭乗した事がすぐばれてしまうという欠点も持っています。飛行機は利用したいが、乗ったことは知られたくない——となれば、飛行機の外にしがみつくしかないでしょう?」

「それで私のところへ電話したわけか」

牛越刑事がようやく納得したようにうなずく。

「綾野君が乗っていた飛行機は札幌から東京に向かう便でしたね。ということは、犯人は札幌の近くで犯罪を犯し、東京にいたというアリバイを作ろうとしたか、その逆のどちらかということになります。で、まず札幌の牛越さんに電話してみたら、やっぱり、この条件に当てはまる事件がありました」

「歌月《うたづき》という男が、妻を札幌で殺したと疑われているのですが」

と牛越が後を続けた。

「犯行の数時間後には東京にいたというアリバイがあったのです。時間的に考えて、列車や車で東京に戻るのは不可能で、飛行機しかないのですよ。ところが、都合のよい便をいくら調べても、歌月らしい男は見つからんのです。彼は二メートル近い長身で、目立つはずなのですが……」

「その便というのが、綾野君が乗っていた便だったというわけさ」

「なあるほどーっ!」

私はすっかり感心して叫んでしまった。

「ちょっと待って！」

中村刑事が言う。

「それで綾野君や牛越刑事は納得したかもしれんが、私の方はどうなるのです？　私の担当のクルーザー殺人事件は——まさかこちらの犯人も、その歌月だと言うのじゃないでしょうな」

「そうですよ。犯人は歌月です」

御手洗は澄まして答える。

「歌月は翼にしがみついて飛んでいる間、エアー・タンク、つまり酸素ボンベを使用していました。さて、空になったそのボンベを、彼はどうしたでしょうか？　そう、捨てたのです。海上に。そしてそれが、奇跡的とも言える偶然で、クルーザーに乗っていた法辻の頭を直撃したのです！」

「すると、犯行現場にあった凶器のボンベは、法辻のものじゃなくて、歌月がアリバイ工作に使ったものだったのか……」

「この世は神の皮肉に充《み》ち充ているのです。歌月の捨てたボンベが海中に沈んでいたら、僕もアリバイ・トリックを見抜く事はできなかったかもしれません。僕にとっては、あのボンベが、空から降ってきた天の啓示だったわけですよ」

《評論篇》奇想、犯人を動かす

島田荘司は、『本格ミステリー宣言II』(一九九五)の『眩暈』が内包していたもの」の章で、こう述べている。

「眩暈」の執筆時期は、もう多くの論者が論じてくれている通り、「本格ミステリー宣言」で提案した創作上の主張を、自作によって実践《じっせん》しようとする時期に当たっている。即ち、作品の前段階に「詩美性のある」、それとも「幻想性のある謎」を現出させ、後段に至るにつれてこれを「精緻な論理的推理」によって解体していく。この「謎」と「論理」のバランスが、本格ミステリーを最大に輝かせる第一条件である、という主張を筆者は「眩暈」で最も贅肉《ぜいにく》を取ったかたちで実行しようとしている。

引用文にあるように、島田荘司のこの理論は――〈島田理論〉とか〈奇想理論〉とか呼ばれているが――実作と並行して発表されている。実践編の方は、『奇想、天を動かす』(一九八九)で幕を開け、『暗闇坂の人喰いの木』(一九九〇)、『水晶のピラミッド』(一九九一)、『眩暈』(一九九二)、『アトポス』（一九九三）と続いた。

もちろん、私はどれも楽しく読ませてもらったし、どれも優れた作品であることは否定しない。ただし、この理論の中にある「本格ミステリーを最大に輝かせる第一条件」という主張に関しては、私は百パーセント同意しているわけではない。

本稿では、その点について語らせてもらうことにする。

一、犯人は奇想を好まない

〈奇想理論〉において、前段階で必須になっている「詩美性・幻想性のある謎」の提示。これを、江戸川乱歩が探偵小説の条件とした「冒頭の怪奇性」と比べると、大きく異なっていることがわかると思う。「幻想性」と「怪奇性」の違いではない。「謎」が付くか付かないかの違いが大きいのだ。

例えば、島田荘司のデビュー作『占星術殺人事件』（一九八一）を見てみよう。

本作の冒頭で提示される梅沢平吉の手記で描かれる「六人の人体を切断して組み合わせたアゾート」というのは、まぎれもなく〝幻想的〟である。――が、〝謎〟として提示されているわけではない。昭和十一年に起こった「占星術殺人」が謎に満ちているのは、犯人の最有力候補といえる梅沢が事件の前に死んでいる上に、他の関係者には完璧なアリバイがあったからである。ゆえに、本作の冒頭で提示される謎は、「手記を利用して連続殺人を行った者は誰か？」であって、アゾートをめぐるものではない。つまり、江戸川乱歩の言う「冒頭の幻想性」という条件は満たしているが、島田荘司の言う「冒頭で提示される幻想性のある謎」という条件は満たしていないのだ。

例えば、『斜め屋敷の犯罪』（一九八二）を見てみよう。

本作の冒頭に登場する「斜め屋敷」は、まぎれもなく〝幻想的〟である。――が、〝謎〟として提示されているわけではない。冒頭で、この屋敷を建てた人物は「要するに自分のこのおかしな屋敷に招いた客が、そんなふうに戸惑うのを見て楽しむというような稚気《ちき》を持つ奇人だった」という説明がされているからである。つまり、「冒頭の幻想性」という条件は満たしているが、「冒頭で提示される幻想性のある謎」という条件は満たしていないのだ。

なぜ、どちらの作品も、幻想性は〝謎〟として提示されていないのだろうか？　答えは簡単。「犯人が〝謎〟を提示したくないから」である。

『占星術殺人事件』の犯人は、バラバラ死体を利用したトリックを弄《ろう》した。しかし、警察が「なぜ死体をバラバラにしたのか？」と疑問を持ち、その理由を追求すると、トリックが見破られる危険性が高くなる。そこで、「死体をバラバラにしたのはアゾートを作るため」という（偽りの）理由を提示したわけである。つまり、本作における幻想性は、謎を提示するためではなく、謎を解消するためにあるのだ。

『斜め屋敷の犯罪』の犯人もまた、警察に「なぜ斜め屋敷を建てたのか」という疑念を持たれることは都合が悪い。そこで、奇人を装い、こんな屋敷を建てた（偽りの）理由を提示したわけである。

同様に、他の本格ミステリの犯人も、〝幻想的な謎〟を作り出そうとはしていない。犯人がトリックを弄して密室状態を作りあげるのは、密室殺人の謎を生み出したいからではない。（例えば）自殺に見せかけようとしたからである。密室の中で人が死んでいても、自殺ならば、そこには〝謎〟は存在しないので、警察が追求することはない。――犯人が望んでいるのは、まさにこの状況に他ならない。言い換えると、犯人は〝謎〟が生じないようにするために、密室トリックを用いたのだ。

アリバイものも同じである。犯人がアリバイ・トリックを弄するのは、警察に「この人物はアリバイがあるので犯人ではないな」と考えてほしいからに過ぎない。決して、「この人物はどうやって犯行時刻に百キロも離れていた場所にいたのか？」という謎を提示したいわけではないのだ。

二、作者は奇想を好む

ところが、実際の本格ミステリでは、不可能状況が〝謎〟として最初から提示されている場合が少なくない。なぜ、犯人が望まぬ〝謎〟が、事件に存在するのだろうか？　それは、犯人の計画にミスがあったか、アクシデントによって、犯人が望まぬ状況が生まれたからである。例えば、〝犯人は自殺に見せかけようとして密室トリックを用いたのに、周囲の知人が、「被害者がかわいがっている蛇《へび》を巻き込んで自殺するはずがない」と騒ぎ出して、密室の謎が生まれてしまう〟といった具合に。

私の知る限りでは、島田作品で初めてこの手法をメインで用いたのは、『北の夕鶴2／3の殺人』（一九八五）だろう。本作の犯人は、アリバイ工作のため、振り子の原理を利用して、死体を離れた場所に移動させる。その際、死体に傷がつかないように鎧《よろい》を着せておく。そして、死体を移動したり鎧を回収したりするために、何度も振り子が振られるが、振られた鎧がマンションの窓の前を通り過ぎた、まさにその瞬間に、部屋の中でカメラのシャッターが切られる。かくして、奇跡的な偶然によって、「窓の外に浮かぶ鎧武者《むしゃ》」という〝幻想的な謎〟が提示されたわけである。――いや、奇跡的な偶然ではない。作品を支配する作者が、謎を作り出すことを望まない犯人に代わって、〝幻想的な謎〟を生み出したのだ。そして作者はこの後、この手法を用いて、いくつもの〝幻想的な謎〟が提示される物語を描いていくことになる。

なお、作者が介入して犯人が望まない謎を生み出す手法の変形としては、叙述トリックを用いるものもある。これは、通常の叙述方式では生まれない〝幻想的な謎〟を叙述の工夫で生み出すもので、作中の時系列を入れ換えたり、あるシーンを読者に誤解させる、といった手のこと。島田荘司はこの手法はメインでは使わないが、サブ・トリックとしてはときおり使っている。

だが作者は、こういった手法だけで満足しなかった。犯人が望まぬ〝謎〟を生み出すための別の手法も利用するようになったのだ。それは、「犯人のいない〝謎〟」によるものに他ならない。例えば、ある種の化学反応で爆発を起こして死体を舞い上げるとか、薬物で生まれた身体障害児を異形の怪物に見せかける、といった手である。この手法の場合、〝謎〟を好まない犯人がそもそも存在しないのだから、いくらでも〝幻想的〟にできるわけである。

さらに、作者はこの手法を脳科学の認識の問題と接続することにより、斬新かつ見事な〝幻想的な謎〟をも生み出すことに成功した。

三、探偵は奇想を好むか

犯人が望まない〝幻想的な謎〟を生み出すために島田荘司が用いた手法は、「犯人の事件に対する支配力を削《そ》ぐ」ことだった。事件が犯人の計画通りに進まない、犯人以外が謎を生み出す、犯人ではなく作者が叙述で謎を仕掛ける――。だからこそ、犯人には何のメリットもない幻想的な謎を提示することができたのだ。

私は本稿の冒頭で、島田理論には百パーセント同意しているわけではない、と書いたが、その理由はここにある。この手法を用いると、私が本格ミステリで最も重視する〝推理〟が――〈奇想理論〉でも必須とされている「精緻な論理的推理」が――描きづらくなるからだ。

例えば、犯人の計画がアクシデントでねじ曲がって生じた〝幻想的な謎〟に挑む探偵役が、「犯人の本来の計画」がどんなものか、そしてそれが「どのようにアクシデントによってねじ曲がったか」を、精緻な論理的推理で解き明かすことは、途方もなく難しい。なぜならば、ねじ曲がったことによって「本来の計画」が実行されなかったということは、その計画を示す手がかりが存在しないことになるからである。

例えば、特殊な化学反応や自然現象で生じた〝幻想的な謎〟を解き明かすのに必要なものは、推理力ではなく、その化学反応や自然現象に関する知識になる。

例えば、作者が読者に対して仕掛けた叙述トリックによる〝幻想的な謎〟を作中探偵が解き明かすことは不可能である。

『アルカトラズ幻想』(二〇一二)のように、作者が直接、読者に対して挑戦するタイプのミステリならば、こういった点は問題にならない。しかし、御手洗や吉敷《よしき》のような作中探偵が謎を解くタイプの本格ミステリでは、前述のような問題が生じてしまうのだ。

もちろん、島田荘司はこの問題に気づいていた。

例えば、幻想的な光景は、御手洗に対しては、手記や語り、つまり作中作形式で提示されることが多い。地の文ではなく作中作に仕掛けられた叙述トリックならば、それを読んだ探偵が解き明かすことは可能になるからである。

例えば、特殊な知識が必要なトリックの場合、作者は、作中にヒントをばらまいたり、（知識をすでに持っている）探偵にヒントを言わせたりしている。

そして、犯人の本来の計画やそれをゆがめたアクシデントに関するおびただしいデータの提示。

いずれも、〝奇想理論の実践作では探偵が行う論理的推理が描きにくい〟という問題の解決のために編み出された手法に他ならない。

とはいえ、いずれも対症療法であり、根本的な解決とは言いがたいことは事実である。おそらく読者は、天才的な犯罪者の奸智《かんち》に長《た》けた計画をあばいていく『占星術殺人事件』などの初期作〈奇想理論以前の作〉ほどには、〝精緻な論理的推理〟を堪能できなかったのではないだろうか。

だが作者は、後続の作品において、根本的な解決を成し遂げることに成功している。具体的に言うと、「事件に対する犯人の支配力を強めること」と、「その犯人が〝幻想的な謎〟を作り出すこと」の両立を成し遂げたのだ。……と書いても、「どこが具体的なんだ」と言われそうなので、二つの実作を取り上げよう。

『ネジ式ザゼツキー』（二〇〇三）では、それ以前と同じく、アクシデントによって犯人の計画に狂いが生じる――が、犯人がその狂いを修正しようとしたために、「ネジで頭部と胴体を接続された死体」という〝幻想的な謎〟が生まれるのだ。つまり、一度は犯人の手を離れかかった〈事件の支配力〉を取り戻そうとする行動が、〝謎〟を生み出すわけである。
この点については、作中の犯人の言葉を借りた方がわかりやすいだろう。

胴体部は、肩口から内臓方向にナイフを入れて、必要なだけの肉や骨をえぐり出して、牝のネジを無理やりに押し込んだ。ぞっとするような仕事だったが、やらないわけにはいかなかった。ネジの付いたフランコの死体を、もうエゴンは見ている。あれと同じ状態にしなくてはならない。

『魔神の遊戯』（二〇〇二）では、犯人の支配力は事件のすみずみまで及んでいる――が、それでも犯人は、「魔神による殺人」という〝幻想的な謎〟を、意図的に作り出すのだ。そしてその理由は、作中に登場する「魔神による殺人」を描いた〝幻想的な〟ノートにある。犯人は、このノートの書き手に罪を着せるため、意図的にその内容に沿って〝幻想的な〟殺人を犯したのだ。つまり、捜査陣に〝幻想的な謎〟を解いてもらい、ノートの書き手を犯人だと見なしてほしかったわけである。
この点については、作中の御手洗の言葉を借りた方がわかりやすいだろう。

この事件の特異性は、殺してからそのノートを書いたんじゃないということだ。殺人告白の方が先にあり、その記述に合わせ、説明の通りに人を殺していったんだ。だからジョージは大変な無理をした。そして事件の見え方は、悪魔の子が悪戯《いたずら》でもしたように、とんでもなく奇妙奇天烈なものになった。

『占星術殺人事件』に登場するアゾートをめぐる〝幻想的な〟手記は、犯人が書いたものだった。このため、前述のように、謎を提示するものではなく、謎を解消するためのものになっていた。だが、『魔神の遊戯』に登場する魔神をめぐる〝幻想的な〟手記は、犯人が書いたものではない。犯人は、この手記を利用するために、魔神の犯罪という〝幻想的な謎〟を提示したのだ。まったくもって、巧妙な理由付けではないか。

かくしてこの二作では、犯人の巧妙な計画をあばいていく御手洗潔の鮮やかな推理を味わうことができるようになった。

ここで興味深いのは、この二作で用いられた「犯人に幻想的な謎を作り出させる」手法が、エラリー・クイーン風だという点。

例えば、クイーンの『チャイナ橙の謎』で、犯人が〝あべこべの犯行現場〟という幻想的な謎を作り出した理由は、『ネジ式ザゼツキー』と同じである。

例えば、クイーンの『Yの悲劇』で、犯人が〝マンドリンを使った殺人〟という幻想的な謎を作り出した理由は、『魔神の遊戯』と同じである。

一方、それ以前の作で用いていた「犯人の計画がアクシデントでねじ曲がって〝幻想的な謎〟が生まれる」という手法は、ジョン・ディクスン・カー風と言える。彼の『三つの棺』などの不可能犯罪ものには、この手法が用いられているものが多いからだ。
ただし、島田荘司がこの手法をカーやクイーンから学んだと言ったら、間違いになる。作者の評論やエッセイを読む限りでは、カーやクイーンのこういった手法は意識していないように見えるからだ。おそらく、この二作家と同じ問題に直面して、この二作家と同じ解法を考えついたというのが正しいだろう。

島田荘司の〈奇想理論〉には、「犯人は〝幻想的な謎〟を作り出すことを望まない」という欠点があった。しかし作者は、ある時はJ・D・カー風の手法を用いて、またある時はE・クイーン風の手法を用いて、またある時はそれ以外の手法を用いて、犯人が望まない〝幻想的な謎〟をいくつも作り出すことに成功した。
島田荘司の〈奇想理論〉――それは、この欠点をねじ伏せる島田荘司の豪腕があるからこそ、実践できる理論なのだ。

併載の贋作は、この〈奇想理論〉を私なりに実践してみたものである。さて、島田作品らしい〝奇想〟を感じてもらえただろうか？

21世紀『ローマ帽子の謎』

【問題篇】

「被害者は外出中に殺されたのだが、なぜか帽子をかぶっていなかった」とクイーン警視は言った。

「最初から帽子をかぶらずに外出したのではないですか?」エラリーが尋ねた。「最近では、帽子をかぶらずに外を歩く人の方が多いですよ」

「いや、それは違う。被害者は頭が薄くなったことを気にして、外では必ず帽子をかぶっていたらしい。なぜ犯人は、被害者の帽子を持ち去ったのか……」悩むクイーン警視。

「容疑者はいるのですか?」とエラリーが問いかける。

「実は、被害者の知人を調べたが、怪しい人物はまったく見つからんのだ」

「なるほど。ならば犯人はわかりましたよ」エラリーはきっぱりと言った。

【解決篇】

「犯人が帽子を持ち去る理由がないとしたら、やはり最初から被害者は、帽子をかぶっていなかったのです。考えられる理由はただひとつ。被害者はカツラを買ったため、帽子が不要になったのです」とエラリーは推理を語った。

「しかし、被害者はカツラなど、しておらんかったぞ」クイーン警視が反論する。

「つまり、犯人が持ち去ったのは、帽子ではなく、カツラだったのです。カツラを残しておくと、被害者と自分のつながりが警察に気づかれると考えたのでしょう」

「犯人はカツラ屋か!」クイーン警視は叫んだ。

第二章　綾辻行人

【注意】以下の作品の真相に言及しています。
《贋作篇・評論篇》綾辻行人『十角館の殺人』

《贋作篇》十角館の殺人ふたたび

第一章　一日目・島

1

「黴《かび》の生えた議論になりそうだけれども——」

　エラリィは云った。ひょろりと背の高い、色白の好青年である。

「僕にとって推理小説《ミステリ》は、あくまで知的な遊びの一つなんだ。……ミステリにふさわしいのは、時代遅れと云われようが何だろうが、やはりね、名探偵、大邸宅、怪しげな住人たち、血みどろの惨劇、不可能犯罪、破天荒な大トリック……。絵空事で大いに結構。要はその世界の中で楽しめればいいのさ。但し、あくまで知的に、ね」

　周囲は穏やかな波のさざめく海原。頼りなげなエンジン音を吐いて進む、油臭い漁船の上である。

「どうも鼻につくな」

　船べりに腰掛けたカーが、青々としゃくれた顎《あご》にのさばらせた口を歪めた。

「俺は好きじゃないね、エラリィ、おたくのその、知的知的って台詞《せりふ》は。……」

……

　嘲笑混じりに鼻を鳴らして、カーはそっぽを向いた。エラリィは口許《くちもと》に柔らかな微笑を含むと、自分の傍らに立つ、童顔に丸眼鏡の小男の方へ向き直った。

「それで、だね、ルルゥ？　ミステリが、ミステリ独自のある方法論によって成り立つ、知的遊戯のための一世界だと考えると、僕らの生きる現代は、極めてその構築が難しい時代だってことになる」

「はあ――」

　と、ルルゥは小首を傾げる。エラリィは続けて、

「これもまた、云い古された議論さ。……現代の都会にかのホームズ氏が出現したとしても、大方滑稽さの方が目立つことだろうね」

「それは云いすぎですよ。現代には現代なりのホームズが現れうるでしょう？」

　すかさずクイーンが食いつく。

「そう――勿論そうさ。恐らく彼は、最先端の法医学や鑑識科学の知識を山ほどひっさげて登場するんだ。……」

……

……

「どう思う、江南君」

テーブルの上で色紙を忙しく折りたたみながら、鹿谷門実《ししやかどみ》が云った。江南孝明《かわみなみたかあき》は読み終えた原稿――一枚目に「十角館の殺人ふたたび　K＊＊大推理研」とある――から目を上げ、しばらくの間唇の端にくわえてフィルターが潰れてしまった煙草に火を点けた。

「作者が〈K＊＊大推理研〉ということは、先輩が書いた『十角館の殺人』へのオマージュ作品ですか」

「そうらしい。この本の刊行三十周年を記念して、推理研の会誌の増刊として出すそうだ。その前に、僕の感想を聞かせてほしい、ということらしいね」

「感想、って云っても、この原稿、解決篇がありませんよ」

紙を折る手を止めると、鹿谷はにやりと笑みを作り、

「つまり、僕に真相を当ててみろ、と云っているわけだ。君は分かったかな」

「そうですね……」

江南は原稿をパラパラめくりながら考え込む。

「……『十角館』では、守須恭一《もりすきよういち》＝ヴァン・ダインが犯人でしたが、こちらの贋作では、本土にいる人も、彼が島にいることは知っています。しかも、最後にエラリィ＝松浦純也と一緒に焼死体で見つかっている。つまり、島には七人いて、その七人全員が殺されたわけです。残りの五人も、きちんと問題篇にニックネームと本名の対応が書いてあります。ポゥが山崎喜史、カーが鈴木哲郎、アガサが岩崎杏

子、ルルゥが東一、オルツィが大野由美。原作と同じですね」

鹿谷は「ふふん」と云うだけだったが、江南はかまわず続けて、

「推理研のメンバーで島に行かなかったのは、原作には登場しない〝内尾真理子〟という名前ですが――ニックネームは〝ナイオ・マーシュ〟でしょうか――彼女が犯人だとすれば、島の場面にまったく登場していないのはおかしいし、これでは島の人間が八人になってしまいます。ということは、この贋作の真相は、『十角館』とはまったく異なることになりますね」

「では、君はその〝真相〟が分かったのかい」

そう云った鹿谷は、折り上がった〝作品〟をテーブルの中央に投げ出す。それは、『十角館の殺人』の第一章3に出てくる「十角館平面図」の折り紙だった。もちろん、『十角館の殺人ふたたび』にもこの図は登場している。

「分かったと思います。真相が『十角館』と異なるならば、問題篇を『十角館』とまったく同じにするわけにはいきません。ということは、『十角館』とのデータの食い違いに注目すればいいわけです」

「君の考えは正しいよ」と云いながら、鹿谷は折り紙の平面図に〝ガストン・ルルゥ〟、〝ジョン・ディクスン・カー〟、〝アガサ・クリスティ〟と、時計回りに名前を書き込んでいく。

「『ふたたび』で一番原作と違うのは、死体の状況です。第一のオルツィ殺しでは、被害者の右腕が切断されて持ち去られています。六番目に殺されたエラリィは胴を。そして、最後の被害者ヴァンは首でした」

鹿谷はにやにやと目を細めて、

「そうだったね」

「このデータに注目するならば、犯人はヴァン・ダインになります。最後に見つかった死体は、彼のものではありません。これまでの六人の被害者から切断した部分を組み合わせて作った死体だったのです。火事を起こして死体を燃やしたのは、それに気づかれないようにするためでした」

　まだ笑みを浮かべている鹿谷を見ながら、江南は続ける。

「これが『ふたたび』の巧妙なトリックです。読者には『十角館』とは別の犯人が存在するように思わせ、やっぱり同じ人物が犯人だったわけですからね。しかも、この〝六人分の死体から七人分の死体を作り出す〟というトリックは、『十角館』の作者のものではありませんが、『十角館』とは切っても切れない縁がある作家のものなのです。まさしく、三十周年記念にふさわしいプロットだと言えるでしょう」

　笑い出す鹿谷。

「そんなトリックは、いくら黒焦《こ》げでも、警察が気づくさ。しかも、死体の内、二つは女性のものなんだろう?」

「そこはほら、叙述トリックで、〝実はポケミス創刊の頃の大昔の事件なので鑑識が未熟だった〟とか、〝実はアガサとオルツィも男だった〟とか。だいたい、大学の推理研の連中が考えたトリックですからね」

「どの口がそれを言うのかな、コナン君」

「ルビでなくカタカナ表記はいろいろと問題があるので、やめてください。だったら、鹿谷さんは別の推理を考えついたのですか?」

鹿谷は「ああ」と云って、シャツの胸ポケットから黒い印鑑入れのようなシガレット・ケースを取り出した。

「では、僕の推理を説明しよう」

　と、鹿谷は語り出す。


「まず、『十角館』と『ふたたび』の相違点が手がかりになるという君の考えは正しい。ただし、手がかりである以上、あまり露骨には描かれていないはずだ。従って、君の考えた真相は、読者を惑わすための〝ダミー解〟のようだね。あり得ないトリックを間違った解答として使うのは、新本格のお家芸でもあるし」

　鹿谷は取り出した「今日の一本」に火を点け、しみじみとひと吹かししたあと、

「まず気になったのは、原作にある冒頭のプロローグが贋作では省略されている点。次に、ニックネームの初登場時に、贋作では傍点が打たれていない点だ」

「傍点ですって?」

「原作では、エラリィもカーも、初登場時には〝エラリィ〟とか〝カー〟といった風に、傍点が付いているだろう。それが贋作では、一人も付いていない。そして三つめは」

　ここで鹿谷は、折り紙で作った十角館の平面図を指さす。

「原作では、平面図の部屋に添えられた名前は、〝ルルゥ〟、〝カー〟、〝アガサ〟と、姓か名のどちらか一方しか表記されていない。それなのに、贋作では〝ガストン・ルルゥ〟、〝ジョン・ディクスン・

カー〟、〝アガサ・クリスティ〟と、すべてフルネームだ」

「そういえばそうですね」

「決定的な手がかりは、贋作の冒頭のエラリィとルルゥの会話だよ。原作では『それは云いすぎですよ〜』というルルゥのセリフの後に、すぐエラリィの『そう——勿論そうさ』というセリフが続いている。ところが贋作では、その間に〝すかさずクイーンが食いつく。〟という地の文が追加されているだろう」

「確かにそうですが、これが手がかりになるのですか？」

「これで真相が分かるのさ。君はまだ分からないのかい」


なおも首を傾《かし》げる江南を見て、鹿谷が続ける。

「では、君に質問しようか。この作に登場する〝エラリィ〟というニックネームは、作家からとったのか、探偵からとったのか、どっちだと思う？」

「それは作家でしょう。カーもアガサも作家の名前ですから」

「だったら、作家の〝エラリィ・クイーン〟からとったニックネームを持つ人物が一人しかいないというのは、おかしくないかな」

江南にもようやく理解できた。

「〝エラリィ・クイーン〟は、フレデリック・ダネイとマンフレッド・リーという二人の合作用ペンネームだから——贋作に登場する推理研では、二人のメンバーが〝エラリィ・クイーン〟というニックネームを共有していたのですね」

「やっと分かったか。困ったもんだねえ」

鹿谷は肩をすくめ、

「他のメンバーは、二人を区別するために、一方は〝エラリィ〟、もう一方は〝クイーン〟と呼んでいたわけさ。つまり、贋作冒頭の会話は、エラリィが『これもまた、云い古された議論さ』と語り、それに対して『それは云いすぎですよ』と〝すかさずクイーンが食いつく〟。それを受けて、エラリィが『そう——勿論そうさ』と云っているんだ。原作でのエラリィとルルゥの会話に〝すかさずクイーンが食いつく。〟という一行を追加することによって、エラリィとクイーンの会話に変えてしまったわけさ」

「読者は、〝すかさずクイーンが食いつく。〟という文は、その次のセリフ『そう——勿論そうさ』にかかっていると思うけど、実は、その前の『それは云いすぎですよ』にかかっていたわけですね」

と江南は編集者らしい感想を漏らす。

「作家には、〝『それは云いすぎですよ』すかさずクイーンが食いつく。〟と、同じ行に続けて書く人もいるが、彼らはこの手を使うことはできない。でも、『十角館の殺人』の作者は、いつも改行するんだ。だから、こんな叙述トリックが使えたのさ」

「なるほど。それで……」

「ニックネームに傍点を添えなかったのも、このためだ。原作のルールに従うならば、〝クイーン〟はこの場面が初登場なので、傍点を付けなければならない。だが、そうすると、〝エラリィ〟と〝クイーン〟が別人だと読者に気づかれてしまう。だから、他のメンバーも、初登場時でも傍点を添えていないのさ」

「〝エラリィ〟が松浦なら、〝クイーン〟は内尾しかいないですね。女性ですが……ああ、それで〝クイーン〟なのか」

江南が得心して頷くのを見て、鹿谷は続ける。

「クイーン＝内尾は、島と本土を往復し、島には八人いるのに、七人しかいないように見せかけたわけだ。つまり、この贋作のトリックの原理は、原作とまったく同じなんだよ。ただし、原作と違って、読者にも一人少なく見せかけている。これが、この贋作の肝《きも》というわけさ」

「原作にあるプロローグを外した理由も分かりましたよ。プロローグには犯人が〝彼〟だと書いてあるので、そのまま使うわけにはいかない。でも、下手に〝その人物〟とか変えると、かえって怪しまれる。そこで、プロローグそのものをカットしたわけですね」

そう江南が云うと、鹿谷は目許に微苦笑を浮かべ、「よくできました」とでも云いたげに頷いた。

「十角館の平面図の部屋割りをフルネームに変えたのも同じ理由だ。この〝エラリィ・クイーン〟と書かれた部屋には、〝エラリィ＝松浦〟と〝クイーン＝内尾〟が泊まったのだろう」

「同じ部屋で寝るということは、二人は恋人同士だったのでしょうか」

鹿谷は肩をすくめて、

「恋人だったら殺さないんじゃないか？　おそらく、脅迫されて関係を強要されていたのだろう。そしてその脅迫のネタは、他のメンバーも知っていた。だから、皆殺しにしたんだ」

「中村千織の件は、作者のミスリードだったのですね」

「それはそうだが、作者だけでなく、内尾にも、自分が疑われないために、他のメンバーに別の動機をほのめかす必要があったわけだからね。アンフェアとは言えないな」

ここで江南が思い出す。

「そういえば、部屋割りの叙述トリックは、他の作家の作品でも読んだことがありますよ」

「そうだね。発言者の誤認トリックも、先例がないわけではない。でも、どれも『十角館』より後に発表されていたはずだよ。おそらく贋作の作者は、こう云いたかったのだろうね——〝読者を欺《あざむ》く稚《ち》気《き》あふれる仕掛けの面白さを復活させたこと。それこそが、『十角館の殺人』の魅力なんだ〟と」

そう云うと、鹿谷は原稿の余白にさらさらとペンを走らせる。

「おそらく、解決篇にはこんな文章が出てくるのだろうね」


「江南君にも、研究会にいた時分にはあったんですかな？　そういった呼び名が」

「ええ。まあ」

「何といったんです？」

「恥ずかしながら——ドイルです。コナン・ドイル」

「ほほう。大家の名ですな。内尾君は——じゃあ、ナイオ・マーシュあたり？」

警部は、調子に乗って尋ねた。

内尾は、ひくりと眉を動かしながら、いいえ、と呟いた。それから、口許にふっと寂しげな微笑を浮かべ、少し目を伏せ気味にして、声を落とした。
「クイーンです」

──了──

《評論篇》『十角館の殺人』と記号的キャラ

二〇一六年は、光栄なことに、島田荘司氏と二人きりで長時間話す機会に恵まれた。その時に出た話題の一つが、島田氏による「キャラ（作中人物）を記号として描くと読者は犯人を当てにくくなる」というもの。これは島田氏の持論で、『十角館の殺人』英語版の序文（『本格ミステリー・ワールド２０１６』の氏のエッセイ「『ＨＯＮＫＡＫＵ』船出の時」に掲載）でも、「喜怒哀楽を持つ人間であることをも棄て去り、電気信号の交錯によって関わり合う、ゲームの中枢部とも似た光景。こうした抽象的舞台劇は、犯人隠蔽のため、作者綾辻行人が探り当てた独自的な方法」であり、「綾辻氏案出のこの方法は、『人物記号化表現』と呼ばれ、この習作が彼のデビュー作であったために、意図した抽象性が表現力の未熟とか、単純に能力の稚拙と誤認されて激しい批判を呼びましたが、彼としては理由のあることでした」と語っている。つまり氏は、「記号的キャラは犯人隠蔽に役立つ」と考え、『十角館の殺人』は、その手法を利用した作品だと言っているのである。

私はこの考えには同意できなかったのだが、その時点では上手く説明できず、「もともと、クイーンの〈国名シリーズ〉の推理などは、人間を記号としてしか扱っていない」と答えることしかできなかった。

どうにかその理由を説明できるようになったのは、半年ほどたってからのこと。本稿では、このテーマについて語らせてもらうことにする。

まず、この島田氏の説に対する私の考えを言うと、
①キャラを記号として描くと、かえって読者は犯人を当てやすくなる。
②『十角館』の真相が意外なのは、登場人物が記号として描かれているからではない。
となる。
以下では、その理由を述べていく。なお、敬称は略させてもらいたい。

一、「犯人の当たりやすさ」の問題

そもそも、〈記号的キャラ〉というのは、具体的には、どのようなキャラクターを言うのだろうか？おそらく、この言葉から誰もが連想するのは、〈A氏〉、〈B氏〉、といった、パズルの中の人物に違いない。このA氏とB氏は、パズルの駒であり、入れ換えてもかまわない。もちろん、ミステリの作中人物はそこまで記号的ではないが、従来のミステリにおける「（笠井潔の表現を借りるならば）近代的な内面や個性や性格」を備えている人物よりは、ずっとパズルの駒に近いということなのだろう。
しかし、「入れ換えてもかまわない」ならば、「どちらが犯人でもかまわない」ことになり、ミステリとしては成立しない。そこで作者は、「A氏は右利き、B氏は左利き」というデータを追加し、さらに、犯行現場のデータから、「犯人は左利き」という推理ができるようにしておく。これで、ミステリと

しては成立することになる。

だが、これでは読者は簡単に犯人を当ててしまう。A氏とB氏の違いは利き腕しかないのだから、犯人を特定する手がかりが利き腕にあることは明らかだからだ。つまり、基本的に個性や内面がない記号的キャラを犯人当ての容疑者として用いるためには、いくつかの属性を付与しなければならない。しかし、後から付与した属性というのは、読者にとってわかりやすいことは明らかである。推理パズルを読んでいて、「A氏はロシア語が話せる」とか「B氏はスキーが得意」といったデータが提示されれば、誰でもそれが手がかりになると見抜いてしまうだろう。

一方、記号的でないキャラ、つまり生身の人間を作中人物として描く場合は、逆になる。もともと何万もの属性を持っている人間が作中で描写されている場合は、どの属性が重要なのか、わかりにくいからである。例えば、A氏が煙草を吸うシーンを読んだ読者は、「右利き／左利き」のデータだけに注目するわけではない。
・「A氏は煙草を吸う」というデータ
・「A氏はライターを持ち歩いている」というデータ
・「A氏は煙草を根元まで吸う」というデータ
・「A氏は煙草の灰を高級絨毯に落としても気にしない性格」だというデータ
などなど、いくらでも挙げられる。いや、「『A夫人は夫の喫煙にいい顔をしていない』というデータ」まで提示できるのだ。かくして読者は、注目すべきデータがどれなのか、わかりにくくなるわけである。

これが、「記号的キャラの方が犯人が当てやすい」理由に他ならない。もちろん、記号的キャラにミステリ部分とは無関係の属性もたっぷり付与すれば、犯人は当てにくくなる。だが、そういった推理に不要な属性まで大量に与えられたキャラは、もはや〝記号的〟とは言えないだろう。

今度は、別の角度から考えてみよう。クイーンの〈国名シリーズ〉の作中人物は――『災厄の町』（一九四二）以降のような高い水準とは言えないが――生身の人間として描かれている。だが、探偵エラリーの推理は、容疑者を性別や利き腕や職業といった属性の集合体としてしか見ていない。実際に、『スペイン岬の謎』では、「ぼくの仕事は記号を扱うことで（略）人間は扱いません」と言い、「ぼくは人間的要素を頭から閉め出し、これを数学の問題として扱うことを選びました」と宣言しているくらいである。

言い換えると、クイーンの推理とは、生身の人間を記号的キャラに変換し、その記号的キャラに対して消去法推理や演繹法推理を適用することに他ならない。ということは、記号的キャラを用いたミステリは、読者が自力で「生身の人間を記号的キャラに変換する」手間をはぶいてくれることになる。犯人が当たりやすくなるのは、必然とも言えるだろう。

記号的キャラを用いたミステリの犯人が当たりやすい理由は、もう一つある。それは、「記号的キャラは属性の〝ぶれ〟がない」ということである。

例えば、野球ゲームの投手が、「球種は直球とカーブのみ。直球はＭＡＸ百五十キロ」と設定してあるとしよう。この場合、打者（プレイヤー）は、百五十キロまでの直球とカーブだけを意識すればよいことになる。

しかし、生身の人間が投手の場合は、そうはいかない。調子が良ければ百五十キロを超えるかもしれないし、直球とカーブしか頭にない打者に対しては、たとえ切れが悪くても、他の球種を投げてくる可能性もあるからだ。

ミステリの場合も同じである。生身の人間ならば、左手を一回使っただけで左利きと決めつけるのは早計だし、冷酷な人間が優しく振る舞うこともある。だが、記号的キャラは違う。一回でも左手を使えば左利きだと見なしてよいし、冷酷なキャラはいつでも冷酷なのだ。そして、この〝属性のぶれ〟がない分、読者は余分な可能性を考える必要がなくなり、犯人を当てやすくなるわけである。

冒頭で触れた島田荘司の『十角館の殺人』英語版の序文には、もう一つ、注目すべき指摘がある。それは、「(記号的キャラの利用は) 京都大学のミステリ研究会が伝統的に行っていた、犯人当てゲームの流れを汲むものでした」という点。確かに、犯人当てゲームに登場する人物は、記号的に描かれることが多い。島田荘司が挙げている、「一回限りの朗読形式では人物描写の豊かさは評価の対象にならないから」という意味の指摘も、正しいだろう。

ただし、私は前述の「記号的キャラには〝ぶれ〟がない」という理由も小さくないと思う。作者の立場から見ると、挑戦相手はミステリの読み達者ばかりなので、手がかりが示す他の解釈を指摘してくるのは、わかりきっている。かといって、唯一の解釈しかあり得ないように周辺状況を固めるには、技量も枚数も足りない。だが、記号的キャラを用いると、読者（聞き手）は、「現実の事件では犯人以外の人物も偽証することがあるが、作中の彼らはパズルの駒なので嘘はついていないはず」と決めつけてくれるのだ。

余談だが、読者による別解釈の指摘を封じ込めるには、「作者がメタレベルから保証する」という手も存在する。例えば、挑戦状の中で「犯人以外の作中人物は嘘をついていません」と宣言する、といった手である。大学での犯人当てで鍛えられた新本格作家が、やたらとメタレベルから介入する理由の一つは、これなのだろう。

また、新本格作家が叙述トリックを多用する理由の一つも、記号的キャラにあると考えられる。あからさまに提示され、ぶれがない属性を持つ記号的キャラを使い、なおかつ犯人を当てられないように読者をミスリードする。――この相反する問題を解決するには、叙述トリックを用いて、属性（男か女か、等々）か、その属性を適用する環境（場所や時間）を錯覚させるのが、容易かつ効果的な手法なのである。

二、『十角館の殺人』の問題

記号的キャラについてここまで考察を進めると、『十角館の殺人』は、「叙述トリックを用いて記号的キャラの犯人を隠蔽した作品」だと考える人が多いかもしれない。だが、詳細に見るならば、そうではないのだ。

まず、作中犯人の守須の立場から見ると、トリックの目的は、警察も含めた本土の人々に、自分＝守須＝ヴァン・ダインは角島《つのじま》に行っていないと思わせること。つまり、アリバイ・トリックである。もちろん、角島にいるK＊＊大推理小説研の面々は、そうではないことを知っているが、皆殺しにするので問題はない。

だが、作者の立場から見ると、問題がある。なぜならば、角島での出来事も描くつもりだからである。そこで作者は、角島の面々が本名でなくニックネームで呼び合うという設定を導入して、角島にいる〝ヴァン・ダイン〟と、本土にいる〝守須恭一〟が同一人物だと読者に気づかれないようにした。――これが、本作の犯人隠蔽のテクニックである。

しかし、ニックネームで呼び合うことが、キャラの記号化になるのだろうか？　これが、例えば、歌野晶午の『密室殺人ゲーム王手飛車取り』（二〇〇七）ならば、そう言えるだろう。この作に登場する〈頭狂人〉、〈ザンギャ君〉などは、チャット仲間でさえも、ニックネーム以外の属性はほとんど知らない――まさしく、お互いにお互いを記号としてしか見ていないのだから。

だが、K＊＊大推理研のメンバーは違う。彼らにとって、仲間は記号ではなく生身の人間であり、お互いに相手を詳しく知っているからである。従って、彼らがニックネームで呼び合う設定を、「（自己申告による）インターネットのハンドルネームの先駆」と見なすのは、的外れと言える。むしろ、作者の年齢から考えると、いい歳をした刑事たちがニックネームで呼び合うTVドラマ『太陽にほえろ！』と結びつけるべきではないだろうか。そしてもちろん、『太陽にほえろ！』の刑事たちが、記号的キャラでないことは、言うまでもない。

さらに、〝ニックネームにミステリ作家の名前を使う〟というのも、読者にとっては記号化とはほど遠い。作家やスポーツ選手や芸能人の名前をニックネームに使うと、それを聞いた人は、名前を使われた人物のイメージを連想するからである。日本の作家を「平成のエラリー・クイーン」や「日本のクリスティ」と呼ぶのは、記号化なのだろうか？

それでもあえて、キャラの記号化と犯人隠しを結びつけるならば、こうだろう——「角島にいる〝ヴァン・ダイン〟と、本土にいる〝守須恭一〟の描写を、それぞれ読者にイメージが伝わるくらい増やすと、この二人が似ていることに読者が気づいてしまう。そこで、描写をそぎ落として、イメージが浮かばないようにした」。

では、この点を考察しよう——と言いたいところだが、その前に、『十角館の殺人』と類似のアイデアを用いた作品を見てみたい。アイラ・レヴィンの『死の接吻』（一九五三）である。

この作では、第一部で〝彼〟による殺人が倒叙形式で描かれ、第二部では被害者の姉が犯人を探す姿が描かれている。ただし、読者が推理すべき謎は、「第一部の〝彼〟は、第二部の容疑者の誰と結びつくのか？」に他ならない。これが、「角島にいる〝ヴァン・ダイン〟は、本土にいる誰と結びつくのか？」と同じタイプの謎であることは、言うまでもないだろう。そして、第一部の〝彼〟も、第二部の容疑者も、生身の人間として、しっかり描写がなされている。——が、多くの読者は結びつけに失敗したと思う。しかも、それでいて、容疑者の一人が〝彼〟だと判明した瞬間に、多くの読者が、「なるほど、確かにこいつは〝彼〟にふさわしい」と膝を打ったに違いない。

だが、『十角館の殺人』は違う。守須が〝ヴァン・ダイン〟だと知って驚いた読者は、「守須はずっと本土にいた（ように見えた）」という一つの属性だけで驚いたのであり、やはり本土にいた江南を守須と入れ換えても、驚きは変わらないのだ。仮に、作者が意図的に、一人二役を読者に見抜かれないように属性を削りに削ったとしても、その結果は、記号的キャラの〈交換可能〉という特質が浮かび出てしまっただけに過ぎない。そしてこれが、『死の接吻』のような、「文章の力で同じ人物を別人であるかのように描写し、なおかつ、同一人物だと明かした後には読者を納得させる」手法より優れているとは言いがたいことも、明らかだろう。

ところで、綾辻行人が、二十一世紀になってから、本作の「場面Aと場面Bで同じ人物が登場しているのに、読者には別人だと錯覚させる」趣向に再び挑戦した長篇があるのをご存じだろうか。そちらの読者は、場面Aでも場面Bでもきちんと人物描写がなされているにもかかわらず、別人だと錯覚し、しかも、同一人物だとわかった瞬間、納得してしまうのだ。ということは、『十角館』の作中人物が記号的なのは、やはり、戦略というよりは、当時の作者の筆力のためだったと考えるべきだろう。綾辻行人自身も、『本格ミステリー・ワールド２０１６』に載ったインタビューの中で、「（『十角館の殺人』執筆時は）要領よく学生たちを描き分けるのは難しいし、当時まだそんな力量もなかった」と言っているので、この考えは正しいと思うのだが……。

三、『十角館の殺人』の革新性

ここまで読んで、『十角館の殺人』に批判的な文が並んでいると感じた読者は少なくないだろう。

だがこれは、「記号的キャラを使った犯人隠し」という観点からの批判に過ぎない。私自身は、本作を「新しい時代を切り開いた傑作」だと評価しているからだ。

例えば、前出の『死の接吻』では、第一部と第二部は時系列に沿って並んでいるが、これを同じ時間軸に並べてカットバックで描写したのは、まさに天才的なアイデアだと言えるだろう。この他にも、モラトリアムな大学生の推理小説研究会を舞台にして、社会派とは真逆のゲームめいた世界を描いたこと、犯人の独白を多用して、推理できない部分をフォローしたこと、等々、いくつもの魅力を挙げられる。

しかし、綾辻行人が〈新本格〉の旗手になった理由は、そこにはない。『十角館の殺人』の革新的な点――それは、〝ミステリ・ファンが一番楽しめる作品〟という点にある。

拙著『エラリー・クイーンの騎士たち』の綾辻行人の章で、私はこう書いている。

> かくして読者は、思い込んでしまうことになる。『そして誰もいなくなった』が、孤立した島という閉ざされた空間、いわゆるクローズド・サークルを舞台にしている以上、それに挑戦した『十角館』も同じはずだ、と。作中で「ボートでの本土との往復が可能である」というデータが提示されても、読者は無視してしまうのだ。

クリスティの『そして誰もいなくなった』の設定を知っている読者に向けて仕掛けられたミスリード――それが、『十角館の殺人』の最大のトリックなのだ。

また、第二節で検討してきたニックネームのトリックも、この「読者のミステリに関する知識を逆手に取る」というアイデアに他ならない。〝江南＝ドイル〟と知った読者は、〝守須＝ルブラン〟と思い込み、〝守須＝ヴァン・ダイン〟という正解からミスリードされてしまう。だが、〝アルセーヌ・ルパン〟ならともかく、〝モーリス・ルブラン〟というのは、誰でも連想するわけではない。これもまた、ミステリ・ファン向けのミスリードなのだ。

さらに、ミスリードだけではなく、作品の理解に関しても、ミステリ・ファンかそうでないかによって異なってくる。例えば、冒頭で〝エラリィ〟が語るミステリ談義は、エラリー・クイーンの長篇『盤面の敵』（一九六三）における作家兼探偵エラリーの問題提議を受けたものなのだが、それを知っている読者と知らない読者では、印象がまるで違ってしまうはずである。

こういった「ミステリ・ファンが一番楽しめる」というプロットや会話が、初期の新本格の特徴に他ならない。法月綸太郎の法月父子シリーズ、二階堂黎人や我孫子武丸の初期の諸作、麻耶雄嵩の『翼ある闇』（一九九一）……。そうではない歌野晶午のデビュー作『長い家の殺人』（一九八八）は、発表当時、「トリックがクレイトン・ロースンの短篇に先例がある」と批判されたが、この時期には容易に読めないマイナーな短篇を引き合いに出すこと自体、当時の新本格の読者が何を期待していたのかが、よくわかる。

松本清張の『点と線』（一九五八）以降の社会派ミステリは、大量の一般読者の獲得と引き換えに、ミステリ・ファンを遠ざけてしまった。

しかし、一九七六年の横溝正史の『犬神家の一族』の映画化がきっかけとなり、清張以前の本格ミステリが再び脚光を浴びるようになった。そして、新本格世代には、このブームで横溝正史などを読んだ者が少なくない。

その横溝作品だが、映画化された際に強調された〝古めかしさ〟や〝おどろおどろしさ〟を剝ぎ取ると、そこには、「ミステリ・ファンが一番楽しめる」プロットが見えてくる。

例えば、『黒猫亭事件』（一九四七）には、冒頭の〈首のない死体〉トリック談義に加え、〝首なし死体＝犯人と被害者の入れ換え〟というミステリ・ファンの前提に挑んだトリックが登場。これは、新本格の先駆的な作風だと言っても的外れではないだろう。また、叙述の仕掛けも——メイン・トリックではないが——横溝作品には少なくないのだ。

『十角館の殺人』が果たしたのは、「黄金時代の本格の復権」などではない。「黄金時代の本格を利用した横溝正史のような作風の復権」である。だからこそ、この作の冒頭で、黄金時代の作家の名を持つ〝エラリィ〟が、クイーン作品よりも横溝正史にふさわしい、「名探偵、大邸宅、怪しげな住人たち、血みどろの惨劇、不可能犯罪、破天荒な大トリック」賛美を行っているのだ。

併載の贋作は、この論旨に従い、ミステリ作家のニックネームを、記号化ではなく、〝ミステリ・ファンが一番楽しめる〟仕掛けとして用いている。さて、みなさんは「新本格らしさ」を感じてもらえただろうか？

また、フェアプレイにこだわる綾辻行人に合わせ、「作中作は一部しか紹介しないが、それでも読者には手がかりはすべて提示する」という試みにも挑んでみた。さて、みなさんは「フェアプレイ」を感じてもらえただろうか？

21世紀『フランス白粉の謎』

【問題篇】

「被害者はデパートのオーナー、フレンチ夫人だ。朝、展示室の収納ベッドから発見された」とクイーン警視は言った。

「それで、ぼくに犯人を見つけてほしい、というわけですね」エラリーが尋ねた。

「いや、犯人が麻薬組織の一員だというのは、わかっておる。フレンチ夫人は、失踪中の娘が麻薬組織にいると考えて、あれこれ調べていたらしい。それが邪魔になったのだな」

「では、何が問題なのですか?」とエラリー。

「逮捕した犯人を尋問すると、死体はデパート内に放置しただけで、収納ベッドに隠してはいない、と言うのだ」

「すると、犯人ではない誰かが、わざわざ展示室に運び込んで、収納ベッドに隠したということになりますね」

「そうだ。そやつは犯人でもないのに、なぜそんなことをしたのだ?」クイーン警視が問いかける。

「ああ、それはもうわかりましたよ」エラリーはきっぱりと言った。

【解決篇】

「その人物は、フレンチ夫人の娘を、収納ベッドの上で殺したのです。その時、ベッドに血がついてしまった。シーツやマットレスは他の品と替えたが、木枠の部分までは替えることはできない。このままでは展示会が終わって片づけが始まると、血に気づかれてしまう。そんな時、その人物はたまたま夫人の死体を見つけて、こう考えたのです。『この死体を収納ベッドに隠せば、木枠の血を夫人のものに見せかけられる』と」エラリーは語った。

「夫人の娘を殺したやつは、なぜそんなに血痕を隠したかったのだ?」クイーン警視が問いかける。

「もちろん、血痕を隠さないと自分が真っ先に疑われるからですよ。つまり、犯人は収納ベッドの展示担当者なのです」

第三章 天城一

【注意】以下の作品の真相に言及しています。
《贋作篇・評論篇》天城一「火の島の花」
《評論篇》　天城一「夢の中の犯罪」

《贋作篇》夏と冬の犯罪

「おい摩耶、麗《うるわ》しき美女が真夏に冬服を着る理由は何だ」

と島崎が問う。

問われた摩耶は笑いを浮かべる。

「ふふん、きっとその美女にとっては、冬だったんだろうさ」

「そんなことは有り得んさ。いいか――」

島崎は鳥も通わぬ離れ島で起こった殺人事件の話を始める。


春風巡査は声をのむ。覗き込んだ鍵穴の光景のせいだ。雲竜治助に「怪しい者が館に忍びこんだ!」と言われて駆けつければ、こんな光景を目撃することになろうとは。額に汗が流れる。もっとも、夏の灼熱の暑さのため、何もしなくとも汗は流れるのだが。

男と女が椅子に縛り付けられている。男はこの島を支配する雲竜家の王にして治助の伯父治五郎。女は親娘ほど歳は違うが治五郎の妻、すなわちこの島の女王映子。男は既にことときれたか、身動きもしない。全身が血潮に染まっている。女は猿轡《さるぐつわ》を噛まされて、苦痛に身悶《みもだ》える。春風さんの視野に第三者の男の背が半ば入る。思わず春風さんは絶叫する。

「開けろ！　警察だ！　開けろ！」

出火したのはその直後だ。強風が館に押しこんで火の手を広げる。春風さんと治助が館から抜け出すのでさえ命からがらだ。

翌日、館の焼け跡から男二人、女一人の死体が見つかる。雲竜夫妻と犯人と思われた。被害者諸共、犯人は焼け死んでしまったことになる。愚劣きわまりない犯罪！


「だが、春風はひとつだけ腑に落ちんと言ってきた」

島崎は深い溜息をついた。

「やつは記憶にすぐれていてな、青森から下関まで駅名を全部暗記したという話を聞いたことがある」

摩耶はニタリ顔を歪めて
「映子女王様が冬服を着ていたというわけか」

「そうだ。事件は真夏に起こったというのに、なぜ映子は冬服を着ていたんだ？　わかるか、摩耶」

摩耶はポケットから煙草を一本出した。火をつけて、煙を吐くと
「二つ聞きたいな。雲竜治五郎も冬服を着ていたのじゃないか？　それに、女王は汗をかいていなかったのじゃないか？」

島崎は驚く。

「どうしてわかった。治五郎の方は血潮のせいで断言はできないが、やはり冬服らしかったと言って

いた。真夏に冬服を着ていた映子が汗をかいていないのは、春風も気になっていたが、恐怖のあまり、汗がひいてしまったのだと思ったらしい。君だって、夏に怪談を見ると、涼しくなるだろう」

摩耶は再び薄笑いを浮かべて
「冬服の女王様が汗をかいていなかったのは、恐怖のせいじゃないネ。そこが冬だったからさ。鍵穴の手前は夏だったが、向こう側は冬だったんだ」

「フザけるな！」

島崎がムッとする。

「おおかた、春風が吹いたので、冬が夏になったとでも言いたいのだろう！」

「洒落たことを言うじゃないか、島崎。あいにくと、フザけてなんかいないさ。

春風巡査が目撃した季節を信じるならば、鍵穴の手前は夏でなければならない。

春風巡査が目撃した光景を信じるならば、鍵穴の向こうは冬でなければならない。

この矛盾対立を止揚《しよう》すれば、君にもこの事件は解決できるはずだぜ」

島崎は怒りを抑えきれない。

「一枚の扉を隔てて、コッチが夏で、アッチが冬だなんて、そんなバカなことがあるか！」

「あるサ。トーマス・エジソンが発明した現代の妖術を使えばね。君も今さっき、『怪談を見ると』って言ったじゃないか」

「映画のことか！」

ようやく島崎は気づく。

「春風さんが鍵穴から見たのは、映画だったのさ。治助と映子の犯人アベックは、冬に撮影した映画を巡査に見せて、アリバイを作ろうとしたわけだな。どんな理由かは知らんが、冬には王様を殺しそびれて、やむを得ず夏に実行したわけサ。ところが――」

「春風は血みどろの犯行現場を見ても、被害者の服まで憶えているほど達者な記憶力の持ち主だった」

「ご明察の通り」

摩耶は煙草をくゆらせて締めくくった。

「かくして苦心のアリバイ・トリックは夏炉冬扇《かろとうせん》となったわけサ」

《評論篇》夢の中から火の島へ

天城一の島崎ものの短篇「火の島の花」（一九八二）について、作者自身は、摩耶ものの短篇「夢の中の犯罪」（一九四九）の改作だと言っています。しかし、そう言われなければ気づかないくらい、両者は異なっています。そこでひとつ、〃夢の中〃と〃火の島〃の比較といきましょう。当然、トリック等に言及しますので、両者を未読の方は、ぜひ、この二作が収録されている『天城一の密室犯罪学教程』（二〇〇四）を読んでみてください。

「夢の中の犯罪」は、金吉という泥棒が、北来伯爵の家に忍び込むところから始まる。二階にある伯爵夫人の寝室に近づいた金吉が窓のカーテンの隙間から中を覗くと、なんと、赤い服を着た謎の男が、青龍刀で夫人を斬首するところ。思わず声をあげる金吉に向かって男が切断した首を投げつけると、顔に血しぶきがかかる。あわてて逃げ出そうとした金吉だったが、一階にいた伯爵と執事に捕まってしまう。使用人たちが二階にあがり、夫人の寝室のドアを開けようとすると、内側から施錠されていて開かない。伯爵が梯子《はしご》を使って窓から入ると、夫人の死体だけがあり、犯人はどこにもいなかった。

島崎警部補は、この状況では犯人は金吉しかありえない、もし金吉が犯人ではないなら、不可能犯罪になってしまう……と悩む。すると、そこにやって来た摩耶が、鮮やかに謎を解き明かす。犯行はもっと前に行われていて、金吉が目撃したのは映画だったのだ。顔にかかった血しぶきは、タイマーで自動的に噴射されたもの。もちろん犯人は、映画の上映中に一階にいてアリバイ作りをしていた伯爵。映画の装置や血の噴射装置は、死体を発見した時に隠しておいたのだった。

以上のあらすじ紹介でわかる通り、犯人のトリックは、かなり偶然に頼った、欠点の多いものになっています。思いつくままに、その欠点をあげてみましょう。

〈1〉当時の映画技術のレベルの低さ。

この事件の発生年は描かれていませんが、作品の発表年である一九四九年より前であることは確かでしょう。この年に公開された映画としては、『第三の男』が有名ですが、これは自黒。カラーも技術的には可能だったようですが、色調のリアルさについては疑問です。金吉が片目が見えないという設定にしてあるのは、映画の画面には距離感がないのをごまかすためでしょうが、おまけに色覚障害でもあったのでしょうか？

この他にも、スクリーンのサイズや設置してある場所（作中には出てこない）など、疑問はいくつもあります。

〈2〉アリバイに利用した映画の不自然さ。

この映画は「昔何かのイタズラに造った天然色のトリック・フィルムがあるのを利用した」ものとなっています。つまり、男が伯爵夫人を斬首する（ふりをする）フィルムが先にあり、それに合わせて現実の殺人を行ったというわけですが、これにも疑問があります。例えば、映画の中で夫人を斬首した男は、誰なのでしょうか？　伯爵の知人あたりでしょうが、彼が金吉の証言を新聞で読んで、「あれ、この殺人場面、おれが出た映画と同じだ」と思って、警察に連絡したら、どうなるのでしょう。また、遊びで撮影したなら、何人もの人々が、この映画を見ているのではないでしょうか？

〈3〉犯人は金吉の忍び込む日を予想できないこと。

犯人は金吉に対し、〝夫人が浮気のため、毎晩寝室から抜け出すので、簡単に忍び込める〟と教えたということになっています。となれば、金吉が夫人のいない寝室の窓から侵入するのは当然……と、ここまでは問題ありません。しかし、金吉が泥棒に入る日までは示唆できないはずです。しかも、〝金吉は三夜にわたって、夫人が抜け出すのを確認してから忍び込むことにした〟と冒頭に書いてあります。見張りを二夜でやめたり、四夜にしていたら、どうなっていたのでしょう？　そもそも、いやしくもプロの泥棒ならば、犯行当日も、夫人が寝室を抜け出すのを確認してから忍び込むのが普通でしょう。

〈4〉犯人は金吉の忍び込む時間を予想できないこと。

こちらはもっと難しい。犯人は、金吉が忍び込む直前に、夫人を殺し、映画と血の噴射装置の準備をしなければなりません。あまり時間をあけては、検死でズレが生じるからです。しかし、忍び込む時間は、どうやって予想できたのでしょう? また、準備を終えた後は一階でアリバイのため執事と話していたわけですが、この状態で、どうやって映画を開始するタイミングや、血を噴射するタイミングをはかったのでしょうか? おまけに、金吉が悲鳴をあげた瞬間に映画の男が首を投げつけるなんて……。

〈5〉犯人は金吉の行動や反応を予想できないこと。

金吉が(夫人が寝室から出てこないので)忍び込むのをあきらめたら? 寝室に明かりがついているので引き返したら? カーテンの隙間から覗いたりしないで、いきなり部屋に入ったら? 謎の男の殺人を止めようとしたら? 腰でも抜かして、いつまでも部屋の中を覗いていたら? 物音ひとつ立てずに逃げ出したら? 目撃したことを素直に証言しなかったら?(犯人が窓から逃げ出すのを見たと言えばよい)――これらのうち、どれか一つでも起こったら、その瞬間に、犯人の計画は崩壊してしまいます。

では、その改作版「火の島の花」では、以上の問題はどうなっているのでしょうか? 著者自身は

「密室犯罪学教程（理論編）」の中で〝犯行現場に映画の上映装置が残ってしまう欠点を改良した〟と述べていますが、これまで書いた通り「夢の中の犯罪」の欠点は、それ以外の点にあるのですから……。

「火の島の花」の舞台は、鳥も通わぬ離れ島〈雲竜島〉。島の支配者・雲竜治五郎の甥の治助が、島の駐在の春風のもとに駆け込む。館に何者かが侵入したと言うのだ。

春風巡査が館に着き、寝室の鍵穴から中を覗くと、治五郎は殺され、妻・映子は何者かに鞭打たれていた。春風が頑丈な扉に手こずっていると、突如として出火。館はあっという間に燃え上がると、崩れて海に落ちる。

だが、（摩耶シリーズではワトソン役だったが、その後、探偵役に出世した）島崎が、〝炎の密室〟の謎を解く。犯人は治助と映子。鍵穴の前にスクリーンを置き、春風に映画を見せる。その後、火事を起こし、証拠となるスクリーンや映写機を消し去ったのだ。

こちらの改作版においては、前記の欠点もまた、みごとに修正されているのがわかったと思います。まず〈1〉の映画技術の問題については、事件発生年を「夢の中の犯罪」より後にしています。作中に〝二十年くらい前にベルリン・オリンピックでメダルを期待された選手が交通事故で死んだ〟と書いてあるので、一九五五年か一九五六年でしょう。「夢の中」からは最低でも六年はたっています。この少し後の一九五八年に公開された『シンドバッド七回目の航海』が特撮映画の傑作と言われているので、何となく納得してしまいますね。また、目撃者は片目が見えないわけではありませんが、鍵穴から犯行（映画）を見たことになっているので、距離感の問題は生じません。

〈2〉については、映画は犯行のために撮影したものとなっているので、やはり問題なしです。〈3〉と〈4〉と〈5〉の問題については、犯人が目撃者を呼びに行き、鍵穴から覗かせるというアイデアで解決しています。犯人自身が目撃者と一緒にいるわけですから、タイミングを合わせることは簡単です。また、目撃者は警察官という設定なので、泥棒とは違って、見たことをありのままに証言するのも確実でしょう。

ここで結論――「夢の中の犯罪」は欠点の多い作品だったが、「火の島の花」はそれらがすべて解消された佳作である。

と、これだけ批判しておいて言うのも何ですが、「夢の中の犯罪」にも、一つだけ秀逸な点が――欠点すべてを帳消しにしてしまうほどの魅力が――あります。そしてその長所は、「火の島の花」には存在しないものだったのです。

それは、摩耶の挙げる三つの疑問――犯人はなぜ赤い服を着て殺人を犯したか、なぜ首をチョン切る必要があったか、なぜ青龍刀を使わなければならなかったか――と、その意外な解決でした。「夢の中の犯罪」の犯人は、お遊びで撮影した派手で異常な演出のフィルムをアリバイ・トリックに流用するため、派手で異常な殺人事件を起こさざるを得なかったわけです。フィルムの内容が事件を規定してしまったと言い換えてもいいでしょう。作中の摩耶の言葉を借りるならば、「現実が夢に規定された」となります。これは、見方によっては、「見立て殺人」や「童謡殺人」と同じロジックだと言えないこともありません。

「火の島の花」の方は、このアリバイ・トリックのために撮った映画だという設定になっているので、右の不自然さは解消しています。しかし、そのために、「夢の中の犯罪」の魅力的なロジックも消えてしまいました。

そこで、「火の島の花」に「夢の中の犯罪」のロジックを組み込んでみたのがこの贋作というわけです。もちろん、このロジックは摩耶のものですから、彼に登場してもらわねばなりません。かくして摩耶ものの贋作「夏と冬の奏鳴曲」――じゃなかった、「夏と冬の犯罪」がお目見えしたわけです。

第四章　高木彬光

【注意】以下の作品の真相に言及しています。

《贋作篇・評論篇》高木彬光　『刺青殺人事件』
高木彬光　『白魔の歌』
高木彬光　『仮面よ、さらば』
《贋作篇》江戸川乱歩　『吸血鬼』

《贋作篇1》甲冑殺人事件（問題篇）

序奏

――いま計画している長篇――これは「刺青殺人事件」「能面殺人事件」と共に三部作にするつもりで、「甲冑殺人事件」という題名なんですが――これ又じつにカー的な純本格物なんです。（「宝石」昭和28年7月号。渡辺剣次との対談における高木彬光の言葉より）

私、松下研三はこれまで数多くの探偵小説を書いてきた。そして、それらの作品において、畏友・神津《かみづ》恭介《きょうすけ》は常に神のごとき名推理によって、事件を一刀両断にしてきたのであった。

しかし、この『甲冑殺人事件』での彼は、悪魔のごとく狡猾な犯人によって打ちのめされてしまうのだ。犯人の手によって、恭介の知性は泥沼にはまりこみ、犯人を捕らえるチャンスがありながら、みすみす逃してしまったのだ。

では、なぜそんな事件を今になって発表するのだ、と読者諸君は問うであろう。その問いに対する答えは次の二つである。
一、『仮面よ、さらば』を先頃、発表したこと。
二、前言と矛盾するようだが、この事件に対する神津恭介の推理は過去に例のないほど見事だったこと。特に、機械的密室を解明するくだりは、『刺青殺人事件』の心理的密室の解明に匹敵するものだったと言えよう。
これだけでは意味不明かもしれないが、読者諸君よ、心にとめておいていただきたい。そして、第三幕終了後に投げる筆者の手袋、すなわち読者諸君への挑戦を受けるとき、再び思い出してほしいのだ。

そう、あの『人形はなぜ殺される』と同様、この作品においても、筆者は読者に挑戦したいのである。

この挑戦を受けていただきたい。

第一幕　甲冑の中の死

――これに匹敵するトリックは、僕はまだ二つしかおぼえがない。僕の犯罪捜査の乏しい経験では、『刺青殺人事件』の心理の密室と、『甲冑殺人事件』の第一幕のほかには、くらべるものもない……（『人形はなぜ殺される』より）

1　神津恭介への挑戦

新宿に『黄昏』という喫茶店がある。探偵作家の松下研三が、親友の神津恭介をこの店に連れて行ったのは、評判のM・M・Oを聞かせるためだけではなかった。この店はかつて『ガラスの塔』という名であり、研三と恭介にとって忘れられぬ事件の舞台の一つであったからだ。

「松下君、この店もだいぶ変わってしまったね」

恭介のギリシャ彫刻のような顔に微笑が浮かぶ。表面は冷たく見えるが、実は多情多感な人物である恭介にとって、この店が殺人事件の影響を完全にぬぐい去って新しい喫茶店として繁盛しているのは、嬉しいことなのだろう。

もちろん、研三にとって、この反応は予想通りのものであった。彼はここ数ヶ月、恭介と大麻鎮子《おおあさしずこ》の仲を進めようと涙ぐましい努力をしているのだが、恭介の方が、なかなか乗ってこないのである。原因をつらつら考えてみるに、これは恭介が数々の難事件を解決するにあたり、人間のドロドロした面ばかりを見てきたせいではないか。ならば、あの凄惨な事件の後、魅力的な店として再出発している『黄昏』を見せることも、まんざら効果がないわけでもない。

恭介の好ましい反応を見て、研三が結婚話を持ち出そうとすると、後ろのほうから呼びかける、男の声が聞こえた。

「失礼ですが、神津恭介さんと、松下研三さんではないでしょうか?」

ふり返ると、そこに男が立っていた。年は四十くらいか。背は高く体はやせていた。北欧系の顔立ちは、外国人の血がまじっているせいかもしれない。不思議なことに、研三は、この男に見おぼえがある気がしてならなかった。間違いなく初対面なのだが。

「そうですが、あなたは……」

「失礼しました。僕はこういう者です」

そう言って男が出した名刺には、

企業分析家　墨野《すみの》隴人《ろうじん》

とあった。

「へえ、変わった名前ですね。バロネス・オルツィという探偵作家の生み出した名探偵に、たしか『隅の老人』というのがいましたが……」

研三が名刺を見ながら言うと、墨野はニヤリと笑って、

「よく判りましたね。そうです。オルツィから取ったのですよ。この名前は仕事用でして、言うなれば、探偵作家のペンネームみたいなものです。僕の本名は……」

墨野はそこで急に口をつぐんだ。

「いえ、本名はまたの機会ということにしておきましょう。

――松下さん、僕はあなたの探偵小説のファンでして。全作品を読ませていただいています」

「そりゃどうも」

作家なら誰でも「あなたのファンです」と言われて悪い気はしない。ましてや松下研三においては。

しかし、墨野の次の言葉で、その楽しい気分もふっとんでしまった。

「ただ、こういっては失礼ですが、どの事件も簡単すぎますね。ほとんどの本で、解決篇より前に、犯人やトリックがわかってしまいましたよ。あの程度の事件を解決したくらいで、神津さんを『神のごとき名探偵』とたてまつるのも、どうですかねえ。もちろん、現実の事件とそれを小説化したものでは違うでしょうが、それを考慮に入れても、神津恭介は戦後屈指の名探偵なり、という気分にはなれないですね」

「しかし、君……」

「今日、神津さんに出会えたのは幸運でした。――いえ、僕のために、神様がひきあわせてくれたのかもしれませんね。

神津さん、僕はあなたに挑戦したいのです」

「挑戦？」

「そうです。僕は企業分析家という仕事をしているため、何度も犯罪に関わりあってきました。あいにく殺人はまだありませんが、もし名探偵にふさわしい難事件に遭遇したら、あなたに連絡します」

「僕にその難事件を解決してみろ、というのかね」

「ええ、もちろん、僕が手に入れたデータはすべてお教えします。そして、あなたと僕のどちらが先にその事件を解決するか――」

「せっかくだが、辞退させてもらうよ」

「逃げるのですか？　天下の名探偵が」

「そう思ってもらっても結構」

「よろしい。ならばこちらにも考えがあります。必ずあなたを引っぱり出してみせますよ、神津さん」


墨野が捨て台詞を残して去って行くと、恭介と研三は顔を見合わせた。

「あの男、頭がおかしいのですかね」

「そうとも言えないよ。彼の仕事は『企業分析家』となっていただろう？　あまり詳しいことは知らないが、こういう仕事は、秀れたデータ収集能力や分析能力がないと、つとまらないのじゃないかな。いわば、企業相手の探偵といっていいわけだから」

「あの名刺は贋物かもしれませんよ」

「しかし松下君。君と僕が今日、ここに来たのは、今朝決めたことだろう？　あらかじめ贋《にせ》の名刺を準備しておくなんて、無理じゃないのかな」

　確かにその通りだった。相変らず見事な恭介の推理である。しかし、その恭介ですら、この出会いがもたらす悲劇を予想することはできなかった。いや、恭介ならずとも、誰が予想できたであろうか。

あの、密室の中にたたずむ甲冑や、それが引きおこした数々の悲劇を――

2　密室への招待

「噂をすれば影」というが、墨野から運命の電話がかかってきたのは、研三と恭介が墨野の話をしていたときだった。あの『黄昏』での出会いから、もう三ヶ月以上経っていたにも拘らず、話題にあがっていたというのは、それだけ墨野の印象が強烈だったのであろう。

「もしもし、神津さんでしょうか？　墨野です」

「驚いたね。今、恭介と君の話をしていたところだったんだよ」

「その声は松下さんですね。ちょうどいい。あなたもいっしょに来てください。だいぶ遅くなりましたが、やっと、神津さんにふさわしい事件に遭遇しましたよ。――しかも、密室殺人です」

驚きのあまり、受話器をとり落としそうになった研三だったが、気をとり直して恭介に渡した。

「墨野朧人からです。密室殺人が起こったと言ってますが……」

恭介はきびしい顔で受話器を受け取ると、はき捨てるように、

「いい加減にしたまえ。君は自分の頭脳に自信があるようだから、君が解決したらどうかね」

と言った。ところが、どうしたことか、それに対して墨野が何か言うと――研三には聞きとれなかったが――恭介の表情が見る見る変わっていったのだ。怒りとも悲しみともつかない表情――無二の親友である研三すら、これまで一度も見たことのない表情だった。

しばらくして恭介は「わかった」と答えて電話を切ると、研三に向かって言った。

「さあ、松下君、出かけようか」

「出かけるって、どこへです？」

「殺人の起こった家さ。葛飾区の甲矢《こうや》家だそうだ」

研三は信じられなかった。恭介のこの豹変は、どうしたというのだ。墨野は恭介に何を話したのだろう。まさか、魔法をかけたわけでもあるまいに。

甲矢家に向かうタクシーの中で、研三は恭介に問いただしてみたが、恭介は、

「松下君。すまないが、今は勘弁してくれないか。そのうち、必ず説明するから」

と言うだけであった。

3　甲矢家三兄弟

甲矢家という名前は研三も聞いたことがあった。輸出関連で大きくなった富豪一族なのだが、主な収入は兵器を売ったもの——つまり死の商人というわけである。細かい部品単位で商売したりして、巧みに法律の網をくぐり抜けているため、世間の評判はかなり悪い。

この甲矢工業の社長、甲矢剣一郎《けんいちろう》が葛飾に住んでいるわけだが、この家には弟の槍二郎《そうじろう》も同居している。彼はいっとき、副社長だったこともあるのだが、酒癖が悪く、たびたび不始末をしでかした。そのため、今は名ばかりの部長となり、飼い殺しにされている。また、この二人の下に、楯三郎《じゅんさぶろう》という弟もいる。ただし、十年前に忽然として消え、未だに行方は知れない。

さて、ここで読者諸君のため、甲矢家の一族を挙げておこう。

甲矢剣一郎（50）――――甲矢工業社長
甲矢武子（31）――――その妻（後妻）
甲矢弓子（19）――――剣一郎と先妻の娘
甲矢槍二郎（48）――――剣一郎の弟
甲矢楯三郎（46）――――剣一郎・槍二郎の弟。失踪中

以下、この甲矢家で起こった、血も凍るような殺人事件の顛末を述べていくわけだが、話の順序として、墨野が殺人の第一発見者となったいきさつから始めていこう。

4 書斎の惨劇

墨野が甲矢工業の分析結果をまとめて報告に出向いたのは、夜の八時きっかりだった。応接室で待たされ、使用人が剣一郎を呼びに書斎に行ったが、すぐにけげんな顔をして戻って来た。ノックをしても返事がないし、内側から鍵がかかっているというのだ。

「おかしいな。今日、僕が訪問することは知っている筈なのに――」

そうこうするうち、妻の武子と秘書の太刀川が帰って来た。墨野が説明すると、

「あの人、最近体調を崩しているのよ。もしかしたら、意識不明かもしれないわ」

と武子が言うので、あわてて三人で書斎に向かった。

「剣一郎さん、墨野です。剣一郎さん」

いくらノックしても返事がない。武子の言う通り、何かあったに違いない。

書斎の扉の上部には曇りガラスがはめ込んである。墨野は手にハンカチを巻くと、ガラスを砕いて、中をのぞいた。

まず感じたのは、血の臭いだった。床は見えないが、かなりの流血があったらしい。次に目に入ったのは、甲冑だった。以前、墨野が仕事の打ち合わせのため書斎に入ったときは壁ぎわに飾ってあったものだ。何者かがわざわざ書斎の中央に移動したらしい。そして、その兜《かぶと》の面頬《めんぽお》は外されているにも拘らず、兜の中はのぞけなかった。なぜなら、そこに甲矢剣一郎の青ざめた顔があったからである。ああ、何ということか。甲矢剣一郎が甲冑をまとって、書斎の中央に立っているのだ。しかも、目の色からすると、すでにこと切れているに違いない。

墨野はガタガタ震えながら、太刀川に場所をゆずり、武子を扉の前から引き離した。

「どうしたのです、墨野さん？」

「奥様、申しわけありませんが、警察を呼んでください」

「まさか、主人が……」

今にも気絶しそうな夫人をはげましながら、居間にまでつれ出した墨野は、戻ってくると太刀川と顔を見合わせた。

「す――墨野さん、あ――あれは――」

「どうやら剣一郎氏は殺されたようだ。――ガラスの破れ目から、錠を外せるかな？」

「無理です。離れすぎてますよ」

「よし、ドアを打ち破ろう。あの扉は薄いし、二人がかりなら、何とかなりそうだ」

墨野と太刀川が交互に扉を蹴ると、鈍い音がして、蝶番《ちょうつがい》が外れた。と、同時に、書斎の中で、ガタガタッという音がした。

二人は書斎に足を踏み入れようとして、思わずたじろいだ。床にしきつめてある白い絨毯《じゅうたん》のほとんどが血に染まっていたのだ。白い部分は部屋の隅《すみ》くらいで、あとは真紅である。いったい、人間の体から、これだけの血が流れるのであろうか。

甲冑に目を移すと、さきほどの物音の原因がわかった。扉を破るときの衝撃で、甲冑が倒れたのだ。

しかし、倒れた甲冑をこわごわのぞき込んだ太刀川は、再び驚きの声をあげた。

「す——墨野さん。死体がバラバラになっています」

「何だって?」

太刀川が驚くのも道理。剣一郎の死体は、首と両手両足のつけねの部分で、切断されていたのだ。これでおびただしい流血の理由もうなずける。本来、甲冑というのは、中に入っている人間によって、バラバラになるのを防いでいるのだが、この場合は、死体がバラバラになるのを、甲冑が防いでいたのだ。恐るべき逆転である。もちろん、甲冑の留め具や紐の力など、微々たるものであるから、扉を破る衝撃に耐えられなかったのだろう。その上、崩れ落ちたときのショックで、頭部や胴体が甲冑から転がり出ていた。

「おや?」

墨野はその胴体に注意を引かれた。ちょうど上になったその背中一面に、刺青が彫られていたのである。

「太刀川君。剣一郎氏は刺青を彫っていたのかね。血でよく見えないが、これは剣かな?」

「そうです。剣の刺青です。子供の頃、父上の故・甲矢兵衛氏が彫らせたものです」

「ほう。槍二郎氏にもあるのかね」

「ええ。槍《やり》の刺青です。僕は見たことはありませんが、楯三郎氏にも楯《たて》の刺青があったそうですよ」

「ふうん。名前にちなんだ刺青を彫ったわけか——」

しばらく墨野は考え込んでいたが、やがて、誰に言うでもなく呟いた。

「密室——甲冑——バラバラ死体——刺青——やっと、神津恭介向きの事件が起こったぞ」

第二幕　ユークリッド幾何学

——神津恭介ものとして、まだ一つ約束を果たしておらない作品があるんですよ。「甲冑殺人事件」という仮題なんですが、神津恭介の最後のものだというのです。トリックもおもしろいし、これは完全にまだ残っているらしいのです。（「別冊宝石」昭和38年7月。座談会における海渡英祐の言葉より）

1　殺人の場

恭介と研三が甲矢家に到着したときには、すでに警察が捜査を開始していた。

「おや、神津さん。それに松下さんも」

二人に近寄って来たのは、高川警部であった。

「墨野隴人という男に呼ばれたのだが……」

恭介はむっつりと押し黙ったままなので、代わりに研三が答える。

「墨野とお知り合いなのですか？　あの男、何者ですかね。現場のまわりはウロウロするわ、われわれに質問するわで、まるで探偵気どりですよ」

「僕だって、似たようなものさ」

恭介のこの言葉を聞いて、研三は胸をつかれるような思いがした。彼がこんな自虐的なことを言うとは。

かまわず恭介は家の中へ入っていった。廊下で待っていたのは、誰あろう、あの墨野であった。

「来てくれましたね、神津さん。うまい具合に、まだ死体は運び出されていませんよ」

墨野の導きに従って書斎に入った二人は、酸鼻《さんび》をきわめる犯行現場のありさまに顔をしかめた。甲冑、バラバラ死体、刺青、血に染まった絨毯……これまで数多くの死体を見てきた二人ですら、耐えきれないむごたらしさであった。

「どうです、神津さん。まさに、あなた好みの事件ではないですか。しかも、密室殺人なのですよ。ありとあらゆる探偵作家が、いや現実の犯罪者が永遠に求めてやまぬ黄金郷です」

嬉々として恭介に話しかける墨野の姿を見て、研三は水でも浴びせられたようにぞっとした。まさか、神津恭介を引っぱり出したいために、墨野が殺人を犯したのではないだろうな……。

だが、研三のこの妄想は、墨野の言葉で破られた。

「……というのがこれまでのいきさつです。今から別々に調査を始めて、あとで意見交換会といきませんか？　僕も今のところ、犯人はわかりませんが……密室の謎は解いてお目にかけましょう」

ああ、何という大胆な発言。しかも、その言葉が天才探偵・神津恭介の口から出るならまだしも、一介の企業分析家に過ぎない墨野の口から発せられるとは……。

神津なら？　そうだ、墨野隴人はまるで、神津恭介ではないか。

『黄昏』で初めて墨野に会ったとき、初対面であるにも拘らず、研三は見おぼえがある気がしてならなかったのだが、その理由がやっとわかった。墨野は恭介と似ているのだ。体つきや顔つきも似ているし、しゃべり方もそうだ。……厳密に言うと、昔の、自信あふれる神津恭介と似ている。最近の恭介は、大麻鎮子の件でもわかる通り、だいぶ丸くなってきている。それで最初、墨野と会ったときは、恭介と似ていることに気づかなかったのだ。

研三がもの思いにふけっている間も、恭介は犯行現場を調べていた。特に、扉のわきの一部と、向かいの壁の窓の二箇所に注意をひかれたようだった。

恭介の調査が一段落したのを見はからうかのように、墨野が再び姿を現した。

「神津さん、居間に家族を集めて事情聴取をするようですよ、来られませんか?」

2　涙なき家族

恭介と研三が墨野に続いて居間に入っていくと、ちょうど事情聴取が始まるところだった。

「警部さん、この二人はどなたですの?」

まるで女優のような美しい女が恭介たちをとがめた。甲矢剣一郎の妻、武子である。どことなく計算高い感じがするのを除けば、これまで研三が会った中でも、一、二を争う美人だった。

高川警部が恭介を紹介すると、武子はうなずいて、頭を下げた。

「神津さんの名探偵ぶりは、かねてから聞いております。あらためてわたくしからお願いします、神津さん。主人を殺した犯人を、一刻も早く捕《と》らえてください」

だが、その言葉とはうらはらに、彼女に悲しみの色は全く見られなかった。

「ふん、白々しいことを言いおって」

赤ら顔の男が吐きすてるように言った。どうやら酒を飲んでいるらしい。

「お前さんが兄を愛しとらんのは、みんな知っとることだ。十年前、婚約した楯三郎を捨てて、金目当てに剣一郎と結婚したのだろうが。かわいそうに、楯三郎のやつは失踪したきり、未だに見つかっておらん」

話の内容からすると、このアル中は甲矢剣一郎の弟の槍二郎らしい。それにしても、楯三郎の失踪の原因が、剣一郎に武子を奪われたためだったとは。

武子によりそうように立っていたヒゲの男が、怒りにふるえる声で槍二郎に言った。

「槍二郎さん、それは違いますよ。十年前はともかく、今の武子さんは剣一郎氏を愛しています。私は剣一郎氏の秘書を五年もつとめているので、わかるのですが……」

こちらの男は秘書の太刀川というらしい。ヒゲと眼鏡で表情はわからないが、かなり怒っていると見え、握ったこぶしがブルブル震えている。

ところが槍二郎は、太刀川の怒りなど全く意に介さず、

「いくら秘書でも、夫婦の閨房《けいぼう》のことまで、わかるまい。結婚して十年になるというのに、未だに子供がおらんのは、どういうわけかね」

「それは、弓子さんがいるから……」

「もうやめて、叔父さん、太刀川さん」

若い女の叫びが居間に響いた。娘の弓子に違いないが、このときまで研三は、彼女の存在に全く気づかなかった。

しかし、あらためて見てみると、弓子もなかなかの美人である。義母の武子の大輪の薔薇のような美しさの前にかすんでしまっているため、目立たないのだが。

今まで黙って見ていた高川警部も、さすがにまずいと思ったのか、各自のアリバイを聞き始めた。血液の凝固状態などから、犯行は夜の七時から八時の間となったらしい。

武子は午後は銀座で買い物をしていたと言い、太刀川がその証言を裏づけた。

槍二郎と弓子は、剣一郎と共に六時に夕食をとり、その後は各自の部屋にいたと証言した。もちろん証人はいない。

四人の証言を聞きながら、研三は不思議な気持ちだった。夫を殺された武子も、兄を殺された槍二郎も、雇い主を殺された太刀川も、誰一人として悲しんでいない。父を殺された弓子でさえ、心の底から悲しんでいるようには見えなかった。

――涙なき家族か――

研三は呟いた。

3　密室破れたり

武子たちは各自の部屋に戻り、居間には恭介と研三、それに墨野と高川警部が残された。

「やれやれ、ひどい家族だ」

高川警部が誰にともなく呟くと、墨野は奇妙な笑いをうかべた。

「家族なんて、みんなあんなものですよ、ねえ、神津さん」

「それより、君の考えた密室トリックというのを、教えてくれないか」

恭介が墨野の無駄話をさえぎるように言った。そうだ、墨野は確かにさっき、密室の謎を解いてみせると言ったのだ。しかし、殺人が起きて数時間しか経っていないのに、すでにトリックを見破ったというのだろうか。

「いいでしょう。犯行現場の書斎へ来てください」


「この部屋には、窓と扉が一つずつあります。天井にも床にも壁にも抜け穴などはありませんから、犯人はこのどちらか一方から脱出したことになります。——ここまでは、いいですね」

墨野は研三たちに承諾を求める。高川警部がうなずくのを見て、あとを続ける。

「窓の方は、鉄製の格子がはまっているので、出入りは不可能です。また、この格子は間隔が狭いので、ここからバラバラ死体を運び入れることも不可能です。つまり、犯人は扉から出たことになります」

ここで、またもや墨野はまわりを見まわした。なぜ一度にしゃべらずに、いちいち他人の承認を求めるのだろうか？　まるで講義をしているみたいだ。

「今度は扉を見てください。扉ごと外したり、羽目板を外したりした形跡はありません。上部の曇りガラスも、死体発見時に僕が砕くまで、ヒビひとつ入っていませんでした。これは、太刀川君が証明してくれるはずです」

墨野は一歩一歩、自分の推理を述べていく。最初は気乗り薄だった高川警部も、今や興味深げに身を乗り出している。

「結論は、犯人は書斎の外から扉の鍵をかけたということになります。——さて、どんな方法だったのでしょうか？　鍵は閂《かんぬき》式ですが、決して軽くはありません。ある程度の力は必要です。一方、書斎内部には、力を発生させる動力のようなものはありません。つまり、閂を閉めるための力は、書斎の外から伝わったのです」

墨野は、声を高くして続ける。

「磁力のようなものでない限り——この閂は木製ですから、磁石を使うことはできませんが——その力を伝える媒体が必要になります。棒とか紐ですね。

この書斎の外から棒や紐を使うとすれば、当然、何らかの隙間が必要となります。

ところが、扉は、ぴったりと隙間なく壁に取りつけられているので、残りは窓しかありません。つまり、犯人は窓の外から紐か何かを利用して、扉の閂を閉めたのです」

ここで墨野は扉に近づくと、なかば蝶番が外れかかった扉を、再び壁にぴったりはめ込んだ。なるほど、確かに扉の周囲に隙間はない。

「閂を閉めるには、閂の横棒を水平にスライドさせる必要があります。ところが窓は、このスライド方向にはありません。そこで、窓の方向から来た力を閂のスライド方向に変える、何らかの支点が必要になります」

墨野は扉のわきの壁の一点を指さした。

「ここを見て下さい。ピンの痕があります。しかも新しい。ここが支点だったに違いありません」

墨野が指さした位置を見て、研三は驚いた。先ほど恭介が熱心に調べていたところではないか。

墨野はポケットから、麻糸の束と大きなピンをとり出し、麻糸を二つに切ると、一本をピンに結びつけて、そのピンを問題の位置に斜めに打ちこんだ。もう一本の麻糸は端《はし》どうしを結びつけ、輪を作って閂の引き手にかけ、水平に引っぱって壁のピンで方向を変え、窓の方に伸ばしていった。麻糸の結び合わせた端を持ち、窓の前に立った墨野が話し始めた。

「本当は、窓の外からこの二本の糸を操作するのですが、今回は、このままやります」

そう言って輪にした糸の方を引っぱると、閂が横に動いて、穴の中にさしこまれた。

「ここで糸の結び目をほどき、一端を手放して、もう一端を引くと、糸は回収できます。ピンの方は、もう一本の糸を引っぱれば、回収できますね」

4　破れざる密室

墨野の推理は終了したが、正直言って、研三は失望の念を禁じ得なかった。確かに論理的な推理だが、解答が探偵小説ではおなじみの「糸とピンの利用」というのでは。かつて恭介も、ある事件において、これとよく似た糸とピンを使った密室トリックを解明したことがあったが、あれは糸を通す場所に先例のない独創があったし、背後にもう一つのトリックが隠れてもいた。

――もっとも、墨野が密室を作ったわけではなく、彼はそれを解明しただけなので、責めるのは酷かもしれない。おそらく墨野の推理は正しいのだろう。この密室状況では、他の解決はあり得ない。

研三が恭介の方を見ると、彼はじっと考え込んでいるようだった。

「どうです、神津さん」

墨野が聞くと、恭介はようやく口をひらいた。

「残念だが、そのトリックには大きな欠点があるね」

沈黙があたりを支配した。やがて墨野が口をひらくと、上ずった声で聞いた。

「ど……どうして駄目なのですか。現に、たった今、閂を閉めてみせたじゃありませんか」

「君は大事なことを忘れている。そのとき、糸は部屋のどの部分を横切っていたのかな」

次の一瞬、墨野は雷に打たれたようだった。

「気づいたようだね。今は片づけられているが、犯人がもしこのトリックを実行しようとすれば、死体が邪魔になってしまうのだよ」

その通りである。ピンと窓を結んだ直線上に、甲冑をまとった死体が立っていたのだ。

「死体はバラバラにされ、少しの衝撃でも崩れるようになっていたのだろう？　閂を閉めるために糸を引いたり、ピンを抜くために糸を引いたりしたら、死体は立っていられなかったはずだ。にも拘わらず、君と太刀川君が発見したとき、死体は立ったままだった。

——つまり、君の考えた密室トリックは行われなかったんだ」

密室は破られなかった！　墨野の推理は間違っていた！　研三は複雑な気分だった。墨野の推理が恭介によってくつがえされたのは心地よかったが、再び密室の謎が生じてしまったのだ。

墨野は、と見れば、しきりに壁を調べている。

「無駄だよ。糸を渡す他の支点がないか調べているのだろうけど、そんなものはないんだ」

恭介の声が冷たく響いた。

「それよりも、もっと先に解くべき謎があるんじゃないかね」

「犯人の名前ですか?」

「違う。密室より重要な謎は、次の二点だよ。
(1)なぜ犯人は死体をバラバラにしたのか?
(2)なぜ犯人は死体に甲冑を着せて、部屋の中央に立たせたのか?
　この二点を解決しない限り、事件は永久に解決しないのではないか、この二点を解決すれば、事件は即座に解決するのではないか――僕は、そんな気がしてならないのだがね」

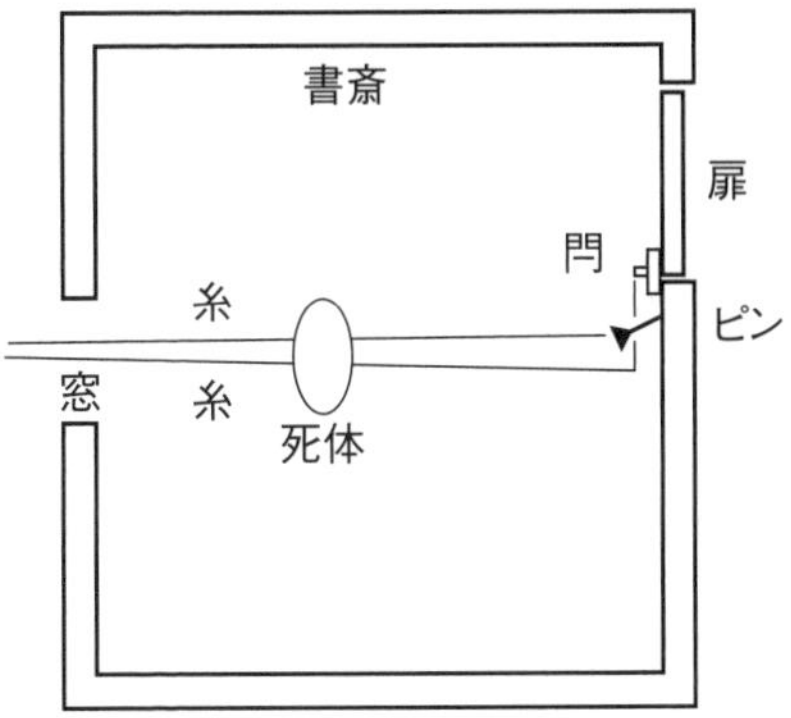

第三幕　運命交響曲

——読者諸君、いまこそ挑戦のときはきたと思う。（『呪縛の家』より）

1　墨野隴人の捜査

甲矢家の殺人事件から一ヶ月が過ぎようとしていた。

墨野は懲りずに捜査を続けていた。恭介に完膚なきまでに叩きのめされ、落ち込んでいたのもほんのいっとき、本業の企業分析とやらもほっぽり出し、調査にかけまわる毎日である。しかも、定期的に恭介や研三に報告にくるのだ。内心では迷惑しているであろう高川警部や甲矢家の人々も、墨野が恭介の手助けをしていると思い、がまんしているらしい。もしこれが意図したものだとすれば、墨野もなかなかの策士である。

もっとも、そのわりには確たる成果をあげてはいないようだった。

墨野がまず調べたことは、本当に自分の考えた密室トリックが不可能かどうかだった。わざわざ同じ甲冑を手に入れ、死体と同じように切断したマネキンに着せて、書斎の中央に立たせてみる。その状態のまま、紐を使って窓の外から門を閉めようとする。だが、何度やっても巧《うま》くいかなかった。恭介の指摘した通り、紐が甲冑に引っかかってしまうのだ。無理に紐を引くと、死体が崩れてしまう。

では、紐が甲冑を避けるよう、支点の位置を変えたらどうか？　壁も天井も床も、一センチきざみで調べたが、支点となるものも、その痕跡すらも無かった。

ならば犯人はどうやって密室を実現させたのか――警察も研三も、全く見当がつかなかった。考えられる可能性はすべて、墨野が調べて、否定していた。抜け穴、死体移動、磁石……。

墨野はここで発想を変え、密室にこだわるのはやめて、犯人の追求にとりかかることにした。

「誰が利益を得るのか?」――この点から考えると、最も疑わしいのは、甲矢剣一郎の妻、武子である。甲矢家の財産の大部分は彼女に行くことになっているし、社長の座も手に入る。現に、今や武子は甲矢工業の女社長である。まだ一ヶ月足らずだが、評判は悪くないようだ。研三が感じた武子の計算高さが、社長業に合ったらしい。ただし、彼女には秘書の太刀川と銀座で買い物をしていたというアリバイがあった。

剣一郎の弟、槍二郎には動機らしいものは何もなかった。わずかな遺産のために兄を殺すというのは、ありえないことではないが、可能性は低い。むしろ、賢兄に対する愚弟の劣等感の方が、動機としてはふさわしいようだ。

兄殺しという点では、行方不明の三男、楯三郎の方が強い動機を持っていることになる。何しろ、婚約者を兄に奪われたのだから。墨野もそう考えたらしく、八方手をつくして、楯三郎の行方を調べているようだが、未だに生きているのか死んでいるのかすら、わからない。

娘の弓子に関しては、今のところは動機は見つからなかった。今のところ、というのは、この後、武子が死ねば、莫大な遺産が手に入ることになるからである。しかし、わずか十九歳の可憐な少女が、父だけでなく義母も殺し、遺産を手に入れようとするだろうか?

密室の解明を保留し、犯人の解明にとりかかった墨野であったが、再び行き詰まったようだった。

さて、その墨野の挑戦を受けている神津恭介は?

驚くべきことに、恭介は何もしていなかった。ときどき墨野の報告を聞く程度で、犯行現場を調べるわけでもなく、容疑者と話すわけでもない。研三がしきりに誘い水をかけても乗ってこない。事件に対して、これほど無関心な恭介を見るのは初めてだった。

しかし、ちょうど一ヶ月経ったこのときから、再び犯人の魔手《ましゅ》は動き始めたのである。

2　大麻鎮子の勇気

来る二月二十五日夜八時、甲矢家において事件の解決を致します。　墨野隴人

この招待状を受けとるやいなや、研三は自宅を飛び出し、恭介の家へ向かった。一刻も早く恭介と話したかったのだ。墨野は本当に解決したのだろうか。今度の推理は正しいのだろうか。だとしたら、天下の名探偵・神津恭介が、どこの馬の骨とも知れぬ企業分析家にだしぬかれたことになる。

——いや、恭介が真剣に取り組んでいれば、今ごろはとっくに解決していたに違いない。まだ遅くはない。恭介を説得し、二十五日より前に、解決してもらうのだ。

ここで研三の足が止まった。前を行く二人に気づいたからだ。

——神津恭介と大麻鎮子ではないか。

恭介の家に向かっているらしい。いつもの研三なら、気をきかせて引き返すところだが、今度ばかりはそうもいかない。研三が二人を呼び止めようとした瞬間、それは起こった。

脇道から、突然、一台の車が飛び出してきて、恭介に襲いかかった。人間の体が叩きつけられる鈍い音。ブレーキもかけず、さらにスピードをあげて走り去る車の爆音。あとに残されたのは、地面に倒れ伏す人影と、そのかたわらで呆然と立ちつくす人影。

「神津さん！」

研三は転がるようにかけ寄った。

「ま……松下君……」

恭介がかすれた声で言って、足もとの大麻鎮子を見つめる。

「大麻君が……僕をかばって……」

「落ちついて下さい、神津さん。僕は救急車を呼んできますので、あなたは応急手当てをしてください。まだ助かるかもしれません」

研三がしっかりした声で恭介に指示を与える。いつもと逆の光景だが、二人とも、それに気づくどころではなかった。

大麻鎮子は幸いにも即死は免れた。だが、その意識は戻らぬまま、生死の境をさまよい続けることになった。

3　神津恭介の告白

二月二十五日――

神津恭介と松下研三は車で甲矢家に向かっていた。大麻鎮子の件もあり、研三は恭介に、墨野の招待を断るよう勧めたのだが、なぜか恭介は行くと言ってきかなかった。

息苦しい沈黙を破るように、研三が口をひらいた。

「神津さん、こんなときに聞くのは何ですが……」

「うん、何だい？」

「墨野のことです。神津恭介ともあろう人が、どうして一介の企業分析家ごときに振り回されなければならないのです？」

「どういう意味かな」

「あなたの墨野に対する態度ですよ。一ヶ月前の墨野の電話以来、彼の言いなりではないですか。まるで弱みを握られているみたいだ。いったい、あの電話で何を話したというのです？」

恭介は黙ったまま、返事をしない。研三はなおも追いうちをかけるように続けた。

「あのとき、『そのうち必ず説明する』と言ったじゃないですか！」

「……わかった」

恭介が口をひらいた。

「親友の君には、話すべきだろうね」

次の恭介の言葉は、実に意外なものであった。

「実は……彼――墨野隴人は、僕の弟なんだ」

これまで何度も恭介の言葉に驚かされてきた研三だったが、このショックは、これまでの比ではなかった。

「そ、そんな馬鹿な。だってあなたの兄弟は姉さんだけのはずでは……」

「異母兄弟というやつさ」

恭介は苦々しく答えた。

「ということは、つまり……」

そこで研三は口をつぐんだ。彼自身、あまり人のことは非難できないからではなく、友の心境をおもんぱかったからである。

「……そうですか、わかりましたよ。墨野は世間にそのことをばらすと言ったのですね」

「僕はともかく、父母の名誉や姉のことを考えると、公《おおやけ》にはしたくなかったのだ。彼自身、僕を負かせば満足するみたいな感じだったからね」

「なるほど。これで彼があなたを目の仇《かたき》にしたわけがわかりました」

同じ血を受けながら、一方は父なし子として育ち、もう一方は父の遺産で悠々自適の生活を送っている。兄の名声が高まるにつれ、弟のジェラシーも高まっていったのだろう。

「それで、あなたは墨野に事件を解決させるため、わざと一歩引いていたのですか」

「その通りだよ。彼が解決してくれるなら、僕は敗北者になってもよかったんだ。一ヶ月前の密室の解明のように、明らかに間違った方向に進もうとする場合は、黙っているわけにはいかなかったが」

「警察が誤った人物を逮捕でもしたら、大変ですからね」

研三はうなずくと、前々から聞きたかった質問をした。

「では神津さん。あなた自身はこの事件の真相を見抜いているのですか？」

「もちろんだ」

恭介は冷静に答えた。

「そ——それでは、なぜ今まで……」

「今まで黙っていたのかと言うのかい？」

「そうです。墨野に花を持たせるためですか？」

「それもある。だが、実を言うと僕の推理には物的証拠がないのだ。墨野が捜査に飛びまわっているので、いずれそれも手に入ると思っていたのだが……」

研三は己《おのれ》の不明を恥じていた。無関心に見えた恭介が、ここまで考えていたとは。墨野が自力で解決できれば、それで良し。もし恭介が解決した場合でも、墨野が集めたデータを使ってやれば、多少なりとも彼のプライドは満足できる。それに——

「それに、僕の推理が正しければ、もう殺人は——少くとも当分は——起きないはずだった。それなのに……」

恭介の顔が曇った。

「それなのに……何です？」

研三が尋ねる。

「……君もうすうす察してると思うが、大麻鎮子君をはねたのは、犯人に違いないのだ」

「やはり、そうでしたか。犯人はあなたの方を狙ったのですね。真相を見抜かれる前に殺そうと思って……」

「もはや犯人を野放しにしておくわけにはいかない。おそらく、墨野には真犯人を指摘できないだろう。その場合は、僕が指摘する」

恭介はきっぱりと言った。

研三は体が震えるのを感じた。ついに、神津恭介は立ったのだ。

もはや、事件の解決は、時間の問題にすぎない。

4　名探偵の死

甲矢家の食堂には、事件の関係者が集まっていた。

甲矢槍二郎、武子、弓子の甲矢家の三人。秘書の太刀川、墨野隴人、高川警部、それに神津恭介と松下研三。食堂の外には、数名の警官が待機している。

弓子がいれたコーヒーをすすりながら、墨野が口をひらいた。

「では、これから事件の解決にかかります。まず僕が推理を述べて、次は神津さんにお願いします。いいですね」

墨野が隣の恭介の方を見ると、恭介もコーヒーを飲みながらうなずいた。

一同の間をざわめきが走った。二人の探偵が推理するのだ。しかも、一人は神津恭介である。よもや二人とも間違うことはあるまい。――だが、どちらが正しい解決をするのであろうか？　墨野隴人か？　神津恭介か？

「ただし、その前に一つだけ確認しておきたいことがあります」

墨野はこう言って、秘書を指さした。

「太刀川さん、上着を脱いで、背中を見せてくれますか」


「な、なんで私が……」

太刀川は動揺して叫んだ。だが、墨野の鋭い目ににらまれると、しぶしぶ服を脱ぎだした。

研三には、墨野の狙いがよくわかった。太刀川が、失踪中の甲矢楯三郎ではないかと疑っているのだ。もし楯三郎だとすれば、背中には楯の刺青があるはずだ。

――しかし、太刀川の背中には、何もなかった。刺青も、それを消した痕も……。

墨野はガックリくると思いきや、かえって自信が深まったかのように見えた。

「失礼しました、太刀川さん。一応、確認しておきたかったものですから」

「何を確認したかったのかね」

「それは、後で話しますよ。まずは密室の謎解きからいきましょう」

墨野はこう言うと、ポケットから黒い手帳を取り出した。ペンをはさんであるページを開き、話し始める。

「この密室の重要な点は――」

だが、彼の次の言葉がわかるのは、数時間後のことだった。

鈍い音を立てて、男の体がくずれ落ちた。コーヒー茶碗が砕ける音。男は体をけいれんさせると、息をひきとった。

一同は驚きのあまり、金縛りにあったようだった。事件の解決をしてくれるはずの名探偵が、突然、死んでしまったのである。

やっと高川警部が体を動かすと、死体に近寄った。

「毒を飲まされたようです」

毒殺？　甲矢剣一郎を殺害した犯人が、真相を見抜かれぬため、毒を盛ったのか？

研三がふと足もとを見ると、黒い手帳が落ちていた。先ほどまで墨野が見ていたものに違いない。いまの騒ぎで落としたと見える。

研三は拾いあげてペンをはさんであるページを開くと、食いいるように見つめた。

「兄弟は似すぎた。あまりに。

彼女は実に利口者。

剣＝槍∧楯　だが『無』はもっと大きい。

金色夜叉――貫一、お宮は犯人か？

似ないなら似せてみせようほととぎす。

血が多すぎる。

『吸血鬼』?

甲冑はなぜ崩される?

人体－胴＝?

書斎の中で立っている」

読者諸君への挑戦

この先を続けることは、筆者にとって実に容易なことである。だが、しかるべきところにおいて、諸君に手袋を投げて挑戦するということは、この物語の巻頭において私が諸君に約束したことである。

今こそ、その機会は訪れたのではないかと思われる。

借問《しゃもん》す。この事件の犯人は、はたして誰?

《評論篇1》罪なき探偵

仮説

〈日本の三大名探偵〉の一人、神津恭介と似ている海外の名探偵は誰だろうか？外面的な類似で言うならば、ドロシー・L・セイヤーズのピーター卿や、ヴァン・ダインのファイロ・ヴァンスといった、紳士探偵が挙げられるだろう。初期の名探偵エラリー・クイーンでもかまわない。だが私は、外面はともかく、内面的にはピーター卿ともファイロ・ヴァンスともエラリー・クイーンとも、まったく似ていないと思っている。私が神津恭介と内面的に最も似ていると考える海外の名探偵――それは、E・S・ガードナーの生み出したペリイ・メイスンである。

いやいや、もちろん百谷泉一郎と間違えているわけではないし、松下研三がデラ・ストリートだと言うつもりもない（でも「松下研三は女だった」という論考は面白そうだ。誰か書きませんか？）。作者が共に弁護の経験があるというのも関係ない。私が考える神津恭介とペリイ・メイスンの共通点は、あくまで内面的なものなのである。

その共通点とは、次の二点になる。
（1）自分の内面に〈悪〉を持っていない。
（2）犯人の内面に踏み込まない。

ペリイ・メイスンがこの二つの条件を満たしていることについては、誰もが賛成してくれるだろう。メイスンは法廷でかなり悪どい手を使うが、これはあくまで弁護のテクニックに過ぎず、読者が〈悪〉を感じることはない。そもそも「法律に触れる、触れない」と〈悪〉は、まったく別ものである。また、メイスンはその活躍において、犯人どころか、関係者の内面さえも考慮しない。あくまでも表面に現れたものだけを見ている。法廷で証人を論破する時すら、そうなのである。まあ、内面的なものは法廷で証拠にならないからなのだろうが……。

そして、神津恭介もまた、同じである。
本稿では、この二つの点から、神津恭介について考察してみたいと思う。（ただし、この二点は互いに無関係というわけではない。探偵が犯人の内面に踏み込むには、自分も内面に〈悪〉を持っていないと難しいし、逆に、犯人の内面に踏み込み続けていると、探偵自身も〈悪〉に感化されるからである。）

1. 神津恭介は内面に〈悪〉を持たない

「アトムは完全ではないぜ　なぜなら　わるい心を持たねえからな」

――手塚治虫『鉄腕アトム』より

まず、探偵が「内面に〈悪〉を持つ」とはどういうことかというと、ここでは、その探偵が「殺人を犯してもおかしくないタイプ」ということにする。ネタバラシになるので名前は挙げられないが、内外の名探偵には、殺人を犯した者が少なくない。さらに、直接手を下さないまでも、犯人を自殺に追い込んだ名探偵となると、ずっと数は増える。

例えば、笠井潔の生み出した名探偵・矢吹駆について考えてみよう。彼の活躍するシリーズは現在も続いているが、ファンの間では『最後の事件』では矢吹駆が殺人を犯す」というのが定説になっている。これは、矢吹駆が内面に〈悪〉を持っていることを、ファンが感じ取っているからに他ならない。

では神津恭介は、といえば、「神津恭介最後の事件」という副題のついた『七福神殺人事件』(一九八七)連載中もその前も、そんな説は読んだことも聞いたこともなかった。恭介が犯罪者探偵の先駆である「隅の老人」をもじった「墨野隴人《すみのろうじん》」という名前を名乗っていてさえも、そうなのである。

当時、リアルタイムで神津ものを読んでいたファンにとって、『仮面よ、さらば』(一九八八)で明かされる仕掛けは、発表前からミエミエだった。それでも、神津恭介が殺人を犯すという作品が書かれるとは、とても思えなかったのだ。（ここでファンは、『わが一高時代の犯罪』（一九五一）を挙げて反論するかもしれない。しかし、あれは「犯罪」ではあっても、「悪」ではないのだ。）

ちなみに、短篇「妖婦の宿」（一九四九）の正解率の低さは、もはや伝説になってしまっているが、これは、探偵役が恭介だったのも一因だと考えられる。矢吹駆が探偵役だったら、みんな犯人を当てたのではないだろうか？

また、『刺青殺人事件』の初稿版（一九四八）には、恭介の「悪に対する抑えきれない憎悪」というセリフもある。このセリフも、恭介が、〈悪〉を自分の内部ではなく外部に存在するものだと思っていることを示していると言えよう。

さらにもう一歩進めると、探偵が内面に〈悪〉を持つということは、探偵が犯人に限りなく近くなってしまうということにもなる。

これは江戸川乱歩の名探偵・明智小五郎を例にとればわかりやすいだろう。蜘蛛男、吸血鬼、人間豹、地獄の道化師といった殺人淫楽者との抗争において、明智小五郎は明らかに彼らに共感・同調している。殺人狂の変態癖を逆手にとった罠を嬉々として仕掛け、犯人を絶望と屈辱の淵に追い込む明智の手口は、もはや犯人たちの犯行と大差がないものになっているのだ。

しかし、神津恭介はそんなことは決してやらない。犯行の解明の都合上、トリックの再現をやることはあっても、不必要な殺人行為まで演じることはない。彼にとって、犯人の行動は解くべき問題の一つに過ぎず、解いてしまえばそれで充分なのである。

また、「明智小五郎と怪人二十面相」と「神津恭介と死神博士」を並べた場合、前者が似たもの同士なのに対し、後者がそうでないことも、言うまでもない。

おそらく、〈死神博士シリーズ〉が、そのミステリとしての面白さに反して長続きしなかったのも、このあたりに原因があるのだろう。似たもの同士である明智小五郎と怪人二十面相にとって、お互いに相手の存在は不可欠であるがゆえに、決着をつけることは好ましくない。そこで、馴れ合い的な抗争を果てしなく続けるわけである。しかし、神津恭介と死神博士の場合は違う。相手は自分とは反対側に立つ、葬るべき存在にすぎない。楽しくも嬉しくもない抗争はとっとと終わらせるに限る、というわけである。


では、ここで一つの指摘をしよう。内外の名探偵を「内面に〈悪〉を持つタイプ」と「内面に〈悪〉を持たないタイプ」に分類してみると、人気があるのは前者が圧倒的に多い、という点である。

シャーロック・ホームズの〈悪〉については、何人ものファンが指摘してることである（例えば、モリアーティ教授を殺している）。アルセーヌ・ルパンについては説明不要だろう。G・K・チェスタトンのブラウン神父、ヴァン・ダインのファイロ・ヴァンス、アガサ・クリスティのエルキュール・ポワロ、エラリー・クイーンの探偵クイーンとドルリー・レーンといった人気のある名探偵たちが犯罪者的タイプであることもまた、明らかである。

これに比べて、内面に〈悪〉を持たないタイプは人気がない。ホームズを上回る活躍をしながら、人気でははるかに劣るオースチン・フリーマンのソーンダイク博士。作者は人気があっても探偵はさほどでもないF・W・クロフツのフレンチ警部。クリスチアナ・ブランドやアントニイ・バークリーといった作家たちは、自身は内面にたっぷりと〈悪〉を持っているのに、自らの生み出した探偵には〈悪〉を持たせなかったために、名探偵の方は、まったくといっていいほど人気がない。

日本でも、鮎川哲也の鬼貫警部や土屋隆夫の千草検事といった、「作品の人気に比べ、探偵の人気が低い」面々を思い浮かべてくれれば、この説の正しさはわかってもらえると思う。

この理論に従うと、内面に〈悪〉を持たない神津恭介は、人気のない探偵のはずなのだが——実はそうではない。驚くべきことに、「日本の三大名探偵の一人」なのである。普通なら人気がないはずの「〈悪〉を持たないタイプの探偵」である神津恭介が、なぜ人気があるのだろうか?

少し本論とは離れるが、探偵の人気や評価には、名探偵としてのものではなく、キャラクター性によるものもある。「名探偵としての人気」というのは、探偵の推理法や事件へのスタンスに対する人気のことだが、「キャラクターの人気」というのは、外見や性格や嗜好や言動に対する人気を指している。極端な話、彼らは探偵でなくてもよいのである。例えば、J・D・カーの生み出したフェル博士とヘンリー・メルヴィル卿は、共に内面に〈悪〉を持っていないにもかかわらず人気があるが、これは、キャラクターの人気だと思われる。ファンは彼らが野球をやってホームランを打ったり、ドタバタ騒ぎを演じる場面を楽しんでいるのであり、決して推理法によって印象づけられたわけではないのだから。

また、日本においても、西村京太郎の十津川警部や内田康夫の浅見光彦といった人畜無害の名探偵が、かなりの人気を博しているのも、この〃キャラクター性〃によるものだろう。彼らの人気はテレビドラマが支えている部分が大きいが、これらのドラマが、謎解きよりもキャラクターを前面に出していることは、言うまでもない。

しかし、神津恭介が、そのキャラクターによって支持されたということも、いささか考えにくい。テレビドラマにしても、〈キャラ萌え〉ファンを増やす役に立ったようには見えないし、評価自体はドラマ化以前から高かったからだ。

やはり、神津恭介が日本を代表する名探偵となった原因は、別のところに求めなければならないだろう。

2. 神津恭介は犯人の内面に踏み込まない

「犯行にあたって、わたしは綿密に計画をめぐらしました」ブラウン神父は続けた。「ああいったことが、まさにどのようにして起こるものなのか、どういう精神状態ならああしたことが実際にできるものなのかを考えぬきました。そしてわたしの心が犯人の心とまったく同じになったと確信がもてるようになったら、むろん、犯人がだれだかわたしにわかったのです」

——G・K・チェスタトン『ブラウン神父の秘密』より

次は、「神津恭介は犯人の内面に踏み込まない」という点について考えてみたい。

デビュー作『刺青殺人事件』において、恭介は将棋を使った心理分析を行っている。が、これは単なる性格分析であり、容疑者の内面の〈悪〉には触れていない。さらに注目すべきは、血を分けた兄妹を殺した犯人の女性の動機について松下課長に問われた時の恭介の反応。彼は困ったように苦笑して、こう答えるのである。

「その問題には弱りましたね。男と女の間の気持ち、そうしたデリケートな愛情の機微については、僕のような独身者には語る資格もないようですね。性の深淵とでも言いましょうか。そんな深刻な問題は、第三者には容易にうかがい知れぬものです」

……こちらが苦笑してしまうような「いいわけ」である。神津恭介が最初から犯人の内面に踏み込む気がないことは、この言葉からも明らかだろう。

次の『呪縛の家』（一九四九）における神津恭介は、完全な勝利をおさめたとは言い難い。これは、ある人物の内面に潜む〈悪〉に気づかなかったためである。

代表作『人形はなぜ殺される』（一九五五）では、神津恭介は推理をしない。内面に〈悪〉を持つ探偵の残したメモを解読することによって事件を解いたのだ。

そして、ある意味では最終作ともいえる『仮面よ、さらば』においては、犯人である女性の内面が重要な役割を占めるのだが、恭介は冷淡に距離を置いて語るだけである。犯人の動機は、「惚れた男のための殺人」という、『刺青殺人事件』と同じものなのだが、やはり『刺青』と同様に、恭介はいいわけと逃げ口上を並べ立てるだけなのだ。結局、デビュー作から最終作まで、神津恭介は犯人の内面の〈悪〉に踏み込むことはなかったのである。

逆に、神津恭介がもっとも〈悪〉に近づいた作品は何だろうか。

それは、犯人の動機が恭介自身に深い関係を持つ『白魔の歌』（一九五八）である。

このため、本作のラストにおいて、恭介は犯人の内面に多少は近づいている――が、やはり中には踏み込んではいない。どこか他人事のような感じがするのだ。「（犯人が）そういう心境を起こされたのもむかしの復讐のしきたりまで考えれば、よくうなずけることなのです」とか「この犯人も、自分の死期を知った時、ふいと悪魔に魅入られたのでしょうね」といった恭介のセリフを読むと、本当に「踏み込まず、離れて語っているだけ」という感じしか受けない。

また、犯人に対して、「（自らの）残忍性を、直接ではなく、罪人を捕らえるという合法的な征服欲、懲罰欲にすりかえて満足していたのですね」と指摘する場面もあるが、ここでも「では、名探偵として何人もの罪人を捕らえてきた自分自身はどうなのだ」という問いかけはなされないままなのだ。

なお、『白妖鬼』（一九五五）の最後にも犯人との対話場面があり、ここでも犯人の心理に触れているが、やはり、他人事のように距離をとって分析するだけである。こういった場面を見ると、「内面に〈悪〉を持っていない恭介が、犯人の内面に踏み込もうとするのは無理なのか」と、つくづく思ってしまう。

アガサ・クリスティのミス・マープル、ジョルジュ・シムノンのメグレ警部、北村薫の円紫師匠といった名探偵は、内面に〈悪〉を持っているわけではない。しかし、彼らは、〈悪〉以外の人間の一般的心理（「見栄」だとか「照れ」だとか）をカギにして、犯人の内面に踏み込むことに成功している。残念ながら、神津恭介はそれさえもできないのだ。

そして、神津恭介が犯人の内面に踏み込まないことによって、どうなったかというと、「事件の完全な解決ができない」のである。

はっきり言って、神津恭介の解決というのは、ただ単に、トリックの説明をしているだけに過ぎない。例えば『人形はなぜ殺される』において、恭介が証明したのは、「人物Aがこのアリバイ・トリックを使えば、犯行が可能でした」ということだけである。『刺青殺人事件』では、ある女性の愛人でさえあれば、他の者が犯人でもかまわないような推理しかしていない。『死を開く扉』（一九五七）のトリックは覚えていても、犯人は覚えていない人は多いと思うが、これもまた、恭介の推理が、トリックの説明だけに終わっているからである。

神津ものでは、犯人が告白したり自殺したりするパターンが多いので、読者は何となく「こいつが犯人か」と思ってしまう。だが、「そのトリックを別の人物が使った」とすれば、他の解決も可能になるのだ。

犯人の特定だけではない。恭介が犯人の内面に踏み込まないため、トリックを弄する理由もまた、不明のままに終わっているのだ。

神津ものの犯人が弄するような大仕掛けのトリックは、手間がかかる上に失敗する可能性も小さくない。やり直しのできないたった一度の犯行でそれを実行するならば、デメリットを上回るメリットがなければならない。しかし、恭介が犯人の内面に踏み込まず、トリックの説明しかしないために、メリットは見えず、デメリットばかりが目についてしまうことになるのだ。

しかし、これもまた、不思議な話である。事件の完全な解決をすることができない神津恭介が、どうして名探偵なのだろう。——というのは、逆である。神津恭介は、犯人の内面に踏み込まないからこそ、「日本の三大名探偵の一人」に選ばれるほどの評価を得たのだ。

結論

京極夏彦の生み出した名探偵・京極堂（中禅寺秋彦）は、事件を解決するのが目的ではない。彼の目的は「お祓《はら》い」であり、事件の解決はその派生事象に過ぎないのだ。

神津恭介も同様である。彼にとって、事件の解決とは「トリックを解明すること」であり、犯人の指摘はおまけに過ぎない。トリックをあばくだけだからこそ、内面に〈悪〉を持つ必要もないし、犯人の内面に踏み込む必要もないのである。

そして、それでも神津恭介が「名探偵」と言われるのは、トリック自体がすばらしく、その解明ぶりが見事だからに他ならない。逆に言うと、神津恭介が「日本の三大名探偵の一人」に選ばれたのは、犯人たちのトリックのおかげだということになる。

もっとも、本来ならば、トリックのすばらしさというのは、名探偵ではなく犯人に帰すべきものである。私たちがヴァン・ダインの『僧正殺人事件』やエラリー・クイーンの『十日間の不思議』のトリックを思い出す時、同時に犯人の姿が――内面の〈悪〉が、狂った天才的な頭脳が、スケールの大きさが――浮かび上がってくる。しかし、神津ものの『刺青殺人事件』や『人形はなぜ殺される』などでは、犯人の姿を思い出す読者はいないのではないだろうか。(犯人が誰だったかすら忘れている人も多いのでは?)

これは、神津恭介が、事件の解決において、犯人の内面に踏み込まず、トリックの解明だけを行うからである。このため、事件からトリックのみが抽出され、それだけが読者の印象に残ってしまうのだ。仮に、恭介が犯人の内面に踏み込み、犯人の圧倒的な〈悪〉を明らかにし、犯人がいかにしてトリックを考案し、いかにして実現したかを明らかにしたとしよう。その場合、読者の脳裏には、犯人の姿が深く刻まれるはずである。

言い換えると、恭介が犯人の内面を説明しないことによって、トリックは犯人の手を離れ、探偵のものになってしまったのだ。その結果、犯人が知恵を絞って生み出したすばらしいトリックが、探偵を輝かせてしまうわけである。

そう、これこそが、神津恭介を「日本の三大名探偵の一人」にした理由なのだ。

ペリイ・メイスンは、「名探偵」というよりは、「有能な弁護士」と言った方がよい。彼の目的は依頼人を救うことであり、犯人の指摘はそこから派生したものに過ぎないのだ。――にもかかわらず、扱う事件の面白さや弁護のテクニックの見事さゆえに、彼は「名探偵」として人気を博した。

神津恭介は、「名探偵」というよりは、「トリック解明者」と言った方がよい。彼の目的はトリックをあばくことであり、犯人の指摘はそこから派生したものに過ぎないのだ。――にもかかわらず、トリックの面白さや解明の手際の見事さゆえに、彼は「名探偵」として人気を博した。

うん、やっぱり神津恭介はペリイ・メイスンだな。

＊＊＊

併載の贋作は、この「内面に〈悪〉を持たない」神津恭介に〝ある犯罪〟を犯させるという趣向のもの。それが何かを推理してから、贋作の解決篇に進んでほしい。

#《贋作篇2》甲冑殺人事件（解決篇）

第四幕　神津よ、さらば

——墨野は、ここにおります。この神津恭介こそ、ほかならぬ墨野隴人だったのです。（『仮面よ、さらば』より）

1　黒い手帳の秘密

事件解決直前に倒れた墨野隴人の死体は、食堂の外で待機していた警官たちによって運び出された。死因はコーヒーに入れられた毒であり、他の者のコーヒーには入っていなかった。毒の種類は——ある種の猛毒。その名はちょっと憚《はばか》るが、普通の薬局で入手可能の工業薬品である。

警察の現場検証も一段落して、再び一同が食堂に集まると、高川警部が口をひらいた。

「神津さん、とんだことになってしまいましたが、今からここで、剣一郎氏殺しの犯人を教えてくれるわけにはいかないでしょうか？——もし墨野を毒殺した人物が剣一郎氏を殺害した犯人だとすれば……」

「そうに決まってますよ。犯人は神津さんを狙い、今度は墨野を狙ったのです」

研三が言うと、高川警部は不審顔で、

「神津さんが狙われた？　いつのことです？」

研三は恭介が車にひき殺されかかったことを話した。ただし、あらかじめ恭介から釘をさされていたので、大麻鎮子のことには触れなかったが。高川警部はうなずいた。

「なるほど。そんなことがあったのですか。神津さん、犯人がもう一度、あなたを狙う前に、ぜひ……」

くいいるように墨野の手帳を読んでいた恭介は、ここでやっと顔を上げた。

「わかりました」


槍二郎、武子、弓子、太刀川、高川警部、それに松下研三――墨野がいないことを除けば、先ほどと同じメンバーを前に、神津恭介は語り始めた。

「この事件の真相は、墨野隴人の黒い手帳にひそんでいました」

研三はさきほど読んだ手帳の文句を思い浮かべてみた。

「兄弟は似すぎた。あまりに。／彼女は実に利口者。／剣＝槍∧楯　だが『無』はもっと大きい。／金色夜叉――貫一、お宮は犯人か？／似ないなら似せてみせようほととぎす。／血が多すぎる。／『吸血鬼』？／甲冑はなぜ崩される？／人体－胴＝？／書斎の中で立っている」――この難解至極な謎の文字の連続のどこに、真相がひそんでいるというのだろうか？

「『吸血鬼』――まず、この文句から考えてみましょう。『吸血鬼』とは何のことでしょうか？」

「ドラキュラのことかな？　兄は兵器で稼ぎまくっておったから、死の商人とか、吸血鬼とか言われとったが……」

槍二郎が言った。

「残念ながら、違います。それならば、カギカッコはいらないはずです。これがついているということは、本か何かの題名を表しているのです。おそらくは本でしょう」

「そういえば、墨野は探偵小説のファンだと言っていた」

研三は墨野との初対面のときを思い出して、誰にともなく呟いた。

「墨野が探偵小説のファンだとすれば、最も可能性が高いのは、江戸川乱歩の長編です。

――松下君、乱歩の『吸血鬼』といえば、何を思い出すかな？」

「そうだね……」

研三は昔読んだ内容を思い出そうとした。

「……やっぱり、犯人が被害者を氷柱の中に閉じ込めるシーンかな」

「墨野も君と同じだったのだよ。氷柱――これが不可能を可能にする鍵だったのです」

恭介は恐るべきトリックをついに明らかにした。

「乱歩の『吸血鬼』では、氷柱の中に閉じ込められたのは妖艶な美女でしたが、今度の場合は、甲冑を着たバラバラ死体だったのです」

氷柱の中の死体！　しかも甲冑を着ている！　その光景を頭に描いた一同の背中を冷たいものが走りぬけた。

「し……しかし、なぜです？」

高川警部がうめく。

「なぜ犯人は、そんな常軌を逸したことをしたのですか？」

「だから言ったでしょう。不可能を可能にするためだと」

「密室を作るためか！」

研三が叫んだ。

「前に墨野が考えた密室トリックは、正しかったのか！」

「そう。あのピンと糸を使った密室トリックの欠点は、糸が甲冑に引っかかって、死体が崩れてしまうということでした。しかし、死体が凍らされていたとすれば、どうでしょう？　氷が接着剤となり、崩れにくくなります。さらに、甲冑より氷の方が糸が引っかかりにくいという利点もあります。——まさに墨野が手帳に書き記したように、氷漬けの死体が〝書斎の中で立っている〟ならば、彼の考えたピンと糸による密室は可能になるのです」

「でも、氷が解けた水は、どうなるの？」

弓子が尋ねた。

「書斎の暖房で、氷はすぐ解けるでしょうけど、水を蒸発させるのは大変ですわよ」

「まさにそれこそが〝血が多すぎる〟理由だったのです。犯行現場である書斎の床一面に広がる鮮血

——すべては氷が解けた水をカモフラージュするためだった……」

　あのおびただしい血に、そんな理由が隠されていたとは。研三は今さらながら、犯人の頭のよさに感心するのだった。

2　犠牲者よ汝の名は

　恭介はなおも続ける。

「密室トリックはこれくらいにして、次は犯人の解明にいきましょう。

〝兄弟は似すぎた。あまりに〟——これは言うまでもなく、甲矢剣一郎、槍二郎、楯三郎の三兄弟の容貌や体格が似ていることを示しています。年令が二歳ずつ離れているので、少年時代は区別がついたでしょうが、四十歳、五十歳になれば、二歳分の差など、わかりませんからね」

「確かにわしら三人は似ておった。三人とも同じ両親から生まれ、同じ家庭で育ったのだからな」

　槍二郎が口をはさむ。

「だが神津さん、あんたは大事な点を忘れとる。刺青だよ。刺青を見れば、わしら三人の区別は、簡単につくのだ」

「ごもっともです」

　恭介は動ずる色もなく、

「しかし、刺青は『重ね彫り』などで、別の図柄に変えることが可能でしょう。剣の図柄の刺青を槍に変えることや、その逆は容易なはずです」

「それが〝剣＝槍〟の意味か」

高川警部がうなずく。

「〝剣＝槍∧楯〟というのは、楯の刺青を、剣や槍の図柄に変えることは不可能だということを示しているのだな」

「そうです。そして被害者の背中には剣の刺青があった……」

「すると、被害者はやはり剣一郎氏か、さもなくば……」

ここで高川警部は槍二郎の方をちらりと見て、

「槍二郎氏ということになる」

「いいえ、違います」

恭介はきっぱりと断言した。

「被害者は甲矢楯三郎だったのです」


十年前に失踪した甲矢楯三郎が被害者だった！　ならば剣一郎はどこに消えたのか？

恭介の驚くべき推理は続いた。

「事件の発端は十年前にあったのです。当時、失踪したと思われた楯三郎氏は、その後もずっと甲矢家にいたのです——甲矢剣一郎として」

一同の間にざわめきが走った。

「で、では、剣一郎は……」

槍二郎が上ずった声で尋ねた。

「殺されたのです。楯三郎氏と武子さんによって。十年前に」

青ざめて反論しようとする武子をおしとどめ、恭介は静かに語り続けた。

「剣一郎氏を殺し、楯三郎氏が彼になりすます。そして、その楯三郎氏と武子さんが結婚すれば、武子さんは甲矢家の財産と恋人を、両方手に入れられるわけです。まさに墨野が書いたように〝彼女は実に利口者〟でした」

「馬鹿らしい！」

武子が叫ぶが、恭介はとりあわない。

「〝財産に目がくらんで恋人を捨てた女と捨てられた男が裏で手を組んでいた。〝金色夜叉——貫一、お宮は犯人か？〟というのは、このことを示しているのです」

3　恐るべき方程式

「神津さん、それはおかしいですよ」

研三が反論した。

「あなたの推理が正しければ、甲冑を着た死体は楯三郎ということになる。でも、死体の刺青は剣だったし、さっきあなたは、楯の図柄を剣に変えることはできないと言ったではないですか」

「まさにそれこそが犯人の苦労した点なのだよ、松下君。普通に殺せば、楯三郎氏が剣一郎氏に化けていたことがばれ、十年前の犯行が明るみに出てしまう。かといって死体を隠しては遺産相続がうまくいかない。

だからこそ、死体をバラバラに切断したのです。――つまり、あの死体は、胴体だけ楯三郎氏のものではなかったのです」

次々に明かされる驚愕の事実に、一同は言葉を失った。

「〝人体－胴＝？〟あの死体から胴体を除けば、かえって刺青が注目され、十年前の殺人が明らかになるおそれがあります。そこで犯人は〝似ないなら似せてみせようほととぎす〟とばかりに、他人の胴に剣の刺青をほどこし、楯三郎氏の頭や手足と組み合わせたわけです。〝剣＝槍＜楯　だが『無』はもっと大きい〟というのは、最初から刺青の無い胴体なら、楯の刺青を彫ろうが剣の刺青を彫ろうが自由だという意味だったのです」

「剣の刺青を彫られて殺されたのは、浮浪者か何かかな」

高川警部が尋ねると、恭介はうなずいて、

「おそらく、かなり前に体格の似た男を見つけ出し、刺青を彫らせたのでしょう。これはあくまで推測ですが、剣一郎氏の――実は楯三郎氏ですが――影武者のようなこともやっていたのではないかと思われます。例えば、プールやサウナなど背中を見られてしまう場所での身代わりですね」

恭介が語る推理も終わりを告げようとしていた。

「もう犯人はおわかりでしょう。甲矢武子さん。――そしてアリバイを証明した太刀川氏が共犯者ということになります」

4　墨野隴人の敗退

「な……何を言うのです、神津さん」

太刀川がふるえ声で反論した。武子の方は、馬鹿馬鹿しくて話にならないといった表情で、煙草をふかしている。二人の様子を見ながら、高川警部が尋ねた。

「甲矢武子と太刀川が犯人だと、あなたは言うのですか」

すると、恭介は平然と、

「違います」

と言った。

再び一同の間にざわめきが走った。

「今のは、墨野隴人がするはずだった推理です。彼が死んでしまったので、手帳をもとに僕が再構成してみたのです」

「す、すると……」

「もちろんこの推理は誤りでした。どうやら墨野の殺人事件に関する知識は、探偵小説で得たものばかりで、現実の殺人の捜査にはうとかったようですね」

「しかし神津さん」

ほっとした顔で太刀川が口をはさむ。

「あなたの——いや、墨野の推理が間違いだということは、氷を使った密室トリックも、胴体を入れ替えたトリックも、間違いだということですか?」

「その通りです」

恭介は答えた。

「密室トリックについては、剣一郎氏が夕食をとったのが六時で、犯行時刻が七時から死体発見の八時までの間ということを考えてみてください。この短時間の内に、死体をバラバラに切断し、甲冑を着せて組み立て、氷で固定して密室を作ることが、はたして可能でしょうか。氷が解けきるまでの時間を計算に入れるならば、余裕はもっと少なくなります。そもそも、どうやって書斎の死体を凍らせたというのでしょうか?」

研三は大きくうなずいた。その点は、彼もおかしいと思っていたのだ。

「そして、胴体入れ替えの件については——」

ここで恭介は高川警部を見て、

「現在の警察の科学力をもってすれば、刺青が子供の頃に彫られたものか、大人になってから彫られたものかの判別は容易だと指摘しておけば充分でしょう」

「もちろんです」

高川警部が断言した。

「つけ加えるならば、被害者の胴体と手足が同一人物のものかどうかの判別も容易です」

「ふん。やはり殺されたのは剣一郎じゃったか」

槍二郎が呟く。

「でもそれなら、犯人はどうして死体をバラバラにしたのでしょう」

弓子が尋ねる。

「もちろん、それには理由があります」

「ああ、神津さん」

研三が叫ぶ。

「早く教えてください。真犯人は誰なのです」

「では、最初の約束通り、次は僕の推理を述べましょう。二人の罪なき者を殺害した悪魔の所業を、今ここで、明らかにします」

ふたたび読者諸君への挑戦

筆者はふたたび、この場において、読者諸君に挑戦しよう。
この事件の真犯人は、はたして誰か?
そして、その問題を解く鍵は、墨野隴人の黒い手帳の中にひそみ、
甲冑はなぜ崩される。
という一語に要約されるのだ。

5　真犯人

恭介は全員の顔を見まわして、鋭く言った。

「犯人は墨野隴人です」

一同は電気にでも打たれたように、一瞬黙りこんでしまった。墨野隴人――だが彼は、甲矢家と何の関係もない、企業分析家ではないか。剣一郎を殺す、どんな動機があるというのだろうか。

恭介はつらそうに語り始めた。

「ここでは説明できないある事情によって、墨野は僕に対して憎悪を抱いていました。彼は僕が難事件に苦しみ、敗走する姿を見て、嘲笑をあびせたかったのです。剣一郎氏も密室も、そのための道具にすぎませんでした」

研三にとって、これは意外な動機ではなかった。或は――と、心の中で疑惑を抱いていたからである。喫茶店『黄昏』での初対面から、墨野はあからさまな敵意を見せていた。彼自身も何度か、墨野が恭介に挑戦するために殺人を犯したのではないかという考えが頭をよぎったことがあるくらい、それは凄まじい敵意だった。

「ならば神津さん、あの密室も、あなたへの挑戦だったというのですか」

「そうです。僕に対する挑戦、神津恭介よ、この密室を解いてみよ――という挑戦にほかならなかったのです」

「まるで『白魔の歌』事件ですな」

高川警部がなに気なくもらした一言が、研三を戦慄させた。『白魔の歌』事件では、恭介の両親が犯罪の原因になっていた。そしてこの事件でも、また……。

動機の説明を終えた恭介は、再び大学で講義をするような態度に戻って話を続けた。

「墨野が残した、あの黒い手帳のメモですが、もちろんあれは、武子さんと太刀川氏に罪をかぶせるための覚え書きでした。しかし、彼の潜在意識の為せる業《わざ》か、あるいは人智では計り知れぬ神の業《わざ》か、あのメモは真相をも暗示していたのです」

「あの手帳の文句は、墨野が犯人であることを示しているというのですか……」

「そうです。例えば、乱歩の『吸血鬼』の犯人を思い出して下さい。美貌の人妻とその子供を救うべく活躍する男が、実はその人妻を殺そうとしていた——こじつけかもしれませんが、墨野の立場と似ているではないですか」

6 心理の密室

「しかし神津さん、墨野が犯人だとしても、やはり密室の謎は残りますよ」

高川警部が尋ねた。

「墨野は死体の第一発見者だったから、それを利用したトリックを用いたというのでしょうか？」

「太刀川氏もその場にいたということを忘れては困りますね。もっとも、墨野があえて第一発見者になったのには、ある理由があったのですが……」

「ならば、どうやって墨野は密室を作ったというのですか？　墨野が言った、糸とピンを使う方法以外に、どんな方法があるのですか？」

研三の問いに対し、恭介は微笑を浮かべて答えた。

「松下君、君は墨野が作りあげた『心理の密室』の中に、まんまと閉じ込められてしまったようだね。あの密室は、糸とピンによって作られたのだよ」

これで何度めだろうか。一同はまたもや言葉を失ってしまった。

ようやく高川警部が口をひらいて、

「だ、だが神津さん、糸とピンを使ったトリックは、あなた自身が否定したではないですか」

「それが墨野のトリックだったのです。わざと誤った推理を披露して、僕に反論させたのは、すべては糸とピンを使う方法から、われわれの目をそらすためだったのです。

人間というのは不思議なもので、他人の説を否定してしまうと、ほかの説しか目に入らなくなります。墨野はこの点を利用して、機械的密室を、心理的密室の中に隠してしまったのです。あなたがたは、墨野が述べた糸とピンのトリックを僕が否定したときから、密室は他の方法で作られたものだという強固な先入観をお持ちになった。自分で心の中に作った心理の密室の中からは、どうしてもぬけ出すことができなかったのです」

恐ろしいほどの墨野の魔術であった。かつての『刺青殺人事件』に匹敵するほどの大トリックであった。研三は体が震えるのを感じていた。しかし――

「でも、糸とピンを使うと、甲冑が崩れてしまうと言ったのは、あなたではないですか！」

「確かにそうです。しかし、甲冑を崩さずに糸を引くことができる『ユダの窓』があったとすれば、どうでしょうか」

「ユダの窓？　そんなものが、あの書斎にあったのですか？」

「ありました。甲冑というものは本来、人間が着て動くものですから、あちこちに隙間があるのです。そして、これこそがユダの窓だったのです。狭い隙間ですが、糸を通すには充分でしょうから」

「ちょっと待って下さい。甲冑だけなら可能でしょうが、中には剣一郎氏の死体が入っていたのですよ。死体が邪魔になって、糸が通らないではないですか」

「墨野のメモを思い出して下さい。〝人体－胴＝？〟。そうです、あの甲冑の中の死体には、胴体が欠けていたのです」

7　甲冑はなぜ崩される

言うに言われぬ鮮かさで、恭介は一枚一枚と、秘密の幕をはぎとっていった。

「墨野は剣一郎氏の死体を切断した後、手足と頭部だけを入れて、甲冑を立てておきました。この場合、甲冑は、胴のない死体を固定する役割と、胴が欠けていることが外から見えないようにする役割をはたしているのです。まさしく胴のない人体が〝書斎の中で立っている〟わけですね」

「しかし、胴は甲冑の中にありましたよ。私が見たときは、ドアを打ち破った震動で甲冑が崩れて、胴が転がり出ていましたが」

太刀川が口をはさむ。

「そう、それこそが〝甲冑はなぜ崩される〟かの理由なのです。胴は最初から甲冑の足もとに置いてあったのですよ——君は扉の上部の窓から書斎をのぞいたそうですが、床は見えなかったのでしょう?」

「そ、そういえば……」

「これで墨野があえて疑われる危険を冒してまで、死体の第一発見者となった理由もわかったはずです。外から扉に衝撃を与え、その震動で甲冑を崩すためでした。そして、もし万が一、扉を破っても甲冑が崩れていなかったら、まっ先に近付いて、自分で甲冑を崩すためでもありました。——もっとも、実際にはその必要はありませんでしたが」

恭介の華麗なる推理は、なおも続いた。

「墨野は剣一郎氏を殺し、甲冑を立てたあと、糸を使って閂を閉めたわけですが、ここで一つ、問題が生じました。それは、甲冑の胴の隙間を通るとき、糸に血がついてしまうということです」

「糸は墨野が回収するのだから、別にかまわないではないですか」

「しかし、甲冑を通り抜けたあと、糸は一度、床に落ちますね。それをたぐり寄せるときに、床の白い絨毯に、細い赤い線が残ってしまうのです。これを隠すためには、どうすればいいでしょうか?」

「あらかじめ絨毯を血で染めておけば……」

「そうです。〝血が多すぎる〟理由がこれでした。少量の血を隠すために大量の血をばらまく。実に恐るべき着想でした」

たしかに墨野の知恵は恐るべきものだった。だが研三は、その墨野すら凌駕する恭介の知性の方に、より恐ろしさを感じていた。

「ありがとうございます、神津さん。これで剣一郎氏殺害事件の謎は、すべて解きあかされました。

最後に、墨野隴人の死について教えてください。あれは自殺だったのでしょうか?」

高川警部が聞いた。

「もちろん自殺です。彼が絶対の自信をもって作りあげた『心理の密室』が、僕に見やぶられたとさとり、車で僕の命を狙ったものの失敗し、万策つきはてて自ら毒をあおったのです。あるいは、自分の死を他殺に見せかけておけば、僕が墨野を犯人ではないと思い込むと考えたのかもしれません。僕を失敗させるために密室殺人まで犯したわけですから、そう考えても不思議はありませんね」

8 舞台裏の対話

かくして難解をきわめた甲冑殺人事件も、天才探偵神津恭介によってその全貌を白日の下にあばき出されたのである。残されたいくつかの謎も、その夜、研三だけに明らかにされた。

「甲矢弓子と墨野隴人は恋人同士だったと思う」

恭介は語り始めた。

「甲矢剣一郎を殺し、武子を犯人に仕立てれば、莫大な遺産が弓子の手に入ることになる。墨野が世間知らずの弓子から、その財産を巻き上げることは、赤子の手をひねるよりたやすいことだったろう」

「神津さん、この事件の真犯人は弓子だと考えられませんか? 彼女が遺産を餌に墨野に殺人を犯させ、用済みとなって毒殺したのではないでしょうか」

「君と同じことを高川警部が考えると思ったので、あの場では言わなかったのだよ。確証はないが、おそらく弓子は何も知るまい。もし墨野の犯行を知っていたら、剣一郎殺しのとき、ちゃんとアリバイを作っていたはずだからね」

「なるほど。やはりこの事件は墨野の単独犯行で、逃れられぬとさとって自殺したわけですか」

研三のこの問いに恭介は答えなかった。その目は、何か遠くのものを見ているように、研三には思えたのだった。

エピローグ　松下研三の手記

あの事件から一年近くが過ぎた。甲矢工業は武子と太刀川がきりまわしている。槍二郎は相変らずのアル中生活だし、弓子は大学生活を続けている。そして、大麻鎮子はもうこの世にはいない。事件解決の前日、恭介に手を握られ、病院で息を引き取ったのだ。そう、恭介が解決の直前に、犯人のことを「二人の罪なき者を殺害した悪魔」と呼んだが、この「二人」とは、剣一郎と墨野のことではなく、剣一郎と大麻鎮子のことだった。

神津恭介の傷心ぶりは、見ていて痛々しいほどだった。だが、一年という歳月が少しは傷を癒やしたらしく、最近は、ときおり笑顔も見せるようになってきた。

そんなある日、恭介は私に「もう探偵はできなくなった」と告げた。表向きは東大紛争によって、警察との接触を教授会から禁じられたということだが、おそらく真の理由は甲矢家の事件にあるに違いない。彼は自分が探偵を続けていくことにより、身近な人々に禍《わざわい》が及ぶことを恐れたのだろう。探偵小説ならいざ知らず、現実では、追いつめられた犯人が探偵やその周囲の人々に危害を加えないという保証はないのだから。例えば、甲矢家の事件における大麻鎮子のように……。

しかし、神津恭介の名探偵としての稀有の才能を、このまま眠らせてしまうのは、あまりにも大きな損失である。私は乏しい脳みそを絞り、ついに一つのアイデアを思いついた。

恭介に変名で探偵を続けてもらうのだ。

変名ならば、教授会に知られることもないし、知人・友人が巻き込まれることもない。

この案を恭介に話すと、彼もまんざらではない様子だった。二つの人格を使い分けていくという考えが、彼の嗜好に合ったらしい。

あとは神津恭介にふさわしい変名を考えればよいのだが、これについても、私に考えがある。甲冑殺人事件における大犯罪者の名を使わせてもらうのだ。

企業分析家　墨野隴人――

これが神津恭介の第二の名前である。

（完）

松下研三は大きな溜息をついた。神津恭介ファンクラブからの依頼で、昔の原稿を篋底《きょうてい》より取り出し、「序奏」をつけ加え、もう一度読み直してみたのである。三十年以上も前の事件が、再び彼の眼前によみがえるかのようだった。

そしてまた、当時、どうしても恭介に尋ねることができなかった一つの質問も、研三の頭によみがえってきた。返事を聞くのが恐ろしく、ついに口に出すことができなかった質問。それは次の疑問であった。

「神津さん、墨野の死は本当に自殺だったのでしょうか？　墨野のコーヒーに毒を入れたのは、隣に座っていたあなただったのではないですか？　大麻鎮子の仇《かたき》を討つために。神津さん……」

《評論篇2》 罪ある探偵

仮説

贋作の問題篇と解決篇の間にはさまれた評論「罪なき探偵」では、「神津恭介は内面に〈悪〉を持っていない」という考察をしている。この考え自体は間違っていたわけではないのだが、本稿では、こう補足をしたい。

神津恭介は内面に〈悪〉を持っていない。
――しかし、やっていることは〈外道〉である。

1. ここがヒドいぞ、神津恭介

「罪なき探偵」で指摘したように、神津恭介は〈トリック解明者〉なので、力の入ったトリックの解明に比べて、犯人特定の推理は貧弱きわまりないものになっている。一方、警察が恭介に期待しているのは、犯人を逮捕できる証拠であり、トリックの解明ではない。

そして、このギャップによって、恭介は他の名探偵よりも、犯人に罠をかける必要性が増すことになる。罠にかかった犯人が自白したり自殺したりする場面を警察（と読者）に見せることによって、初めて「このトリックを別の人が使ったのではないか」という可能性を封じ込めることができるのだから。

ところが、この「神津恭介が犯人にかける罠」というのが、実に〝えげつない〟のだ。

具体的に言うならば、「犯人を捕らえるために、容疑者の身内や被害者の遺族に犯罪的かつ危険な行為をさせ、新たな殺人を誘発する」というパターンが異常に多い。未読の人のために、題名を伏せて紹介すると――

ある短篇では、恭介は重要容疑者の恋人に真犯人を捕らえる策を授ける。恋人はその策に従い、自分の指を切り落とし、犯人を恐喝して新たな殺人を犯すように仕向ける。

別の短篇では、恭介は無実の死刑囚を愛する女に恋人を救い出す策を授ける。女はその策に従い、真犯人を殺害し、最高裁の判決をくつがえす。

どうだろうか？　どこから見ても、〝外道の所業〟ではないだろうか。そして、これらの行為の共通点として挙げられるのは、「失敗しても恭介にはまったく危害が及ばない」ということ。まさにこの点こそが、他の探偵とは異なる、恭介の外道さを示しているのだ。

他のミステリには、しばしば「主人公が自分の家族や恋人をおとりに使う」というプロットが出てくる。この場合、失敗すれば、主人公は家族や恋人を失ってしまう。だからこそ、主人公の苦悩が読者にも伝わり、おとりが犯人に狙われるシーンのサスペンスが増すことになる。

ところが、恭介の場合は、容疑者の身内や被害者の遺族を使って罠を仕掛けている。つまり、失敗しても、恭介自身は何も失わないわけである。なんという狡猾《こうかつ》な手だろうか。

一方、恭介自身がおとり役をつとめる数少ない作品（少ないというより、一作しか見つからなかったのだが）は、どうだろうか？　なんと、この作品では、あらかじめ、犯人の銃の弾丸を空砲（錫《すず》とアンチモンで作った手品用の偽弾）とすり替えているのである。他人をおとりに使う時は、そんなことは一度もしなかったのに……。

ここまで述べたように、神津恭介が犯人に罠をかけるスタンスは、「自分は危険に近づかず、他人を利用する」というもの。このため、利用された事件関係者や東洋新聞社や松下研三が悲惨な目や危険な目にあったことは数多い。また、ある長篇のように、身の危険を感じた恭介が事件解決に乗り出さなかったために、新たな犠牲者が出たことだってある。

自身は事件の解明だけを行い、危険な犯人逮捕は他人に指示するだけの名探偵——まさしく恭介は〝外道探偵〟なのだ。

さらに注目すべきは、これらの行為の外道ぶりとは逆に、恭介自身にはこれっぽっちも悪意がない点である。

例えば、前出の「指を切り落とした女性」について、松下研三が「それであなたは、あの人に、○○さんに指を切れとすすめたんですね」と問われた恭介は、何と答えただろうか。

とんでもない。はたして成功するかしないかわからない賭《かけ》のために、わかい未婚の女性をつかまえて、指を切れというほど、僕は惨酷ではないよ。ただ、○○が殺されたあの晩、僕はあの人に、自分の計画をうちあけたんだ。だれか、小指のない女を探し出して来て、そいつにゆすりをやらせて見よう――といったのだ。ところが、その翌朝、あの人は、自分の小指を切って来て、僕の前にあらわれたのだ。これなら、お役に立つでしょう――といわれた時には、僕も感動してしまったね。僕のようにつめたい、感情のない男が、その時は、心の底からゆすぶられた。（伏せ字は引用者）

他人には、指示しているようにしか思えないセリフだが、おそらく恭介自身は、それを自覚していない。彼には、事件関係者を苦しめようという意図は、毛頭ないのだ。ただ単に、事件の解決に最も効果的で成功率の高い手段を選んでいるだけなのである――まるで数学の問題でも解くかのような姿勢で。そこがまた、恐ろしさを感じてしまう点なのだが……。

ひょっとしたら、これもまた、神津恭介の魅力なのかもしれない。悪意を持って外道な行動をする男は単なる悪人だが、悪意を持たずに外道な行動をする男は、逆に、魅力的なのではないだろうか？このような「無邪気で残酷な」性格もまた、彼を〈日本の三大名探偵〉に押し上げた理由の一つなのかもしれない。

神津恭介は、ある長篇において、一人の女性に殺人を犯させて、破滅に追い込んだことがある。

——が、これはミステリによくある〈操り殺人〉とは違っている。ミステリにおける〈操り殺人〉とは、犯人がある人物を殺したい時に、自分の手を汚さずに、他人に殺人を犯させることを言う。つまり、他人を殺人の道具として利用するのである。

しかし、恭介の場合は、殺された被害者にも手を下した女性にも、殺意を抱いてはいない。恭介は悪意をもって女性に殺人を犯させ、破滅に追い込んだわけではないのだ。

また、作中で言及される「八百屋お七」とも異なっている。八百屋お七の犯行動機となった男性は、自分がお七に想《おも》われていることに気づいていなかった。だが、恭介の場合は、ちゃんと知っていたからだ。

やがて起きるであろう悲劇を予想しながらも、その女がうっとうしいという理由だけで避け続け、予想通りに殺人が起きても傍観者として見ているだけの神津恭介……。その姿は、〃外道〃というよりは——ある神津ファンの評を借りるならば——〃魔性の人〃と呼ぶべきかもしれない。

そして、魔性の人というのは、人を惹きつけてやまないのである。特にその奥底に「罪なき心《イノセント》」を秘めている場合には——。

2．ここがエラいぞ、松下研三

しかし、神津恭介が〈天然外道〉であることに、なぜ私は今まで気づかなかったのだろうか？　おそらく、多くのファンも、私と同じだと思う。作品を読めば、ちゃんと恭介の外道ぶりは描いてあるのに、どうして気づかなかったのだろうか？

答えは簡単。松下研三のおかげである。

松下研三――この愛すべきキャラクターが、神津恭介の行動の外道ぶりを薄めていることは明らかだろう。研三のような陽気な三枚目と恭介が強い友情で結ばれていることを示す場面に何度も立ち会い、研三の恭介に対する崇拝の言葉をいつも聞かされている読者は、恭介の外道な面が見えなくなってしまうのだ。

例えば、ある短篇では、恭介によって研三が危険な目にあう。ところが、この作のラストでは、研三に向かって、恭介はこう弁解するのだ。


君を危機一髪のところまで、追い込んだのも、半分は僕の責任ですが、まあ怒らずに許してくれたまえ。


そして、研三はというと、本当に「怒らずに許して」しまうのだ。お人好しと言えばお人好し（はっきり言ってしまうと「馬鹿」）だが、まるで、研三をたしなめるために、恭介があえて危険な目にあわせたようにも思えてしまうではないか。こういった研三のリアクションが、恭介の卑怯さを目立たなくしているわけである。

恭介の卑劣さが際だっているのは初期短篇なのだが、研三がこれらの大部分に登場していなければ、どうなっていたことやら。おそらく、〈推理機械〉ならぬ〈推理外道〉という綽名《あだな》をちょうだいしたのではないだろうか？

神津恭介の外道ぶりをも打ち消してしまう松下研三の魅力については、いくらでも語ることができる。だが、紙幅に限りがあるので、ここでは二つだけ挙げておこう。

まず、研三が年下の恭介に敬語を使う点。『成吉思汗の秘密』（一九五八）の中で、年長の井村助教授に向かって、「井村！貴様は！」と呼び捨てにする無礼きわまりない研三が、恭介に対して敬語を使うのは、不自然だと言える。だが、この敬語によって、恭介が他の人々より、一段上の存在に感じられることを見逃してはならない。「燕雀《えんじゃく》いずくんぞ鴻鵠《こうこく》の志《こころざし》を知らんや」ではないが、恭介を普通の人より上位に置くことによって、その行為の外道さが正当化されてしまうのである。つまり、「神津恭介は天才なのだから、われわれ凡人の倫理観を当てはめてはいけない」というわけ。さしずめ、歴史家が、織田信長の天才性や先進性を強調することにより、比叡山焼き討ちなどの行為が正当化されるようなものだろう……というのは大げさな喩《たと》えかな。

もう一つは、『人形はなぜ殺される』の終盤、松下研三が結婚式を妨害するシーン。恭介に「気ちがいのまねをしてくれないか？」と頼まれた研三は、本当に狂ったふりをしてしまう。一高に合格できる頭脳を持ち、成功した小説家でありながら、恭介に命じられれば、迷わずやってしまうのだ。――しかし、よく考えれば、恭介がもっと早く事件を解決すればよかったのではないだろうか。研三が結婚式を妨害したのは、たかだか二、三十分なのだから、恭介は三十分早く解決すればよかったわけである（そもそも、三十分どころか、恭介よりずっと早く真相を見抜いた人物だっているではないか）。いわば、研三は恭介の解決の遅れの尻拭いを押しつけられたわけである。ところが、恭介の頼みに対して、悩まずに即諾する研三の姿を目の当たりにした読者には、そういった批判は思いもよらないものになってしまうのだ。

余談だが、これを頼む時の恭介のフォローの言葉がすごい。「君は世間の評判では、あわてもので、おっちょこちょいということになっているから、仮に何かあったとしても、世間じゃ、ああ始まったかと納得してくれる」と研三に言うのである。「狂ったふりをしても世間が納得してくれる」って、どういう意味だろうか……。

最後に、松下研三以外のワトソン役を見てみよう。

まず、主に通俗もので活躍する東洋新聞社の真鍋記者。彼は、〈恭介崇拝度〉も〈お馬鹿度〉も、研三に負けている。真鍋は馬鹿に見えるが、実は、したたかに計算しているのだ。腹を切るふりをして結局は切らず、会社からクビも切られず、やがては部長にまで出世したことからも、それは明らかだろう。さらに、一見、恭介を崇拝しているようにも見えるが、これまた事件捜査に恭介を利用するためのポーズに過ぎないことが、作中でのセリフや態度にうかがえてしまうのだ。

次に、『神津恭介への挑戦』（一九九一）以降の作でワトソン役をつとめる清水香織。彼女は神津恭介を心から崇拝しているのに加え、松下研三に劣るとも勝らない知性の持ち主なので、恭介のワトソン役にふさわしいと言えないこともない。ただし、問題が一つある。それは、彼女が研三のような〈愛すべき馬鹿〉ではなく、〈鼻もちならない馬鹿〉であるという点。

意外に適任だったのが、『狐の密室』（一九七七）で恭介と共演した大前田英策。同じ作者の他作品では名探偵として活躍している彼が嬉々としてワトソン役をつとめる姿が、神津恭介の神格化に貢献していることは、まぎれもない事実だろう。また、彼が恭介を崇拝していることも間違いない。ただし、馬鹿ではないので、やはり研三には及ばないのだが。

結論

まことに、松下研三なる人物こそ、純情愛すべき好漢である。神津恭介の毒を中和する存在であり、外道探偵にふさわしい最高の助手役なのだ。いや、日本一のワトソン役と言っても過言ではないだろう。

＊＊＊

併載の贋作は、「内面に〈悪〉を持たない」神津恭介に、ある犯罪――殺人――を犯させるという趣向のもの。ただし、もっと大きな趣向があって、それは、

・高木彬光が予告したがついに書かれなかった『甲冑殺人事件』を描く。
・神津恭介が〈墨野隴人〉を名乗るようになった理由を説明する。

の二つである。

もっとも、この二つの趣向を一つの作品に盛り込んだために、年代的な矛盾が生じてしまっている。「墨野隴人誕生譚」を描くためには、事件の発生年代を、『成吉思汗の秘密』と『黄金の鍵』の間という設定にする必要がある——のだが、そうすると、『成吉思汗』より過去の事件である『人形はなぜ殺される』の中で、『甲冑殺人事件』が言及されているのは、明らかな矛盾だからだ。トリックとプロットの都合で、この二つの趣向は切り離せなかったので、神津ファンにはご容赦いただきたい。

21世紀『オランダ靴の謎』

【問題篇】

「オランダ病院の犯行現場には犯人が履いた一足の靴が残されていた」とクイーン警視は話し始める。

「ほう。どんな靴でした？」エラリーが尋ねた。

「サイズは6だが、舌皮が内側に入り込んでいるために、サイズ5の人しか履けない。さらに病院関係者しか扱えない絆創膏で紐が修繕してあった」警視が答える。

「ならば、病院関係者で、なおかつ足のサイズが5の人物を捜せば良いではないですか」とエラリー。

「ところが、その条件を満たす人物は何人かいたが、全員が完全なアリバイを持っていたのだ」

「オランダ病院で使われている医療器具の業者関係も調べましたか？」再びエラリーが尋ねる。

「もちろんだ」再び警視が答える。

「なるほど。それならば、犯人はわかりましたよ」エラリーはきっぱりと言った。

【解決篇】

「病院関係者でなくとも絆創膏を入手できる者――それは患者です。自分の体に貼られている絆創膏を剥がして使えばいいわけですから」エラリーは推理を語り始めた。

「しかし、そんなことをすれば、担当の医師や看護婦が気づくのではないか？」とクイーン警視。

「そうです。従って犯人は、絆創膏を勝手に剥がしても怪しまれず、足のサイズが5の――子供だということになります」

「そうか、それで動機もわかった」クイーン警視がうなずく。

「へえ、子供が殺人を犯す動機って、何ですか？」

「いや、事件というのは、殺人ではない。高価な最新鋭医療機械がイタズラされて壊されたというものだったのだ」

第五章　G・K・チェスタトン

【注意】以下の作品の真相に言及しています。
《贋作篇・評論篇》G・K・チェスタトン「奇妙な足音」
G・K・チェスタトン「見えない男」

《贋作篇》21世紀の見えない男と奇妙な足音

第一話　21世紀・見えない男

「犯人は列車の4号車で殺人を犯し、停車位置が階段に近い6号車から降りて逃げようとしました」

フランボウ警部が説明をする。

「ふむ。どこが謎なのですかな?」ブラウン神父は祖父から受け継いだコウモリ傘を突きながら質問する――もっとも、祖父が息子を授かったときには、まだ神父ではなかったのだが。

「謎は5号車です。犯行直後に、全乗客に尋問をしたのですが……。4号車と6号車では犯人が目撃されていたにもかかわらず、5号車だけは目撃者が一人もいなかったのです。この5号車だって、二十人以上の乗客が乗っていたのに、誰一人として、犯人が通り過ぎたのに気づいていないなんて、おかしいでしょう」

神父は同意してくれなかったが、フランボウはかまわず話を続けた。「このまま裁判になれば、弁護士はそこを突き、『4号車で殺人を犯した人物と6号車から降りた被告が同一人物であるとは限らない』と主張するに違いありません」

しばらく調査資料を眺めていたブラウン神父だったが、間もなくうなずくと、語りはじめた。「どうやら、犯人は〈見えない男〉だったようですな」

「見えない男？　まさか、犯人は車掌に扮していたとか言い出すのではないでしょうね」フランボウはあきれたように、「今は、あなたや私のお祖父《じい》さんの時代とは違うのですよ。21世紀の日本では、車掌や郵便配達人の犯罪は日常茶飯事なのです。彼らは決して〈見えない男〉などではありませんよ。そもそも、今では車掌が検札する方が珍しいので、かえって怪しまれるでしょうね」

ブラウン神父は苦笑いをした。「これは失礼。いや、そういう意味ではない」

「……ひょっとしたら、犯人は警察官の恰好をしていたと言いたいのですか。残念ですが――」ここでフランボウ警部は顔を赤くして、「今や警察官というのは、最も信用されていない職業ですから。列車の中に警察官がいたら、誰でも気づいて用心したはずです」

「いやいや、わたしが言っているのは、犯人側の話ではなく、目撃者の方の話ですわ」

「目撃者？　5号車に乗っていた人たちのことですか？」

ブラウン神父はうなずいた。「この資料によると、犯行時に5号車に乗っていたのは、若者ばかりで、特に、女性が多かったそうですな」

「ええ、この電車のこの時間帯は、ちょうど学校帰りの学生が多く、特に、沿線にある女子高帰りの学生が利用するみたいですね。5号車は、たまたま大部分がそうだったようです」フランボウ警部は不思議そうに、「それが、どうしたというのですか?」

「彼女たちが、電車の中でどんなことをしているか、観察したことはありませんかな?」ブラウン神父は答えを待たずに続けた。「携帯電話での会話やゲーム、タブレットを使ったあれやこれや、友達とのおしゃべり、化粧や着替えをしている者だっている。中でも多いのが、スマホを操作している者ですな。男子だって、さすがに化粧はしないようだが、やっぱりディスプレイとにらめっこをしている。――どうやら皆さん、自分のことだけに専念しておるように見えますな」

「だから、誰も犯人が通り過ぎるのに気づかなかったと言いたいのですか。そんな……」フランボウ警部は信じられなかった。彼女自身の学生時代はそうではなかったからだ。自分は、電車の中ではまわりの乗客に迷惑をかけないように気を配っていたというのに。しかし、言われてみれば、今ではブラウン神父の言っていることの方が正しいのかもしれない。そういえば、4号車と6号車の目撃者は、全員が年輩だった……。

「もう一つ、犯人は外見の冴えない中年サラリーマンだったということも重要ですな。金持ちに見えたり、洒落たファッションでもしていれば、多少は意識されたかもしれないでしょうが」

「たしかに、それしか考えられないですね」フランボウ警部はため息をついた。「ひょっとしたら、そういった他人を無視した言動が原因で、他の乗客は別の車両に移ってしまい、5号車は若者だけになったのかもしれませんね。――わかりましたよ、神父。自分たちのことで夢中だった若者たちにとって、パッとしない中年男だった犯人は、〈見えない男〉だったというわけですね」

「正しくは――」とブラウン神父は言った。「〈見えない男〉ではなく、〈アウト・オブ・眼中の男〉

と言うべきでしょうな」

懐かしい言葉を聞いて苦笑するフランボウ警部を横目で見て、ブラウン神父は続けた。「いやいや、若者たちとわれわれの間に、大きな違いはありませんぞ。どちらも、自分の属する世界の外側にいる人間は意識しないという点は同じですからな。唯一の違いといえば、彼らの世界は、あの小さな機械の先にあるということだけですのじゃ」

第二話　21世紀・奇妙な足音

「ほら、あの足音、奇妙でしょう」フランボウ警部がブラウン神父に話しかける。警部は事件の相談のために、ホテルの小部屋で仕事をしていた神父を訪れていたのだ。懺悔を書き留め終えた神父と警部が部屋を出ようとしたとき、隣からその足音が聞こえてきた。この小部屋は広い部屋の一部を後で仕切って作ったものなので、防音が貧弱のようだ。

「ふむ。たしかに奇妙ですな。二つの足音が聞こえますが、一方はずっと給仕のような早足で歩いているのに対して、もう一方は、早足とゆっくりした歩き方が交互に聞こえてくるようです」ブラウン神父はうなずく。「たしか、隣では大きなパーティを開いておったようだが」

「そして、このホテルは高価な銀食器で有名です」警部は勢い込んで、「これはきっと、私の祖父の犯罪――あなたのおじいさまが解決した犯罪の再現ですわ。犯人は給仕と客の一人二役を演じて、銀の食器を盗もうとしているのに違いありません。私、ちょっと行って、調べてきます」

「それはわしも賛成ですが――」神父は祖父から受け継いだコウモリ傘で隣を指し示しながら言った。「調べるのは、常に早足で歩いている人にすべきですな」

「神父さん、あなたの言う通りでした」小一時間ほどして戻って来たフランボウ警部は、信じられないといった表情を浮かべていた。「でも、どうして早足だけの人が給仕に化けた泥棒だと見破ったのですか?」

「引き続く不況のせいで、大がかりなパーティは、めっきり減りましたな」神父はゆっくりと話しはじめた。「あの小部屋みたいに、一部を仕切って別の目的に利用したりもする」

「そうですけど?」警部はけげんな表情。

「そこで、ホテルは大勢の給仕を正社員として雇っておくのは、無駄だと考えるわけです。すると、どうなりますかな?」

「正社員は数名だけ残して、あとはクビにする――そして、大きなパーティで人数が必要になったときだけ、バイトを雇う」まだけげんな表情のまま、警部は答えた。

「さよう。そして、バイトの給仕たちの働きぶりはどうかといえば、正社員が見ているときは真面目に働くが、見られていないときは平気でさぼる、というありさまです」微笑を浮かべて神父は言った。

ここで、ようやく警部は理解できた。「ああ、それであんな足音だったのですね。管理者がいる前では早足で歩き、いなくなると、ゆっくり歩く――」

「いかにも」と神父は微笑みを浮かべたままで、「ところが泥棒の方は怪しまれたくないので、管理者が見ていようが見ていまいが、常に熱心に働いているようにふるまうのですな。泥棒がいちばん真面目に働くわけです」

「だから、泥棒の方は、常に早足だったわけですか。神父さんが〝奇妙〟と言ったのは、こちらの足音のことだったのですね」

「アルバイトがいつでも熱心に働くというのは、まさしく〝奇妙な〟ことですからな」

納得しかかった警部だが、すぐに気づいて、「……待ってください。たしかに犯人が給仕のふりをすれば、客はだませるでしょう。でも、仲間の給仕はどうやってだましたのですか？　もともと、私のお祖父《じい》さんが二役を演じたのは、客と給仕の両方をだます必要があったからですよ」

「他の給仕はほとんどバイトだったことを忘れてもらっては困りますな。彼らはバイトだから、このホテルの銀食器が盗まれたって、何も困らんのですよ。だから、泥棒らしき者を見かけても、何もしない。下手に泥棒を捕らえようとして、ケガでもしたら大変ですからな。いわば、バイトの給仕は〝見ざる人〟――すなわち、〝見て見ぬふりをする人〟というわけです」と神父は答えた。

いや、現実はもっとひどい。フランボウ警部はそう思った。〝見て見ぬふりをする〟のはバイトだからではない。おそらく客の中には、盗難に気づいていた者もいたはずだ。でも彼らは「自分には関係のないことだ」「ゴタゴタに巻き込まれたくない」と考え、〝見て見ぬふり〟を決め込んだのだ。そう、正社員だって同じだ。自分たちの仲間の警察官が、ストーカー被害者の訴えに対して何もせず、殺人を起こしてしまったことがあったではないか。

警部はため息をついた。「目の前で盗難が起きても、誰も何もしない時代には、もう、私のお祖父さんがやったような苦労は意味がないのですね」

「いやいや、何もしないのは、盗難のときだけではありませんぞ。殺人だってそうです」と神父がロビーのテレビを指さすと、ちょうどニュースが流されているところだった。そしてそこには、海外への自衛隊派遣を訴える総理大臣の姿と、それに対して何も言おうとしないコメンテーターたちの姿が映し出されていた。

《評論篇》〈見えない男〉はなぜ見えないか？

G・K・チェスタトンの「見えない男」の真相ほど毀誉褒貶《きよほうへん》の激しいものはない。しかし、この毀誉褒貶は、「見えない男」への誤解から生じている。気づいていない人が多いのだが、「見えない男」では、〝見えない男〟を作り出す〈原理〉は、二種類が使われているのだ。

【原理1】
［証人1］ローラ・ホープ
［状況1］手紙を届けた犯人が〝見えない〟。
［原理1］証人は郵便配達人を意識しないため。

【原理2】
［証人2］門番、受付係、栗売り、巡回警官
［状況2］被害者のアパートに出入りした犯人が〝見えない〟。
［原理2］証人たちは郵便配達人には言及しないため。

「郵便配達人を意識しない」と「郵便配達人に言及しない」――もう少し詳しく書くと、前者は「郵便配達人を意識していないので、探偵役の質問に対して言及できない」、後者は「郵便配達人を意識してはいるが、探偵役の質問に対しては言及しない」となる――とは、結果は同じだが、原理的にはまったく別物である。この二つの原理をごっちゃにしていることが、あるいはどちらか一方しか気づかないことが、「見えない男」に対する批判や誤解を生み出しているのである。

〈見えない男〉の原理1

まず、原理1から説明しよう。

ウェルキンとスマイスという二人の男からの求婚を断ったローラ・ホープ。彼女がスマイスの手紙を読んでいる最中、ウェルキンの笑い声と言葉が聞こえてくる。「あいつにはきみを手に入れさせないぞ」と。だが、周囲には誰もいなかった……。

しかし、ウェルキンはすぐ近くにいたのだ――スマイスの手紙を届けた郵便配達人として。

では、ローラはなぜ、そばにいる郵便配達人を意識しなかったのだろうか?――それは、彼女が〈都会生活者〉だからである。

田舎では、ほとんどの住人が知り合いである。それはつまり、郵便配達人は、「郵便を配達する人」であると同時に、「山田さん家《ち》の次男の二郎さん」でもあるということになる。従って、郵便配達人の山田二郎さんがそばにいたならば、その存在を意識しないということはあり得ない。

しかし、都会では、知人はごくわずかしかおらず、ほとんどの住人は赤の他人なのだ。郵便配達人は「郵便を配達する人」であって、それ以外の何者でもない。逆に言うと、都会においては、知人でない者は、人間としてではなく、属性や機能で見られているのである。「見えない男」の被害者が〈召使ロボット〉の発明者だという設定は、まさにこの都会の状況の――機能しかもたないロボットが人間と置換可能な状況の――暗喩なのだ。

そして、この状況は、「知人でなければそばにいても意識しない」という状況を生み出すことにもなる。レストランで痴話喧嘩をしているカップルがいるとしよう。そこに知人が来たら、彼らは喧嘩をやめるに違いない。しかし、ウェイターが来たからといって、喧嘩をやめたりはしないはずである。いや、ウェイターが来たことすら気づかないのではないだろうか？

これは、単なる、都会生活者の知恵である。人であふれる都会で暮らしていくには、知人以外は意識しない方が、気が楽なのだ。そうでないと、エロ本の立ち読みもやりづらいではないか（笑）。

もっとも、都会生活者なら誰でも郵便配達人を意識しないかと言えば、そうではない。郵便配達人が手紙を届けるたびに挨拶を交わし、互いの家族の話をしたりする人も多いだろう。しかし、「見えない男」のローラはそういうタイプではない。彼女は郵便配達人には目もくれずに、手紙を受け取るだけなのだ。逆に言えば、犯人は、彼女のそういう応対を何度も見ているからこそ、安心して声を出したのだろう。

また、彼女の恋人のアンガスも、同じタイプだと思われる。彼は、ブラウン神父に「受け取ったばかりの手紙を街頭で読みはじめた人がまったく一人きりだということはありえないのですよ」と言われても理解できないほど、日常生活において、郵便配達人を意識していないのだ。

〈見えない男〉の原理2

次は、原理2を説明しよう。

ローラの新たな求婚者アンガスは、スマイスをウェルキンから守るため、門番、受付係、栗売り、巡回警官に、アパートに出入りした人物をチェックするように頼む。だが、それでもスマイスは殺されてしまう。そして、門番たちは、「アパートには誰も出入りしなかった」と証言するのだった……。しかし、ウェルキンはアパートに出入りしていたのだ――アパートに手紙を届けにきた郵便配達人として。

「見えない男」の第二の証人である門番、受付係、栗売り、巡回警官は、第一の証人であるローラ・ホープのように、郵便配達人を単なる〈機能〉として見ているわけではない。門番と受付係は郵便配達人と顔見知りだろうし（泥棒が郵便配達人に化けてアパートに入ろうとしたら、彼らは「郵便屋さん、君はいつもの人じゃないね」と言って呼び止めるに違いない）、栗売りにとってはなじみの客だろうし、警官にとっては守るべき地元住民だからである。

では、なぜ彼らは探偵役の問いに対して、郵便配達人に言及しなかったのだろうか？

その理由は、作中でブラウン神父が語る、「人はこちらの言ったことの意味にたいして――もしくは人が相手がこういうつもりなんだろうと考えたその意味にたいして――答えるのです」にある。つまり、探偵役の「怪しい者が出入りしなかったか?」という問いが不適切だったのだ。当たり前の話だが、顔なじみの郵便配達人は〝怪しい者〟ではない。もちろん、配達時刻以外――例えば真夜中――に出入りしたならば、怪しいと思われるだろうし、探偵役の問いに対して、証人は「そういえば、真夜中だというのに、郵便屋さんが出入りしていたな」と答えるだろう。しかし、いつもの配達時刻に、いつもの郵便配達人が出入りしたならば、それは〝怪しい者〟ではないのだ。他にもセールスマンやクリーニング屋や集金人やアパートの住民も出入りしたかもしれないが、彼らもまた、「怪しい者は見かけなかったか?」という質問に対しては、「言及されない人」なのである。

ここまで考察を進めると、原理1と原理2が、正反対であることに気づいたと思う。ローラやアンガスに郵便配達人が見えなかったのは、彼の存在を意識していなかったからである。言い換えると、ローラやアンガスにとって郵便配達人は、〝自身の世界の外側にいる人間〟だったのだ。門番や受付係に郵便配達人が見えなかったのは、彼が「そこにいて当然の人間」だと意識していたからである。言い換えると、門番や受付係にとって郵便配達人は、〝自身の世界の内側にいる人間〟だったのだ。

この正反対の二つの原理を一作に持ち込んだことにより、「見えない男」は傑作になった。なぜならば読者は、二つの不可能状況を説明する一つの原理を探そうとするからだ。もちろん、そんなものは存在しないので、読者は袋小路に入り込むわけである。

だが、この仕掛けは、ある意味では失敗をも生み出すことになった。江戸川乱歩のように、殺人に用いられたトリックだけを抜き出して分類するタイプの読者は、原理2しか注目しないのだ。そのため、ラストでブラウン神父が語る「どうやら郵便屋さんには誰も注意しないものと見えますな」「彼等とても人間ですから情熱もある」というセリフまで、原理2に関するものだと考えてしまうことになる。このセリフは、アンガスに向けて話していることからわかるように、原理1についてのものなのだ。原理2の証人たちには、そもそもこんなことは言う必要がない。彼らにとって、郵便配達人が情熱を持つ人間であることは、自明なのだ。彼らが、「郵便屋さん、息子さんの受験はどうでした?」「おかげさまでT大に合格しましたよ」「おめでとう。T大なんてすごいじゃないの」といった会話を交わす相手を(ローラやアンガスのように)〈機能〉として見ることはあり得ないのだから。

しかし、少なくない数の読者から無視されている原理1の方が、21世紀の現在では、注目すべきだろう。なぜならば、21世紀の人々の大部分は、ローラやアンガスのような、〝自分の世界の外側の人は意識しない〟タイプだからである。

……という考えを基に書いたのが、「21世紀・見えない男」。書き終わってから、このアイデアはもっと応用できると思って書いたのが、「21世紀・奇妙な足音」である。

第六章　ウィリアム・アイリッシュ

【注意】以下の作品の真相に言及しています。

《評論篇》ウィリアム・アイリッシュ『幻の女』

コーネル・ウールリッチ「九一三号室の謎（ただならぬ部屋）」

エラリー・クイーン「キャロル事件」

《贋作篇》幻の花嫁とのランデブー

二人は毎晩八時に逢った。雨の降る日も雪の日も、月の照る夜も照らぬ夜も。だが、この八時のデートも、今日で終わりだった。

彼の名はジョニー・タウンゼント。いや、この名は彼の本名ではないのかもしれない。彼は自分の過去を知らない。三ヶ月前より昔の事は、何ひとつ覚えていない。ジョニーという名前は、彼女がつけてくれたのだ。――記憶を失って、ダンスホールの裏の路地に倒れている彼を助けた、三ヶ月前に。

そう、彼女の職業はダンサー。十セントの切符で男と踊る。名前はアリス。グレン・フォールズの出身。そして間もなくそこに戻るのだ。ジョニーと一緒に、十時のバスで。

彼は時計を見た。八時十五分。彼女は今夜は遅れているが、しかしきっとここに来るだろう。急ぐことはない。バスの発車時刻まで、まだ一時間四十五分もある。彼女と二人の散歩――この街に別れを告げる最後の散歩の時間がほんの少し、短くなっただけだ。

彼はまた時計を見た。八時三十分。ジョニーはダンスホールまで、アリスを迎えに行くことにした。もしかしたら、仲間たちへの別れのあいさつが、長びいているのかもしれない。ここからホールまでは一本道だから、行き違いになることもないだろう。

歩き出した彼は、ふと一人の男に目を留めた。鼻に傷のある中年の男。どこかで見たことがある。思い出そうとすると、彼の頭はズキズキ痛んだ。記憶喪失以来、もの忘れが激しくなり、むりに思い出そうとすると、頭が痛むようになってしまったのだ。

――あの男は、昼にレストランで、おれの後ろの席に座っていた。そうだ、朝、電車の中でも見かけたぞ。

もしかしたら、彼の過去と関係がある人物なのかもしれない。だが、彼は、自分の過去にはまったく興味がなかった。あと一時間半で、この街から離れ、アリスの故郷へ向かうのだ。すばらしい未来が待っているのだ。過去のことなんか、どうでもいい。

ダンスホールに着くと、ちょうど金髪のダンサーが出て来たので、話しかけてみた。

「アリスは、まだいるかい？」

「アリス？」女は首をかしげた。「誰？」

「きみの仲間だよ。茶色の髪で……」

「アリスなんて娘《こ》は、うちでは働いていないわよ。違うホールじゃないの？」

そんなことはない。おれはアリスが話してくれたことだけは、絶対に忘れないのだ。この女は新人だな。だからアリスのことを知らないのだ。ホールの支配人に会って尋ねよう。

支配人の部屋がどこにあるかは、アリスが以前、話してくれたことがあった。ドアを開けて、中にいる男に訊く。

「支配人ですね。アリスはどこです？　おたくで働いているダンサーの一人ですよ」

「たしかに私はこのホールの支配人だが」その男はジョニーを妙な目つきで見つめながら言った。「アリスという名のダンサーは、うちにはいないよ」

彼はカッとなって叫んだ。「嘘だ！」

すると、支配人はあわてて、「いや、嘘ではない。神にかけて誓うよ。そうだ、うちのダンサーの名簿を見せてあげよう」

ジョニーはその名簿を調べる。顔写真と履歴書が並んでいる。アリスの名前はどこにもなかった。アリスの顔もどこにもなかった。

「さあ、これでわかっただろう」

ジョニーは支配人に押されるように、フラフラとドアに向かった。と、そのとき部屋の隅にあるゴミ箱が目に入った。彼は飛びつき、中から一枚の破れた写真を拾いあげた。アリスが彼に微笑んでいる。それはアリスの顔写真だった。

「やはり、アリスはいたんだ」彼は支配人の首を押さえながら叫んだ。「どこだ。どこにいる！　どこにいるんだ！」

支配人は苦しさにあえぎながら口を開いた。「アリスは……」

次の瞬間、ジョニーの頭部に衝撃が走り、彼は暗闇の中に沈んでいった。

彼はゆっくりと目覚めていった。時計を見る。九時だ。それほど長く気絶をしていたわけではなかったらしい。右手を見る。血のついたペーパーナイフだ。デスクに置いてあったものらしい。それをしっかりと握りしめている。

——なぜこんなものを。

その理由は、支配人が死んでいるのに気づいたときにわかった。胸を刺されている。このナイフで刺されたのに違いない。

何者かが、彼を気絶させ、その間に支配人を殺したのだ。そして、彼を犯人に仕立てるべく、凶器を手に握らせたのだ。

なんということだ。おれはあと一時間足らずのうちに、消えたアリスを捜し出し、支配人殺しの犯人を見つけ、バス停に向かわなければならないのか。

彼の背後で大きな音を立ててドアが開いた。鼻に傷のある中年の男がゆっくりと部屋に入ってくる。そして言った。

「わたしは市警のバージェス刑事だ。きみを殺人の現行犯で逮捕する、ジョニー・タウンゼント。いや、フランク・キーリンと呼んだ方がいいかな」

「フランク?」ジョニーはつぶやいた。

「それがぼくの本名なのか——そういえば聞いたことが——」そこまで考えると、またいつもの頭痛に襲われたので、別のことを考えた。

「殺人の現行犯？　違います、刑事さん。ぼくは支配人を殺してはいません。誰かに頭を殴られて、気絶してる間に——」

刑事はさえぎるように手を振った。

「ちがう。この部屋にはきみと支配人しかいなかった。きみは支配人のある言葉によってショックを受けた。そしてそのショックにより、きみの記憶を失う前の性格が現れ、無意識のうちに支配人を殺したのだ」

ジョニーは刑事の言葉が理解できなかった。頭が痛む。気絶しそうなのを懸命にこらえ、質問をした。

「『ある言葉』？　『ある言葉』って何です？」

「きみが忘れようとしている事実さ。支配人が言ったのはアリスに関する事実だったが、わたしは他にも知っている。順番に話してあげよう。どこまできみが耐えられるかはわからんがね。

一つ、きみは記憶を失う前はフランク・キーリンという名前で、七人もの妻を殺した殺人犯だった。

二つ、アリスはもうこの世にいない。死んだのだ。殺されたのだ。

三つ、アリスを殺したのはきみだ！

四つ、——おやおや、もう気絶してしまったか」

《バージェス刑事の報告書》
フランク・キーリンは殺人狂でした。自分の愛した女性を殺したくなるのです。ただし、その手口は巧妙で、警察にシッポをつかまれるようなことはありませんでした。
四ヶ月前、この街に移って来た彼は、そこで事故に遭い、記憶を失いました。そして、アリスという名のダンサーと恋におちたのです。しかし、過去を忘れたとはいえ、彼の殺人衝動は生きていました。一ヶ月前、アリスを殺害したのです。

ところが、ここで奇妙なことが起こりました。彼は自分がアリスを殺したことを忘れてしまったのです。アリスが死んだことさえもです。この理由については、愛する女性を自分の手で殺したという事実を認めたくない心理と、記憶喪失の後遺症が重なったためだと精神科医は言っています。

アリスの死を忘れてしまった彼は、彼女との生前の約束を守って、毎晩八時にデートの場所で待ち続けました。そして十時まで待つと、自分が今まで待っていたことも忘れて立ち去り、再び次の日の八時にやってきたのです。

これが一ヶ月の間、続きました。ところが、昨日の晩はいつもと違い、彼はアリスを捜すためにダンスホールに出向いたのです。支配人との間にどんなやりとりがあったか正確な点は不明ですが、支配人は「アリスはここでは働いていない」と言ったようです。自分のホールのダンサーが殺されたということは話したくないでしょうし、現在、アリスが働いていないことも事実ですので、当然の反応と言えます。

しかし、支配人は彼に追求されて、「アリスは死んだ」と言ってしまいました。それを聞いた彼は、この事実を認めたくないため、支配人を殺しました。そして、自身の新たな殺人も忘れ、支配人がアリスのことをしゃべる前に、何者かによって殺されたと思い込んだのです。

思えば不思議な事件でした。彼は、記憶喪失の後遺症によって、自分に都合の悪いことは忘れてしまうようになりました。そしてそのため、自分を被害者だと思い込み、探偵となって真実を探ろうとしたわけですが、実際のところ、彼こそが犯人だったのですから。

《評論篇》本格ミステリとしての『幻の女』

「昭和二十一年二月二十日読了、新らしき探偵小説現われたり、世界十傑に値《あたい》す。直ちに訳すべし。不可能性、サスペンス、スリル、意外性、申分なし」（江戸川乱歩がウィリアム・アイリッシュの『幻の女』を初めて読んだ時の感想。『海外探偵小説作家と作品』）

数年前、アイリッシュの『幻の女』（一九四二）を再読した時、エラリー・クイーンの中後期作との類似点に気づいた。それ以前にも、同じ作者の『死刑執行人のセレナーデ』（一九五一）を読んだ時、クイーンの中篇「動機」（一九五六）とプロットが似ていると感じたことがあるが、そういったストーリー上の類似ではない。また、F・M・ネヴィンズが指摘したジョージ・ホプリー名義の『夜は千の目を持つ』（一九四五）とクイーンの『帝王死す』（一九五二）のような、シチュエーションの類似でもない。本格ミステリ的な技巧に関して、同じものを使っているのだ。クイーンの中期作は一九四二年の『災厄の町』から始まるので、どちらかがもう一方を参考にしたわけではない。おそらく、作家としての資質に共通するものがあったのだと思われる。

では、この観点から、クイーンを補助線にして、本格ミステリとしての『幻の女』を考察してみよう。なお、作者の筆名としては〝ウールリッチ〟の方が一般的だが、『幻の女』を中心に論じるので、以降の作者名は〝アイリッシュ〟で統一する。

1　意外な犯人

冒頭に引用した乱歩の文にある「意外性」とは、犯人の正体に関するものだろう。

妻殺しの罪による死刑執行が近づくスコット・ヘンダースン。親友のジャック・ロンバードは、ヘンダースンのアリバイの証人となる〝幻の女〟を必死に探す。――だが、真犯人はそのロンバードだったのだ。何と意外な犯人であろうか。

……と感心するのは、あまりミステリを読んでいない人だろう。マニアにとっては、「親友」などは、一番怪しいからだ。パトリック・クェンティン作品では、友人の裏切りはデフォルトだと言ってもよい。それは、『幻の女』の発表当時でも変わらないはずである。

しかし、マニアである乱歩は、この犯人を〝意外〟だと感じた。実は、私もそうだった。おそらく、本作を高く評価する読者も、同じだったに違いない。

なぜ読者は、ロンバードを疑わなかったのだろうか？　それは、幻の女を懸命に探す彼の姿に真実味を感じたからに他ならない。親友の無実を証明するために幻の女を必死に探すロンバードの姿が、読者を欺くわけである。そして、その〝必死さ〟が演技ではなく心からのものであることは、まぎれもない事実なのだ。

ただし、その〝必死さ〟の理由が、読者の考えとは異なっていた。「親友を死刑から救うため」ではない。

「自分を死刑から救うため」だったのだ。
事件の解決後、バージェス刑事はこう語る。
ロンバードは、ヘンダースンのアリバイを消すために、幻の女を殺そうとしたが、失敗し、彼女を見失ってしまう。そして、

彼（ロンバード）の仕掛けた罠が彼自身にはねかえってきたのだ。一晩中かかったうえ、多額の金を使って、ヘンダースン、きみにとって幻に仕立てた女が、いまや、彼にとっても捉えようのない幻になってしまったのだ。こんなはずではなかった。事態はこのために漠然たる危険をはらんできた。いつまた、女が表面にとび出してくるかわからないのだ。

そこに来たのが、親友ヘンダースンからの「幻の女を探してほしい」という依頼。そして、

応援をもとめるきみの電報が、ねがってもない口実を彼に与えたんだね。こうなると、彼はおおっぴらに（ニューヨークに）帰ってきて、きみのために彼女を〝さがす〟ことができる。一度は諦めなくちゃならなかった死の捜索を、こんどは徹底的にやれることになった。万一、彼女が当局の手で発見されるときがきても、そのときは死骸となった彼女を……

これが、作者の巧妙なテクニックである。幻の女が存在しないと思わせるために、ロンバードはさ

まざまな人に偽証を頼んだ。しかし、もし警察が幻の女を見つけ出し、証人に再尋問したら、どうなるだろうか？　間違いなく、証人はロンバードに偽証を頼まれたことを明かしてしまうだろう。そうなると、自分が犯人であることに気づかれてしまう。だからロンバードは、何としてでも、警察より先に幻の女を見つけ出さなければならない。そしてその姿が、読者にとっては、「親友を救うために幻の女を必死に捜索する」姿に見えるわけである。

そして、この技巧は、中期以降のクイーンが得意とするものでもある。その中で、同じ死刑執行のデッドラインものである中篇「キャロル事件」（一九五八）と比べてみよう。

本作で死刑が迫る人物はジョン・キャロル。彼は自分のアリバイを証明する文書が消えたと知って、動転し、恐怖し、名探偵エラリーに助けを求める。彼の真実味あふれるリアクションに対して、エラリーは「無実の罪で処刑されるのを恐れているためだ」と考える。そして、読者もまた、そう考える。だが、真実は違っていた。実は、彼こそが犯人であり、偽アリバイによって罪を逃れようとしていたのだ。それが、ある人物の裏切りによって、（偽の）アリバイを証明する文書が処分され、キャロルは窮地に陥ってしまったわけである。言い換えると、キャロルの真実味あふれるリアクションは、自らが犯した罪で処刑されるのを恐れていたためだったのである。

これで、『幻の女』が、「キャロル事件」と同じ技巧を用いて〈意外な犯人〉を生み出していることは、わかってもらえたと思う。それを頭に入れて読むと、前述のバージェス刑事の言葉などは、クイーンの『ダブル・ダブル』（一九五〇）の解決篇におけるエラリーの言葉と、似ている気がしてこないだろうか。

2　反転する物語

拙著『エラリー・クイーン論』には、「犯人の物語」と「探偵の物語」について考察した章がある。犯人を解決篇まで伏せるタイプのミステリでは、解決篇までは「探偵の物語」が描かれ、犯人の名が指摘されたあとは「犯人の物語」が描かれる。この形式がはっきりあらわれているのがコナン・ドイルのホームズもの長篇で、『緋色の研究』『四つの署名』『恐怖の谷』では、その「犯人の物語」が、本のかなりの部分を占めていることは、読んだ人には言うまでもないだろう。

そして、この「犯人の物語」には、ホームズは登場していない。時系列的には、ホームズが捜査に乗り出す前の出来事なので、当たり前の話と言える。

だが、クイーンの作品では――犯人当てタイプであるにもかかわらず――「犯人の物語」の中に、探偵エラリーが登場している。なぜならば、犯人の計画にエラリーを利用することが含まれていたり、エラリーの推理を受けて犯人が計画を変更したりするからである。言い換えると、「犯人の物語」の中に「探偵の物語」が含まれているのだ。そして、解決篇では、われわれ読者は衝撃を受ける。なぜならば、われわれがそれまで「探偵の物語」だと思って読み進めていた場面が、実は「犯人の物語」だったと知らされるからである。さらに、最終的には「犯人の物語」は「探偵の物語」に含まれることになるので、「探偵の物語」の中に「犯人の物語」があり、さらにその中に「(犯人に利用される)探偵の物語」があることになる。これが、クイーン作品の――特に中後期作の――ユニークな点に他ならない。

『幻の女』もまた、同じ技巧を用いている。ロンバードが親友ヘンダースンの無実を証明する証人を必死で探す「探偵の物語」が、解決篇では、ヘンダースンに罪を着せるために証人を次々と消していく「犯人の物語」に反転するからだ。このため、やはり読者は、物語の反転による驚きを味わうことになる。

そしてまた、解決篇では、バージェス刑事は最初からロンバードを怪しんでいたことも明らかになる。彼がヘンダースンに「友人に捜査を依頼したらどうだ」とアドバイスしたのも、ロンバードを泳がせておけばボロを出すのではないか、と期待してのことだったのだ。つまり、「探偵バージェスの物語」は、「犯人ロンバードの物語」を含んでいたのだ。

これで、『幻の女』が、クイーン作品と同じ技巧を用いて、〈物語の反転による意外性〉を生み出していることは、わかってもらえたと思う。


ここまで挙げたクイーン的な二つの特徴、〈意外な犯人〉と〈物語の反転〉。『幻の女』は、この特徴から派生したトリックによって、さらに本格ミステリに接近している。犯人ロンバードは、見つかった証人を自分以外の犯人が先回りして殺したように見せかけるため、トリックを弄しているのだ。

具体的に言うならば、「階段に糸を張って被害者を転落させるトリック」、「敷物を利用して被害者を窓から放り出すトリック」、「煙草を三本つなぎ合わせて燃える時間を長引かせるトリック」である。

もともとアイリッシュはこういったトリックが得意らしく、他の作品でも用いている。ただし、『黒衣の花嫁』(一九四〇)のように、犯人視点の作品で用いると、〈殺しのテクニック〉になってしまい、本格ミステリ的なトリックには見えなくなる。『幻の女』は、犯人を伏せるタイプの作品なので、これらがちゃんと、「犯人が弄するトリック」に見えるわけである。

3　提示されないデータ

反転する物語、その中に隠された意外な犯人、その犯人が弄するトリック、と三拍子揃った『幻の女』だが、本格ミステリとしては評価されていない。本作の評価の高さは、あくまでも、サスペンスものとしてなのだ。

その理由もまた、クイーンを補助線にすると、はっきり見えてくる。——本作には、〈手がかりに基づく推理〉が決定的に欠けているのだ。

解決篇でバージェス刑事は「犯人の物語」を延々と語るが、これは犯人に教えてもらっただけで、自分で推理したわけではない。特に、動機に関しては、何一つ推理していないし、推理のためのデータも提示されていない。一応、ロンバードを怪しいと思った理由として、「予定していた船に乗り遅れたこと」と、「乗船切符は妻の分も買っているのに乗ったのは一人。しかも、ロンバードは独身だった」の二点が挙げられてはいる。だが、バージェス自身が認めているように、どちらも疑念レベルに過ぎず、手がかりとは言えない。特に、切符を二枚購入した理由は、被害者、つまりヘンダースンの妻と駆け落ちするためだったのだが、二人の関係自体が完璧に隠されているので、作中探偵が推理するのは不可能だろう。しかも、この二つのデータは、読者にはまったく提示されていないのだ。

クイーンの『災厄の町』では、〝配達されない三通の手紙〟が入っていた木箱が開けられたタイミングを探偵が——同時に読者も——知ることにより、事件の構図を劇的に反転させる推理が披露される。だが、『幻の女』では、そういった、読者も入手しているデータによるダイナミックな推理は見ることはできないのだ。

また、犯人が弄したトリックに関しては、作中探偵は推理できるかもしれないが、やはり、読者には無理だろう。
①〝階段に糸を張るトリック〟は、被害者の向こう脛《ずね》に細い赤い筋が見つかったので、作中探偵は推理が可能。ただし、このデータは読者には提示されていない。
②〝敷物を利用したトリック〟は、敷物に皺がある位置が逆になっているので、作中探偵は推理が可能。ただし、このデータは読者にはきちんと提示されていない。作中には「(敷物の)片端に小波《さざなみ》のようなしわが寄っていた。足を踏みあやまったために、敷物が縒《よ》れたとでもいうようだった」とあるので、むしろ、アンフェアだと言える。
③〝煙草を三本つなぎ合わせるトリック〟は、バージェスが「彼の工夫した仕掛けを完全に見やぶるには、まるまる三日はかかったよ」と言うだけで、どんな手がかりをもとに推理したのかは、述べられていない。ただし、面白い手がかりは存在する。被害者がロンバードに渡したメモには偽の住所が書いてあったのだが、これを見たバージェスは、ロンバードにこう言うのだ。「きみにでたらめな番地を教えて、それを探すのに手間取らせ、その間に(ロンバードが被害者に渡した)小切手を現金

化して逃《ず》らかろうとした。というのなら話はわかる。だが、こんなふうに、ここから二、三丁しか離れていない番地を教えたんでは——五分か十分もすれば、きみがもどってくるのは知れているじゃないか。その点はどうなんだ?」と。この問いに対してロンバードは、バージェスを納得させる答えを返すことはできなかった。

この〝ホワイ?〟の謎は、実に見事な手がかりと言える。偽の住所メモは被害者が書いたものではなく、実際にはロンバードが書いたものだった。煙草をつなぎ合わせるトリックでアリバイを作るためには、彼は「五分か十分でもどってくる」必要があったのだ。この部分に関しては、アイリッシュの本格ミステリ的なセンスの良さを、まざまざと感じてしまうのだが……。

これだけセンスのあるアイリッシュが、読者へのデータ提示を怠ったのは、なぜだろうか? 比較のために、本作のような本格ミステリ形式で描かれた——つまり、犯人視点でもなく、巻き込まれた人物視点でもなく、探偵視点で描かれた「九一三号室の謎」(一九三八)を見てみよう。

本作は、ホテルの九一三号室で起こる連続自殺事件をホテル付き探偵が解き明かす、という本格ミステリ。この作品でも犯人はトリックを弄しているが、「犯人の部屋と九一三号室の位置関係」、「階下の八一三号室の宿泊客が犯行時に聞いた雷鳴と見た雷光」、「犯人がトリックに必要な道具を持っている」、「ベッドはゴム・タイヤのついた車で自在に引きまわせる」、といったデータが、きちんと提示されている。しかも、九一三号室の見取り図まできちんと添付。——つまり、アイリッシュは、データ提示の重要性をわかっているのだ。

ではなぜ、『幻の女』では、データの提示を怠ったのだろうか？　その理由は、この作の最大の魅力である〝探偵と犯人の物語の反転〟に他ならない。

クイーン作品の場合、物語の構造は、内側から外側に見ていくと、以下の通り。

〔第三層〕騙された探偵エラリーの物語

〔第二層〕犯人の物語

〔第一層〕騙されない探偵エラリーの物語

一方、『幻の女』は、以下の通り。

〔第三層〕親友を救う探偵ロンバードの物語

〔第二層〕親友を罠にかける犯人ロンバードの物語

〔第一層〕探偵バージェスの物語

クイーン作品では、第三層の探偵と第一層の探偵が同一人物なので、データの提示は第三層で行うだけでよい。だが、『幻の女』では、第三層の探偵と第一層の探偵は別人なので、データ提示は分けなければならない。しかし、読者に対して探偵役はロンバードだけだと思わせたい作者にとっては、バージェスがデータを入手する場面は描きたくない。下手に描いて、読者に「どうしてバージェスは死体の向こう脛を調べるのか？」や「どうしてバージェスはロンバードに隠し事をするのか？」といった疑問を抱かれては困るからだ。

このように、データの提示が難しくなるのは、〝物語の構図が反転する〟タイプの本格ミステリにおいては、珍しくない。例えば、〈記述者＝犯人〉トリックの作品では、犯人が知っていることしか記述できないため、探偵が疑いを抱いたり手がかりを入手する場面を描くことは難しくなる。だが、一流の本格ミステリ作家は、さまざまなテクニックを用いて、こういった難題をクリアしているのだ。アイリッシュは、サスペンス作家ではあるが、本格ミステリの技巧を使いこなす才能もあった。そして、『幻の女』において、物語の構図を反転させ、意外な犯人を生み出すことに成功した。だが、この技巧がもたらす〝データ提示の難しさ〟については、回避してしまった。アイリッシュは、フェアプレイ度を高めるよりも、犯人の意外性を高める道を選んだことになる。

これが、「本格ミステリとして見た場合の『幻の女』」であり、同時に、「本格ミステリ作家として見た場合のアイリッシュ」なのだ。

併載の贋作は、アイリッシュの典型的なサスペンスものと見せかけ、最後に本格ミステリ的な解決をつけたもの。もちろん、真相を推理するためのデータは提示していないが、その理由は、本稿を読んでもらえればわかると思う。

21世紀『ギリシャ棺の謎』

【問題篇】

「ハルキス事件の犯人が、ようやくわかりましたよ、お父さん」エラリーが推理を語り始めた。「『九尾の猫』事件の教訓のおかげですね」

「本当か?」クイーン警視は疑わしそうに、「今度もまた、犯人の偽の手がかりにだまされたのではなかろうな」

「そこが推理のポイントでした。いいですか、ぼくが事件捜査に乗り出ことが決まっていない時点で、なぜ犯人は、ぼくを欺くための偽の手がかりを用意できたのでしょうか?」

「たしかに妙だな。ハルキス事件はお前の知り合いが巻き込まれていたわけでもないので、必ず捜査に加わる保証はなかったはずだ」警視が考え込む。

「これで〈犯人の条件その1〉がわかりました。犯人は、ぼくを捜査に加えることができる人物なのです」

「おいエル、わしがお前を捜査陣に加えたのだぞ。わしが犯人だとでも言うのか?」

【解決篇】

「それはあり得ません」エラリーは言った。「お父さんはハルキス事件の捜査主任なのですから、ぼくを巻き込んで欺くような面倒なことをしなくとも、簡単に偽の犯人をでっち上げられるわけでしょう」

「それを聞いて安心したよ」とクイーン警視。

「これで〈犯人の条件その2〉がわかりました。犯人は、事件の捜査自体には介入できない人物なのです」

「わしを通じてお前を事件に関与させることはできるが、捜査に直接の介入はできない人物……」警視は青ざめた。「おい、エル、もしや犯人は——」

「そうです、警察本部長です」

第七章　ジョン・ディクスン・カー

【注意】以下の作品の真相に言及しています。
《贋作篇》ウィリアム・ブリテン「ジョン・ディクスン・カーを読んだ男」
《評論篇》J・D・カー『皇帝のかぎ煙草入れ』『三つの棺』

《贋作篇》世界最短の密室
――または「ジョン・ディクスン・カーを読んだ男」を読んだからといって密室殺人ができるとは限らない

殺人現場は完全な密室だった。

だから犯人は逃げられずに捕まった。


「何だい、この文は?」私は彼に原稿用紙を返しながら尋ねる。すると、こんな答えが返ってきた。

「これは、今度書いたショート・ショートさ。世界で最も短い密室ミステリを考えてみたんだ。最初の一行が問題篇。これを読んだ読者は、どうやって完全な密室殺人を行うことができたのか、不思議に思うだろう? そして、次の一行を読んで、その理由がわかる。つまり、二行めは解決篇なんだ。たった二行の中に、先例のない密室トリックを持ち込み、解決したというわけさ」

得意げに語り続ける彼。だが、もうこれ以上、彼の自慢話に付き合う義理はない。〝小説の〟密室殺人なんか、どうでもいいではないか。私が興味があるのは、〝現実の〟密室殺人なのだ。

私はさりげなく彼の背後に回り込み、気づかれないように拳銃を取り出す。それを彼の頭に突きつけると同時に引き金を引く。一言も発することなく、彼は死んでいった。

私は拳銃にあらためて空砲をつめると、それを死体の手に握らせてから、警察に電話をかけた。そして、「これから密室の中で自殺します」という、携帯電話に録音した彼の声を流す――彼との密室ミステリ談話を録音・編集したものだ。普通の人なら、自殺する前に、警察にこんな電話をかけたりなどしない。だが、彼は世間では〝密室に取り憑かれたミステリ・マニア〟で通っている。怪しむ者はいないだろう。それから空砲を撃ち、銃声を警察に聞かせた。これで、彼の手からも硝煙反応が出るはずだ。

さてと、〝現実の〟密室の創造にとりかかるとするか。

私はこのトリックを実行したいがため、彼を殺したのだ。本音を言うと、殺す相手は誰でもよかった。たまたま彼の家に西洋風の暖炉があり、太い煙突があったから、彼を被害者に選んだだけに過ぎない。――そう、私はこの煙突から脱出するのだ。もちろん、そのままでは警察にこの密室トリックを見破られる可能性が高い。そこで、脱出したあと、ロウソクを利用した仕掛けで暖炉に火をつけることになっている。そうすれば、誰も煙突から逃げたとは思うまい。

もっともこれは、私の独創ではない。ウィリアム・ブリテンの「ジョン・ディクスン・カーを読んだ男」という短篇から拝借したのである。

だが、私はこのトリックに、すばらしい改良を加えた。半時間ほど前にこの部屋に入ったとき、彼に気づかれないように、暖炉の中に発煙筒を入れたのだ。発煙筒はその時からずっと煙を出し続けている。だから、近所の人は、犯行が行われる以前から、煙突から煙が出ていたと証言してくれるはずである。そうなれば警察は、犯行前からずっと、暖炉が燃えていたと考えるに違いない。そのために、わざわざ彼の書斎から警察に電話をかけて、犯行時刻が特定されるようにしたのだ。もちろん、ロウソクの仕掛けで暖炉に火がつけば、発煙筒は跡形もなく焼失してしまい、証拠は残らない。

私はドアの周囲に目張りをし、内側からしっかり鍵をかけ、その鍵を死体のポケットに入れる。それからドアチェーンをかけ、受け金の部分をハンマーで叩きつぶし、チェーンがはずれないようにした。続いて窓も内側からロックした。もっとも、この窓には十センチ間隔で鉄棒がはめ込まれているので、ロックしなくても出入りは不可能なのだが。

密室を作り終わった私は、煙突から脱出しようとした。すると――何ということだ！　煙突の中にも十センチ間隔で鉄棒がはめ込まれているではないか！　先週見たときには、こんなものはなかったのに！

おそらく、泥棒が外から侵入するのを防ぐため、彼が最近とりつけたのだろう。そういえば、「近所の家が泥棒に入られた」とか言っていたな。いや、理由はどうでもいいが、これでは煙突からは脱出できないではないか。鉄棒のある窓もだめだ。私はあわててチェーンの切断にかかった。残念だが、密室殺人は次の機会だ。なあに、暖炉と太い煙突のある家に住む知人は、他にもいるさ。そいつが密室マニアではないという点には目をつぶろう。

だが、次の機会はなくなってしまった。ドアを開けるのに手間取っているうちに、予想よりはるかに早く、警察が到着したのだ。密室から出ようとあがく私の耳に、警察官がドアを叩く音が……

殺人現場は完全な密室だった。
だから犯人は逃げられずに捕まった。

《評論篇》　密室の奥にひそむもの

WHY?

併載の短篇は、厳密にはカーの贋作ではない。正確には、ウィリアム・ブリテンが書いたカーのパロディ「ジョン・ディクスン・カーを読んだ男」の贋作と言うべきだろう。

ブリテンのこの作はシリーズの一作だが、全作を通して読んでみると、興味深い点に気づく。「エラリー・クイーンを読んだ男」はエラリー・クイーンのような名探偵を演じ、「レックス・スタウトを読んだ女」はネロ・ウルフのような名探偵を演じ、「アガサ・クリスティを読んだ少年」はエルキュール・ポワロのような名探偵を演じている。だが、「カーを読んだ男」は、フェル博士やメリヴェール卿のような名探偵を演じているのではない。彼は、「当の巨匠すらも当惑せしめるような密室殺人をやってのけてみせる」ことを目指すのだ。

言うまでもないが、カー作品の斬新な密室トリックを考え出したのは、フェル博士やメリヴェール卿ではない。彼らは、犯人が考え出した密室トリックを説明するだけなのだ。従って、密室もののファンが、密室トリックを考え出した犯人、さらには、その背後にいる作者の方にあこがれることは、当然と言えるだろう。

そして、カーは、その〝あこがれの対象〟となるのにふさわしいだけの数の密室ものを書いている。松田道弘は「新カー問答」の中で、カーの純粋な密室ものは、「せいぜい十冊あまりさ。密室テーマはカーの全作品のうち二割たらずだよ」と語っているが、ある程度の長篇数があり、なおかつその二割を狭義の密室ものが占める作家が、カー以外にいるだろうか。また、広義の密室ものの数でも、明らかにカーが突出している。例えば、江戸川乱歩の「カー問答」では、二十九作の長篇が取り上げられているが、「密室もの」が八作、「準密室もの」が十作、それ以外が十一作となっている。ところが、この「それ以外」には、『帽子収集狂事件』、『白い僧院の殺人』、『皇帝のかぎ煙草入れ』といった、誰もが認める不可能犯罪ものも含まれているのだ。カーの作品において、広義の密室もの、というよりは不可能犯罪ものが圧倒的に多いことは、否定できない事実である。

では、なぜカーは、不可能犯罪ものを数多く書いたのだろうか？　そしてなぜ、その中で狭義の密室ものが占める割合が小さいのだろうか？　本稿では、その理由を考察していくことにする。

ＨＯＷ？

まず、カーの代表作の一つであり、「狭義の密室もの」ではないが、「物理的に絶対に為し得ないような不可能」（「カー問答」より）を為し遂げた作品、『皇帝のかぎ煙草入れ』（一九四二）を見てみよう。

乱歩が〝物理的に絶対に為し得ないような不可能〟と言っているのは、「犯人が殺人現場を目撃する」トリックのこと。確かにこれは、不可能性満点ではある。従って、本作を〈不可能犯罪もの〉と評することには、何の問題もない。ただし、本作を〈不可能興味を前面に押し出した作品〉と評することはできない。なぜならば、読者がこの不可能性を知らされるのは、解決篇に入り、犯人が判明した後だからだ。いや、逆に、本作の不可能性を強調すると、解決篇より前に「犯行が不可能だったのはイヴとネッドしかいないのだから、この二人のどちらかが犯人だな」と考える読者が出てしまうかもしれない。

ここで、カーの他の作品を見てみると、本作のように、「犯人が〇〇氏ならば不可能犯罪」という設定のものが、意外に多いことに気づく。未読の人のために作品名は伏せておくが、乱歩が「カー問答」で第一位に推した傑作六作のうちの三作が——つまり半数が——このタイプなのだ。さらに、松田道弘が「新カー問答」で第一位に挙げている六作（乱歩と一作も重複していない）もまた、半数の三作が、「犯人が〇〇氏ならば不可能犯罪」タイプに該当している。

カーがただ単に不可能犯罪が好きなだけならば、不可能性を前面に押し出さないこのタイプの作品は、もっと少ないはずである。それなのに、なぜいくつも書いているのだろうか？

この問いに対する私の答えは、「カーが書きたかったのは、〈不可能犯罪もの〉ではなく、〈意外な犯人もの〉だったから」となる。

WHO?

〈意外な犯人〉というのは、読者が想定する容疑者枠の外側にいる犯人のことに他ならない。では、なぜ読者がその人物を容疑者に含めなかったかというと、理由は二種類ある。

一つめは、犯人が事件の記述者やシリーズ探偵や年少者といった、「心理的に犯人とは思えない」人物の場合。彼らは犯行は可能なのだが、読者は無意識のうちに、容疑者枠から外してしまうのだ。このタイプの〈意外な犯人〉を得意とする作家の中では、アガサ・クリスティが最も有名だろう。

もう一つは、犯人が「物理的に犯人ではあり得ない」人物の場合。彼らはそもそも犯行が不可能である（ように見える）ため、読者は意識的に、容疑者枠から外してしまうのだ。完璧なアリバイがあるように見える場合、肉体的なハンディにより犯行が不可能に見える場合、犯行前に死亡しているように見える場合、そして、犯行現場に出入りできないように見える場合。カーは、こちらのタイプの〈意外な犯人〉を得意とする作家なのだ。

（少し脇道にそれるが、『皇帝のかぎ煙草入れ』の犯人ネッドは、もちろん、「物理的に犯行が不可能に見える人物」だが、同時に「心理的に犯人とは思えない人物」でもある。というのも、イヴの無実を信じる読者にとっては、ネッドは重要なアリバイ証人なので、容疑者枠から外してしまうからだ。この作に対して、クリスティは「さすがの私も脱帽する」と言ったらしいが、それは、本作を不可能犯罪ものではなく、意外な犯人ものとして評価したからだろう。）

松田道弘の言う、〝カーの純粋な密室ものは、せいぜい十冊あまり〟しかない理由も、ここにある。狭義の密室ものは、冒頭から完全な密室状況、つまり誰一人として密室内に出入りできないという不可能状況が提示されることが多い。しかし、そうなると、容疑者全員が犯行不可能になってしまい、その中の誰が犯人でも、意外性は生じないということにもなるわけである。

もっとも、カーが不可能犯罪を描きたいのだとすれば、何も問題はない。冒頭から読者に提示される「誰にとっても犯行不可能」な状況こそが、〈不可能犯罪もの〉の醍醐味なのだから。

だが、カーが描きたいのは、〈意外な犯人もの〉だった。だからこそ、「犯人にとってのみ不可能犯罪」という、狭義の密室ものとはほど遠い設定を多用するわけである。

もっとも、「犯人にとってのみ不可能犯罪」でも、解決篇より前で犯人を明かせば、不可能犯罪を前面に押し出すことはできる。捜査陣に「犯人は被害者の夫に違いないが、彼は犯行現場に出入りすることは不可能だった。いかにして不可能を可能にしたのだろうか？」と言わせれば、読者の不可能興味をかき立てることができるからだ。

だが、カーが描きたいのは、〈意外な犯人もの〉だった。だからこそ、「犯人にとってのみ不可能犯罪」という設定は、解決篇まで明かされることはないのだ。


ここで再び脇道にそれて、カー以外の作家の「物理的に意外な犯人」を見てみよう。

まず、アガサ・クリスティの有名な長篇。彼女は「心理的に意外な犯人」を設定するのが得意なのだが、この長篇はそうではない。犯人は大富豪である被害者の夫なので、最重要容疑者なのだ。だが、読者はこの男を犯人だとは思わない。なぜならば、彼は犯行当時、重傷を負っていて、動くことができなかったから――犯行が物理的に不可能だったから――である。

次は、エラリー・クイーンの国名シリーズの一篇。この事件の現場は誰でも出入りできたのだが、唯一、隣室にいたA氏のみが例外だった。なぜならば、隣室にこもっていたA氏が犯行現場に出入りする唯一の手段であるドアは、現場側から鍵がかかっていたからである。つまりA氏は、犯行が物理的に不可能だったのだ。そして解決篇では、このA氏が犯人であることが明かされる。

ここで再びJ・D・カーに戻ろう。彼はアンソロジーのために一九四六年に長篇ミステリのベストテンを選び、その十七年後には四作を差し替えている。興味深いことに、この十四作には、右記の二作の長篇が含まれているのだ。カーが〈物理的に意外な犯人〉というトリックがお気に入りであり、他作家の作品を読む際もそこに注目していることは、この点からも明らかだろう。

HOW&WHO?

前記の文では、狭義の密室ものにおいては、「〝物理的に犯行が不可能な犯人〟が何人も存在するために、〈意外な犯人〉は生み出せない」という意味の指摘をした。だが、〈意外な犯人〉にこだわるカーは、工夫をこらして、この指摘をくつがえす作品をいくつも描いているのだ。

例えば、「純粋な密室もの」の最高傑作と言われる『三つの棺』(一九三五)を見てみよう。

本作のメイン・トリックは、いわゆる〈被害者密室〉で、致命傷を負った被害者が絶命するまでにとった行動が密室状況を生み出している。そして、このトリックならば、容疑者の誰もが犯行可能になるので、誰が犯人でも意外性は生じることはない。ところが、作者が解決篇で明かす犯人は、実に意外な人物——なんと、死者だったのだ。言うまでもなく、死者は〝物理的に犯行が不可能な犯人〟なので、究極の〈意外な犯人〉となるわけである。

そして、この「犯人にとっての不可能状況」は、被害者が致命傷を負ってから絶命するまでにタイムラグがあったから生じたもの。つまりカーは、負傷から絶命までのタイムラグを利用して、〈純粋な密室もの〉と〈意外な犯人もの〉の奇跡的な両立をなしとげたわけである。この長篇が、カーの最高傑作と評されるのも、当然と言えるだろう。

『三つの棺』以外の「このトリックならば容疑者の誰もが犯行は可能」タイプの作品においても、作者が〈意外な犯人〉を盛り込もうとしているものは少なくない。ただし、さすがに不可能犯罪トリックをもう一つ案出するのは難しいらしく、〝心理的に〟意外な犯人が多いのだが……。また、中後期には、不可能状況は用いず、〈心理的に意外な犯人〉トリックだけで勝負した長篇も、無視できない数がある。処女長篇の『夜歩く』(一九三〇)も、犯人を心理的に読者の容疑者枠から外すテクニックが用いられていることから考えると、カーはその作家生活において、一貫して——物理的・心理的にこだわらず——〈意外な犯人〉を描いていたと言えるだろう(もちろん、カーには〈意外な犯人もの〉とは言えない作品も少なくないが、こちらに関する考察は、次の機会とさせてもらいたい)。


江戸川乱歩の〈トリック分類〉的な読み方、すなわち、解決篇まで読んでからトリックだけを抜き出して評価する読み方をすると、カー作品は、そのほとんどで、不可能犯罪トリックが使われていることになる。

しかし、プロット全体を見るならば、冒頭から不可能性を前面に押し出しているとは言えない作品も少なくない。作者はこれらの作品では、不可能犯罪トリックを、意外な犯人を生み出すために用いているのだ。

こういった観点から考察すると、〈不可能犯罪の巨匠〉の、これまで見えなかった魅力が見えてくるのではないだろうか。

21世紀『エジプト十字架の謎』★クイーン『エジプト十字架の謎』の真相を明かしています

【問題篇】

「犯人がわかりましたよ、お父さん」エラリーが推理を語り始めた。「手がかりは犯人が使ったヨードチンキの瓶です。あの瓶にヨードチンキが入っていることを知っていた者は、山小屋に住んでいたヴァンしかいません。他の者は、一度もあの山小屋に入ったことがありませんからね。従って、犯人はヴァンということになります。彼は被害者ではなかったのです」

「残念だが」クイーン警視は肩をすくめた。「ヴァンが被害者であることは間違いない。DNA鑑定をやったからな」

エラリーは呆然とする。「……そんな馬鹿な……いや……そうか！　そうだったのか！　お父さん、ぼくの見落としでした。犯人の可能性がある人物が、もう一人いました！」

【解決篇】

「だがエル」警視が口をはさむ。「山小屋に入ったことがある者は、ヴァン以外にはおらんのだぞ」

「わかっています」とエラリー。「犯人は一度も山小屋に入っていません。しかし、それでも瓶の中身がヨードチンキだと知っていたのです」

警視はハッとして「わかったぞ、犯人は――」

「そうです、ヴァンにヨードチンキを売った薬剤師です」

第二部

テーマとトリックをめぐる贋作と評論

第八章は〈意外な犯人〉をめぐる贋作と評論
第九章は〈多重解決〉をめぐる贋作と評論
第十章は〈リドル・ストーリー〉をめぐる贋作と評論
第十一章は〈見立て殺人〉をめぐる贋作と評論

第八章

意外な犯人

【注意】以下の作品の真相に言及しています。
《贋作篇・評論篇》アントニイ・バークリー『第二の銃声』
《評論篇》　アガサ・クリスティ　『アクロイド殺し』

《贋作篇》『第二の銃声』さらなる解決篇

《訳者より》この作品は、一九三一年ごろ、〈ディテクション・クラブ〉の会合で一部の会員に配布されたものです。作者がアントニイ・バークリー自身なのか、他の会員が書いたのかは、今となってはわかりません。ですが、バークリーの『第二の銃声』の読者には興味深いと思うので、紹介することにしました。なお、翻訳にあたっては、引用文とそのページ数を、創元推理文庫版に置き換えています。

ロジャー・シェリンガムが〈犯罪研究会〉の夕食会の後に年代物のブランデーを飲んでいると、すぐ横から声が聞こえた。

「シェリンガムさん、お話ししてよろしいでしょうか?」

「これはチタウィックさん。もちろん、かまわないよ」と答えたシェリンガムは、向かいのソファを示した。

遠慮がちに腰を下ろしたチタウィックは、おずおずと一冊の本を差し出した。アントニイ・バークリー著『第二の銃声』。先頃出たばかりの本だ。

「この本――ご友人のバークリー氏がお書きになった、あなたの最新のご活躍について、お尋ねしたいことがありまして」

シェリンガムは顔をしかめた。「ご友人のバークリー氏」は、彼が解決に成功した何十もの事件には目もくれず、解決が失敗だったり不充分だったりした事件ばかりを好んで小説にしている作家だからだ。それに、『第二の銃声』の事件は……

だが、シェリンガムはうなずいた。彼の推理力の高さは、ベンディックス夫人殺害事件で証明されている（「ご友人のバークリー氏」は、最近、チタウィックが解決した別の事件も小説化したらしい）。それに、この男ならば、あの本の隠された狙いに気づいたかもしれない。

「ありがとうございます」チタウィックは微笑むと、本を開いて話し始めた。

1

「最初に私が気になったのは、作中の年代です。この本は、五つの部分から成っていますね。

①序文。これは、バークリー氏が一九三〇年にお書きになったものです。

②プロローグ。これは、一九三〇年の事件を報道した新聞記事と、警察の報告書です。

③本編前半。これは、ピンカートン氏が事件直後に執筆した草稿で、警察に渡したものです。

④本編後半。これもピンカートン氏の草稿ですが、警察に渡した分の続きです。少しずつ書き足し、書き終わったのは事件の三年後、つまり一九三三年のようですね。ただし、描かれているのは、一九三〇年の出来事です。

⑤エピローグ。これもピンカートン氏の草稿。やはり一九三三年に、④の後に書かれたもので、事

件の真相を語っています。

私が気になったのは、④の本編後半と、⑤のエピローグです。一九三〇年に出版された本に、なぜ一九三三年の未来に書かれた原稿が載っているのでしょうか?」

「なぜだと思う?」シェリンガムは、にやりと笑う。

「理由は明白です。一九三〇年に出た本に一九三三年のことが書いてあれば、読者は誰でもこう考えるでしょうね――『この事件は現実に起こったものではなく、作者のバークリーが考え出した架空のものだ』と。だとしたら、逆に、われわれはこう考えなければなりません。『この事件は現実に起こったものだが、作者のバークリーは読者にそう考えてほしくなかった』と」チタウィックがこう言うと、シェリンガムの顔がわずかにゆがんだ。

「今のあなたの反応で、私の考えが正しいことがわかりました。

では、仮に、この本が実際に起きた事件を小説化したものだと銘打っていたら、読者はどうしたでしょうか? おそらく、読者の何人かは、もととなった現実の事件について調べるはずです。しかし、架空の事件であれば、誰も調べたりはしません。仮に調べようとしても、一九三〇年に起こった事件を調べることしかできないでしょうね」

「では、なぜバークリー氏は、読者に事件を調べてほしくなかったのかな?」シェリンガムが反論した。「犯人は本の中で明らかになっているのだから、隠すことなど、何もないじゃないか」

「確かに、草稿の書き手であるピンカートン氏――もちろん変名でしょう――は、エピローグで自分が犯人だと明かし、犯行の詳細も包み隠さず語っています。この点については、隠し事はありません」

「だったら――」

「従って、隠し事は、犯人の正体でも、犯行の詳細でもないことになります」チタウィックは、きっぱりと言った。「そして、その〝隠し事〟は、読者が事件を報道した新聞記事などを探し出して読めば、すぐ明らかになるものだったのです」

2

「次に私が気になった点は、序文と草稿の食い違いです」ここでチタウィックは本を開き、8ページを指さした。「この本の序文では、バークリー氏自ら、『問題は誰が浴室の老人を殺したかではなく、いったいいかなる作用が、ほかならぬX氏を老人殺害まで至らせたかになるだろう』と語っています。つまりこの本は、犯人が殺人を決意するに至った理由を描いたミステリだと言っているわけですね」

「序文だけを読むなら、そうだろうね」とシェリンガムは穏やかな口ぶりで言った。

「ところが、ピンカートン氏の草稿の28ページには、まったく別のことが書いてあります。彼が書こうとしているのは、『犯罪者自身の視点から描いたそうした現代的な探偵小説……捜査の進展にともなう犯罪者の希望を、恐怖を、自分の臭跡を追う者が自分しか知らないはずの事実をつぎつぎに明らかにしていくのを見る時の苦痛に満ちた不安を……』描いたものだと言うのです。序文では〝犯行以前〟を描くのが目的のように書いてあるのに、草稿では〝犯行以後〟を描くのが目的になっているではありませんか!」

「別に、ピンカートン氏とバークリー氏の言っていることが食い違っていても、問題はないと思うが」

とシェリンガムは言うが、その顔のゆがみは消えていない。

「問題はあります。というのは、バークリー氏の序文は、この本のために書かれたものだからです。ならばこの本は、犯人が殺人を決意するに至った理由、つまり、〝動機〟を描いたミステリでなければなりません」

「動機なら、エピローグに書かれているだろう」

チタウィックはうなずいた。「379～380ページですね。『より多くの人々のより多くの幸福のために』。しかし、この動機に納得する読者が、どれくらいいるのでしょうか？　確かに被害者は立派な人物ではありませんが、殺されても当然というほど、『社会に脅威をもたらす』存在ではありません。彼の被害を一番受けたピンカートン氏の主観で書かれた草稿を読んだだけでもそう感じるのですから、周囲の人にとっては、被害者が『苦痛以外の何物ももたらさなかった』存在とは言えなかったはずです」

「でも、犯人はそのピンカートン氏なのだから、彼がそう考えたというのであれば、おかしくはないと思うが」

「百歩譲って、氏の主観に納得したとしましょう。では、あのアリバイ・トリックは何なのでしょうか。死体をもて遊ぶという、およそ――46ページの言葉を借りるならば――『義侠の騎士』とはほど遠いトリックは。そもそも、アリバイ・トリック自体が、『自分は容疑を逃れて他人に罪を転嫁する』ものになっているではありませんか。他人の幸福を願うなら、自殺か事故死に見せかけるのが普通ですが、彼は自分を容疑者圏外に置くためのアリバイ・トリックしか使っていません」

「そうだ」とシェリンガムは言った。「その通りだ」

「それに、草稿前半部の執筆理由も『私以外の人物にも殺人の動機があることを警察に教えるため』となっています。どこが『より多くの人々のより多くの幸福のために』なのでしょうか？　ピンカートン氏の希望通りに、決め手に欠いた警察が誰も有罪にできなかったとしても、調査され、スキャンダルが公開されることは、決して他の人々にとって『幸福』ではないはずです」

「つまり、ピンカートン氏が草稿で書いている動機は嘘だ、と言いたいのだね」

チタウィックはひとつ咳払《せきばら》いをした。「そうです。この本で隠したかったことは、まさにその〝真の動機〟だったのです。そしてその動機は、草稿を注意深く読むならば、読者にも突きとめられるものでした。だから、バークリー氏は、あのような序文を添えたのです」

「では、その『注意深く読めばわかる動機』とは、どのようなものだったと言いたいのかな？」

3

「私が気になった三つめの点は、〝ピンカートン氏の綽名《あだな》の由来〟です。この本のどこにも、ピンカートン氏の綽名が『条虫《テープワーム》』（訳注・一般には「サナダムシ」）になった理由が書いてありません。シェリンガムさん、あなたが綽名の由来を説明するシーンは２０６ページに描かれてはいますが、話の内容は巧みに省かれていましたね。つまり、ピンカートン氏は、この綽名の由来を読者には伏せておきたかったのです。さあ、その由来とは何だったのですか？　シェリンガムさん」

「きみなら、もう気づいているのだろう」シェリンガムの声にいくらか苦々しさが滲《にじ》んだ。

「ええ。手がかりが草稿に書かれていましたから。201ページには、こう書いてあります。『私はファーンハースト校に入学した最初の日、一歩足を踏みいれた時から「条虫《テープワーム》」の綽名をつけられることになった』と」チタウィックは穏やかな声で続けた。「つまり、綽名の由来は、しばらく付き合ってみないとわからない癖や行動に基づくものではありません。一目でわかる外見によるものだったのです」

「きみの言う通りだ」

「では、サナダムシの外見の大きな特徴は何でしょうか？　テープのように折れ曲がった体――」とチタウィックはひと息入れてから、「そう、ピンカートン氏は〈くる病（訳注・原文は「Hunchback」で、当時の訳語は「せむし」）〉だったのです」

「根拠はあるのかな？」

「この本の中に、いくつも書かれていますよ。まず、ピンカートン氏の身長です。63ページに『五フィートと六・七五インチ』（訳者より――一六九・五cm。以下はcm表記に変更）とありますね。一八〇cmを超えると『長身』と言われるので、確かに『背が高い』とは言えません。ですが、51ページなどで『おちびさん』と言われるほどでもないはずです。あなたのお友だちで、『小男』と言われているエルキュール・ポワロ氏の一六二・五cmを、七cmも上回っているのですから。おそらく、身体が曲がっているために、実際の身長より低く見えるのでしょう」

シェリンガムが何も言わないので、チタウィックは続ける。

「草稿では、他にも、弱い乱視、目が赤い、色が白い、脚が細い、といった身体的特徴が書かれていますが、これらはどれも、くる病の原因であるビタミン欠乏による代謝異常だと思われます。

また、体に障害があるとすれば、30ページの『体格に左右されることはべつにして、他人にできることなら自分にもできる』といった文章にもうなずけます。47〜48ページには、ゴルフ、テニス、水泳などは全て駄目だと書いてある一方で、256ページには射撃が得意だと書いてあるのも、同じ理由でしょう。障害のため、動き回ることは苦手ですが、体を固定するスポーツならば問題はないわけです。——もっとも、苦手と言いながらもプレイはできるようなので、くる病ではあっても、〝かなりひどい猫背〟といった程度のようですが。

加えて、309ページの『アーモレルが私を好きになる理由はどこにも見当たらなかった。まったくそれは苦痛に満ちた認識だった』という述懐をはじめとする、女性に対する弱気な態度も、障害を裏付けます。これもまた、肉体的なコンプレックスのせいではないでしょうか」

「よくぞ、そこまで行間を読めるものだ」シェリンガムがため息をつく。

「シェリンガムさん、『パリでエッフェル塔が見えない場所が一ヵ所だけあるが、それはどこか？』というクイズはご存じですか？」

「知っているさ。答えは『エッフェル塔の真下』だろう」

「『第二の銃声』も、このクイズと同じなのです。ピンカートン氏が身体障害者であることを読者に気づかれないようにする唯一の方法は、ピンカートン氏の一人称で描くことなのです。三人称や、他の人物の一人称で描いたならば、ピンカートン氏の外見を描かずにいることはできません。しかし、氏の一人称ならば、描く必要はありませんからね」

チタウィックは言葉を切り、ブランデーをひと口飲んでから、言葉を続けた。

「こうなると、殺人の動機も、まったく変わってきます。動機の根底にあったのは、健常者に対する障害者のコンプレックスだったのですね。しかも、他の知人と違って、被害者のエリックだけがピンカートンの障害を揶揄するような言葉や態度を示しています。直接の引き金は、被害者と一人の女性を争って敗れたこと――愛のためではなく、敗れたことによって自分が劣っていることを思い知らされたこと――でしょう。プールに投げこまれたことも、やはり、健常者に対する自分の非力さを思い知らされたわけですから、殺人の引き金になったのかもしれません。この直後の場面、64ページに、『その時、自分の手に銃かナイフか棍棒があったならば、私はエリック・スコット＝デイヴィスをその場で殺していたと思う』とあるのも、真の動機が『より多くの人々のより多くの幸福のために』などではないことを示しています。

直接書かれてはいないが、手がかりをつなぎ合わせることにより、殺人の動機が浮かび上がってくる――バークリー氏が、序文で、『いったいいかなる作用が、ほかならぬX氏を老人殺害まで至らせたか』と書いたのは、まさに、このことだったのです」

4

「そこまでわかっているなら、僕に訊《き》くことなどないのでは？」

だが、チタウィックは首を振った。「いいえ、一つだけ教えてほしいことがあります。ピンカートン氏が、草稿の中で自分の障害に触れなかった理由はわかります。本当の動機を隠して、偽りの動機を書いた理由もわかります。しかし、あなたやバークリー氏まで、彼に付き合う必要はないではありませんか。どうして、この本の中で、氏の障害に触れなかったのですか？　おそらく彼は、もう死んでいるのですよね？」

「そう。彼が死ぬ前に草稿を――エピローグも含めて――僕に送ってきた」シェリンガムは遠くを見るような目で言った。「実は、バークリー氏の最初の構想では、草稿の後に、プロローグと同じ形で新聞記事を載せるつもりだった。記事はピンカートン氏の死亡を報じたもので、その中で、障害を明かすつもりだったのだが……」

「草稿を新聞記事ではさむわけですか。なるほど、そちらの方が、本の形式としてはしっくりきますね。だったら、なぜ、それをやめたのですか？」

「きみなら、『優生学』を知っているだろう」

チタウィックはいぶかしげな表情を浮かべた。「半世紀ほど前に、ゴルドンという人が提唱した説ですね。確か、最近話題になっている《断種法》も、この学説から来ているとか」

「ドイツなどでは、もっと広まっている。でも、僕もバークリー氏も、この『劣った人間は淘汰されるべし』という考えには反対なのだ。しかし、この『第二の銃声』を当初の形で刊行した場合、優生学の支持者に利用される危険性が無視できなかった。379～380ページのピンカートンの〝エリックは社会に脅威をもたらすから、それを排除することは正しい〟という考えは、優生学と同じだからね。障害者自身が「社会の役に立たない人間は排除してかまわない」という考えを持ち、それを実践したという事実を世間に対して示してしまうことは、何としても避けたかった」

「それで、障害のことを伏せたわけですね。作中にはっきり書いていない以上、利用されることもないですから」

「そうだ。いつの日か、優生学的な思想が根絶された時代が来れば、最終章を加えた版を出す——これが、バークリー氏と僕の考えだった。それまでは、きみのように、思慮深い人だけが、この本の真の趣向を味わってくれるだけでいいのさ」

《評論篇》『アクロイド殺し』考察

私は『アクロイド殺し』（一九二六）は、本格ミステリの大傑作だと思っています。しかし、それは〈記述者＝犯人〉というトリックを最初に使ったからではありません。本格ミステリにおいて、〈記述者＝犯人〉という本来なら不自然なトリックを成立させるために、驚くほど巧妙な設定とプロットを考案しているからです。従って、ミステリ・マニアがこだわる〝先例探し〟には興味がありません。実際、『アクロイド』の先行作と言われる作品も何作か読みましたが、本格ミステリではなかったり、使い方が下手だったりして、感心はしませんでした。

そして、クリスティ自身も、トリックではなく、その使い方に注目してほしいと思っていたはずです。本書の冒頭に掲げられた「作者の言葉」の「このアイディアは、挑戦を試みるに値するだけの技術的な興味がある」という文を見てください。この文は、〝本格ミステリにおいて〈記述者＝犯人〉というトリックを実現する際の困難〟を克服したことを自慢していると読めないでしょうか？

――というわけで、本稿では、この困難とは何か、そして、クリスティはいかにしてこの困難を克服したか、を考察したいと思います。なお、本稿では訳題を一般的な『アクロイド殺し』としていますが、引用元は創元推理文庫版の大久保康雄訳『アクロイド殺害事件』です。早川文庫版には前述の

「作者の言葉」が収められていないので、こちらを使うことにしました。このため、「ポワロ」や「ワトスン」といった表記になっている点を、ご了承ください。

なお、本稿の考察は、横溝正史やルパンの研究で名高い浜田知明氏との手紙のやりとりが基になっています。そこでまず、氏が指摘している『アクロイド』の欠点のうち、重要な三つを挙げてみましょう。

①犯人が手記を書く理由がない。
②犯人は手記に自分に有利な嘘を書ける時も嘘を書いていない。
③手記はリアルタイムで書いているはずなのに、後からふり返ったような文がある。

私は、この批判に対して、弁護した手紙を書きました。これが今回の考察の基になっているわけです。

一、なぜ犯人は手記を書いたのか？

『アクロイド』は、犯人＝シェパード医師が書いた〝手記〟という設定になっています。まず、これが最初の難点。なぜならば、頭の良い犯人は、わざわざ手記を書いたりはしないからです。当たり前のことですが、警察は容疑者の一人が手記を書いているからといって、無実だと考えたりはしません。もちろん、読者は騙されるでしょう。しかし、犯人は読者ではなく、警察を欺くために苦労をしているのです。むしろ、手記に一ヶ所でも嘘があったら疑いが深まるので、メリットは何もなく、デメリットばかりということになるではありませんか。

これが日記ならば話は逆です。今まで毎日欠かさず日記を書いていた人が、事件の発生と同時に書くのをやめたら、かえって怪しまれるに違いありません。デメリットが大きかろうが、犯人は日記を書き続けなければならないわけです。そして、書簡も同様。近所で殺人が起きたのに、手紙で一言も触れなければ、かえって怪しまれるに違いありません。デメリットが大きかろうが、犯人は手紙に事件のことを書かなければならないわけです。

しかしクリスティは、犯人が書いても不自然ではない日記でも書簡でもなく、犯人が書いたら不自然な〝手記〟という形式を用いました。理由は簡単。『アクロイド』の狙いは、「ポワロの事件簿におけるヘイスティングズ、あるいはホームズの事件簿におけるワトスンに当たる人物を犯人にすること」だったからです。ヘイスティングズもワトスンも手記形式で書いている以上、シェパード医師にも手記形式で書かせなければなりません。言い換えると、本作のトリックは〈記述者＝犯人〉ではなく、〈手記の記述者＝犯人〉なのです。従って、『アクロイド』より前に、日記や書簡の書き手、あるいはハードボイルドのような一人称モノローグの語り手を犯人に設定したミステリがあっても、先行作と呼ぶことはできません。

また、二階堂黎人が指摘した外枠の問題も、これが原因です。氏は『本格ミステリーを語ろう！［海外篇］』の中で、「『アクロイド』には手記の外枠がない――序文等で記述者以外の人物が手記の位置づけや真偽の保証を行っていない――ためにフェアプレイとは言えない」という意味の批判をしていますが、もちろん、クリスティは意図的に外枠を設定しなかったのです。ワトスンの手記も、ヘイスティングズの手記も、外枠などはありません。それなのに、『アクロイド』だけ外枠を設けたならば、読者にトリックを見抜かれてしまうではありませんか。

この点だけを考えると、『アクロイド』はヘイスティングズを犯人にすべきでした。「ヘイスティングズが殺人を犯す。その事件の調査をポワロが引き受けたため、ヘイスティングズはいつものような事件記録を書かなければならなくなった」とすれば、犯人がわざわざ手記を書く理由付けができます。――ただし、本作の場合は、別の理由により、ヘイスティングズを犯人にするわけにはいかなかったのですが（この点については第三節で考察しています）。

あるいは、犯人を精神異常者にするという手もあります。例えば、二重人格の裏の人格が殺人を犯した場合、表の人格は自分が殺人を犯したことを自覚していないので、手記を書いても不自然ではありません。同様に、自分の嘘を自分でも信じ込んでしまう虚言症の犯人の場合も、手記を書いてもおかしくありません。実際、折原一の叙述トリックものなど、このタイプの作はいくつもあります。

しかし、クリスティが書きたかったのは――第27章を読めば明らかな通り――「自分が犯人だと自覚していない記述者の手記」ではなく、「自分が犯人だと自覚している記述者の手記」でした。理由は簡単。自分が犯人だと自覚している場合の記述の方が（作者にとっては）難しく、挑戦しがいがあるからです。従って、『アクロイド』より前に、自分が犯人だと自覚していない人物を記述者に設定したミステリがあっても、先行作と呼ぶことはできません。

かくしてクリスティは、自分が犯人だと自覚している殺人者に手記を書かせなければならなくなりました。人並み以上の知能を持ち、手記にはデメリットしかないことがわかっている犯人。そんな犯人がわざわざ手記を書く理由を考え出さなければならなくなったのです。

では、クリスティはどのような理由付けによって、犯人に手記を書かせたのでしょうか？

まず、そもそもの前提として、われわれ日本人とイギリス人では、手記に対する意識が異なることを確認しておきましょう。イギリスの怪奇小説や冒険小説には手記形式のものも少なくありませんが、大部分は、これまで手記を書いたことがない人が初めて書いたという設定なのです。つまり、イギリス人にとっては、怪奇現象に遭遇したり冒険旅行をした際に手記を書くのは、ごく自然な行為なのです。一方の日本人は、こういった事態に遭遇しても、あまり手記を書かないようです。日記や手紙、あるいは一人称のモノローグ形式の小説の方が、ずっと多くなっています。つまり、われわれ日本人にとっては、「これまで一度も手記を書いたことがないのに、身近に殺人事件が起きたら手記を書く人物」というのは不自然に感じられますが、イギリス人にとってはそれほどでもない、ということになるわけですね。

ただし、殺人事件に遭遇したからといって、関係者の全員が手記を書くわけではありません。なぜ犯人は手記を書いたのでしょうか？

真っ先に目につくのは、第27章の「私は他日これをポワロの失敗の記録として発表するつもりだった」という文。これが理由でしょうか？　しかし、手記を書き始めた時点では、ポワロが捜査に乗り出すことは予想できなかったはずです。どう見ても、これは後付けの理由ですね。

真の理由は、第23章にありました。

「じつは私もヘイスティングズ大尉の書かれたものを読んだことがありますので、自分でも真似ごとみたいなものをやってみようと思ったのです。(以下略)」

これと、第14章の「私は、シャーロックに対するワトスンの役を演じたのだ」という文を組み合わせると、犯人はホームズの事件簿やポワロの事件簿を愛読していたことがわかります。そして、自分でも事件の記録者を務めてみたいと思っていたことも。

しかし、平穏な田舎町では、殺人事件などは起きませんし、これからも起きそうにありません(ファラーズ夫婦の事件は、手記に書くわけにはいかないでしょう)。つまり、アクロイド殺人事件は、犯人にとって、事件記録者を務める最初で最後のチャンスだったのです。言い換えると、犯人は自分にメリットがあると思って手記を書いたのではなく、以前から手記を書きたいと思っていたので、自分が殺人を犯した時に、それを実行したに過ぎなかったのです。第23章の「こういう種類の事件に関係するのは、おそらく二度とないだろうと思いますし——記録にとらずにおくのは、いかにも残念だと思いまして——」というセリフは、犯人のポワロに対する言い訳ですが、同時に、作者の読者に対する言い訳でもあるわけです。

しかし、千載一遇のチャンスだったからといって、手記の持つ危険性が解消されたわけではありません。手記を書くデメリットについて、犯人はどう考えていたのでしょうか?

こちらの説明は、第27章にあります。

「私は、文筆家としての自分に、いささか満足している。たとえば、つぎの個所など、実に巧妙に書かれているではないか——（以下略）」

つまり、犯人は自分が疑われる危険性のない手記を書く自信があったのです。プラス（メリット）はないが、マイナス（デメリット）をゼロにできると考えたからこそ、手記を書いたわけです。

ここで注目してほしいのが、ポワロの推理に、手記がまったく用いられていない点。クリスティの力量ならば、手記に犯人のミス（例えば、犯人しか知らないことが手記に書いてある等）を組み込むことは容易であるにもかかわらず、やっていません。これは明らかに、「手記に書いたことが原因で犯人だと見破られてしまうなら、そもそも手記なんて書かなければよかったじゃないか」という読者の批判を封じるためでしょう。——まあ、見取り図は使っていますが、もっと精密なものを警察が作っているはずなので、これは、手記からしかデータを得ることができない読者に対するフォローなのでしょうね。

ついでに、犯人は〝手記にはメリットもある〟と考えていた可能性も考察してみます。この場合は、手記によってラルフ・ペイトンへの容疑を深めようとしたことになりますね。ただし、私が読んだ限りでは、ラルフが有罪になった〝後〟に手記を出版するつもりだったとしか思えないので、この可能性は低いと言わざるを得ません。また、ラルフに罪を被せることに失敗した場合は姉のカロラインに疑いを向けようとしているとおぼしき文章も散見しますが、これまた手記の出版タイミングから考えて、可能性は低いですね。誰かが有罪になるまでは、手記は発表できないでしょうから。

なぜ犯人は手記を書いたのか？　それは、ホームズ冒険譚やポワロ冒険譚を愛読している犯人が、自分でも事件の手記を書いてみたいと思っていたからであり、この機会を逃したら二度と事件記録を書くことはできないと考えたからであり、自分が犯人であることを示す文を手記に書くようなミスは犯さないと信じていたからだったのです。

二、なぜ犯人は嘘を書かないのか？

犯人自身が手記を書く場合、理論的には、あらゆる嘘が書けますが、実際には、限られた嘘しか書けません。手記の内容の真偽を確かめるすべを持たない読者と異なり、作中の警察は裏付け捜査ができるからです。誰それに会った、どこそこに行った、という記述は警察が確認できるので、嘘を書くわけにはいきません。被害者との会話や自分一人きりの時の出来事に関してしか、嘘を書けないのです。『アクロイド』第23章で手記を読み終えたポワロは、「あなたが手記の前面に出てくるのは家庭生活の場面だけだ」という意味の指摘をしていますが、この「家庭生活の場面」こそが、嘘を書くことができる場面に他なりません。言い換えると、ポワロは「あなたは嘘をつける時しか自分のことを書いていませんね」と言っているわけです。

では、警察が裏付けをとれない事柄に関してのみ嘘を書いたならば、どんな手記になるでしょうか？　間違いなく、怪しい手記になるでしょうね。無実の人が手記を書く場合、自分は犯人ではないとわかっているので、そのことをくどくど書いたりはしません。手記に「私にはこういったアリバイがあるから犯人ではない」とか「私には動機がないから犯人ではない」といった文がむやみやたらと出てきたら、かえって怪しまれるに違いありません。前述の「犯人が前面に出る家庭生活の場面」が、ポワロによれば、「ほんの一度か二度」しかないのは、犯人（と作者）がこの危険性を自覚している証拠だと思われます。

また、警察の立場で考えてみると、自分たちが裏付け捜査をできない事柄については、手記を鵜呑みにしないでしょう。「こいつのアリバイは裏付けをとれないが、本人が手記に書いているから本物に違いない」と考える警察官がいるならば、ぜひお目にかかりたいものです。

つまり、嘘を書けることに関してのみ嘘を書いても、犯人には何のメリットもないのです。――かといって、洗いざらい何もかも書くのは、バカのすること。では、どうすればいいのでしょうか？

答えは、「省略する」と「あいまいな表現を使う」です。自分が不利になる出来事は一切書かない、それができない場合はぼかした表現でごまかす、という手ですね。『アクロイド』を例に取るならば、前者は「空白の十分間」、後者は「二、三、しなければならないこと」。いずれも最終章の犯人の述懐で言及されているので、これまた犯人（と作者）が、「犯人が一人称手記で嘘を書く場合の危険性」を、きちんと自覚している証拠と言えます。（ついでに、最終章で言及されていないシーンを一つだけ挙げておきましょう。第4章最後の電話のシーンでは、電話の相手と内容が「省略」されています。）

以上は一般論ですが、クリスティは本作に、「手記に嘘を書けない理由」を、もう一つ組み込んでいます。それは、執事パーカーの存在。犯行を終えてアクロイドの書斎を出た犯人は、そこで見たパーカーの姿に驚き、こう考えます。「ことによるとこの男はドアのところで立ちぎきしていたのではないか」と。

これでは、むやみやたらと嘘は書けません。例えば、手記に「私は帰り際にアクロイドと何々について話をした」と書いて、あとでパーカーに否定されたら、命取りです。犯行の前後というのは、犯人と被害者の二人しかいないので、本来ならば、「いくらでも嘘が書ける」場面になります。しかしクリスティは、パーカーの立ちぎき（の可能性）という状況を導入することによって、犯人が嘘を書けないようにしてしまったわけです。実に巧妙なアイデアだと言えるでしょう。

なぜ犯人は手記に嘘を書かなかったのか？　それは、嘘を書けるシーンのみ嘘を書いてもメリットはないし、立ちぎきをしていた（可能性がある）人物が手記の嘘をあばいてしまう危険性があったからなのです。

三、なぜ手記に後からふり返った表現があるのか？

『アクロイド』の作中での執筆形態は、以下の通りだと思われます。

①犯人が一日一回程度、その日にあった出来事を、〃自分が犯人だということは伏せて〃手記に記す。
②ポワロに手記を見せ、その後、犯人だと指摘される。
③ポワロのアドバイスに従って、〃自分が犯人だということは伏せていない〃最終章を書き加えてポワロに渡す。
④ポワロは犯人の手記を（クリスティに頼んで？）出版する。

まず、①の段階の記述を考えてみましょう。私は第一節では、「犯人はラルフ・ペイトンの有罪確定後に刊行するつもりだった」と書きました。では、事件解決前に警察に手記を読まれることはない、と考えていたのでしょうか？　それはあり得ません。警察が、捜査のために事件関係者に日記や業務記録の提出を求めるのは、よくあることだからです。ここで手記の提出を拒めば自分が疑われますし、「手記など書いていない」と言ってから姉のカロラインに否定されたら、これまた疑われてしまうではありませんか。つまり犯人は、①の段階で、すでに「省略」や「あいまいな表現」を使って書いていたのです。だからこそ、ポワロの求めに応じて手記を渡すことができたわけですね。

次に、④の『アクロイド』出版の際に、ポワロ（あるいはクリスティ？）がどこまで手を入れたのかを考えてみましょう。驚くべきことに、ほとんど加筆していないようなのです。例えば本書の章立て。普通なら、一日一章単位で書かれている手記を、出版時に内容に合わせて章立てをやり直すはずです。しかし、第23章の「将来、あるいは出版する機会があるかもしれないと思って、いくつもの章に分けて書いておいたが、（中略）ポワロに渡したのは20章までだった」という文を見て下さい。なんと、最初の執筆時に（①の段階で）、すでに章立てがなされていたのです。すなわち、われわれ読者が読む『アクロイド殺し』は、犯人がリアルタイムで書いていたものと、ほぼ同じ内容のものだったのです。

ですが、これはおかしな話ですね。仮に、ヘイスティングズやワトスンが書いた手記を事件の最中に見たとするならば、それが小説形式だということはあり得ません。おそらく、「一九〇二年九月三日、曇り／依頼人＝ジェームズ・デーマリー卿／依頼内容＝恐喝。グルーナー男爵が〜」といった覚え書きの形になっているはずです。そして、事件解決後に、覚え書きの内容をふくらませて、小説形式に仕立て直すに違いありません。小説化の時点では、事件は解決済みなので、ある登場人物が重要かどうか、ある出来事が事件に関係あるかどうか、などがわかっているため、それを反映することができるわけです。かくして、このタイミングで回想型の文（後からふり返った文）が入ってくるという次第。例えば、普通の覚え書きには郵便配達人は登場しませんが、事件が解決してみると、彼が犯人だった場合はどうでしょうか？　間違いなく、小説化の際に、郵便配達人の描写が加わるはずです。

探偵小説以外では、ドキュメンタリー小説が好例でしょう。例えば、オウム真理教事件を題材にした小説を書く場合、作者が取材中に書いているのは、覚え書きのはずです。そして、材料が集まった時点で、膨大な量になった覚え書きの取捨選択を行い、小説にまとめあげるというわけですね。決して、一人に取材するたびに、その内容を小説にしているわけではありません。

ところが、『アクロイド』の犯人は、事件の最中に、すでに小説形式で（しかも章立てまでして）手記を書いているのです。ヘイスティングズやワトスンならば、これは絶対にやらないことでしょう。事件がいつまでも解決しなければ、小説はどんどん長くなっていき、出版社に拒絶されてしまいますから。

では、なぜ『アクロイド』の犯人は、〝覚え書き〟の形ではなく、いきなり〝小説〟の形で手記を書いたのでしょうか？　この答えは、考察の第一節に書きました。「犯人は、ホームズの事件簿やポワロの事件簿を愛読していて、自分でも事件の記録者を務めてみたいと思っていたから」なのです。そして、この「ホームズの事件簿やポワロの事件簿」は、事件解決後に出版されたものなので、回想型の小説形式であることは、言うまでもありません。つまり、犯人がリアルタイムで手記を書く際にお手本にしたのが、事件解決後に出版された回想型の小説だったために、「リアルタイム型の手記なのに回想型が入り込んでいる」という、奇妙な手記になってしまったわけですね。

もちろんこれは、クリスティの計算通りでしょう。第一節で述べたように、『アクロイド』の狙いは、「ポワロの事件簿におけるヘイスティングズ、あるいはホームズの事件簿におけるワトスンに当たる人物を犯人にすること」でした。しかし、ヘイスティングズやワトスンは事件の途中では覚え書きしか書いてないので、これをそのまま出版したという設定にはできません。だからといって、「事件解決後に覚え書きを小説化したもの」という設定にするわけにもいきません。事件解決後ということは、手記の書き手の犯行であることが明らかになっているということです。となると、書き手は、省略したりあいまいな表現を使ったりして、自分が犯人であることを隠す必要はないわけですね。

しかし、〝意外な犯人〟を成立させるためには、手記を「解決篇の直前までは自分が犯人であることを伏せた記述をして、なおかつ、読者の目には、ポワロの事件簿やホームズの事件簿と同じ回想型で書かれたように見える小説」にしなければなりません。そして、そのために、記述者をいつものヘイスティングズではなく、小説の書き方を知らない人物に――事件の最中にリアルタイムで書く手記のお手本に、事件解決後に小説化された本を選ぶような人物に――したのです。

なぜ犯人はリアルタイムで書いている手記を回想型の小説形式にしたのか？　それは、犯人が小説の書き方を知らず、自分がこれまで愛読してきた回想型の探偵小説を参考にしたからなのです。

おわりに

ここで私の考察は終わります。クリスティがどのように設定に工夫をこらして「メリットのない手記を書く犯人」を作り出し、その犯人に手記を「回想型の探偵小説形式」で書かせ、手記の中には「嘘を書かない」ようにさせたのか、わかってもらえたでしょうか？

残念ながら、本稿では大きい設定しか扱えませんでしたが、細かい設定にも、興味深い点は多々あります。例えば――、

・犯人が姉と同居しているという設定は、前述の「犯人が『手記など書いていない』という嘘をつけないようにするため」であると同時に、犯人が一人きりの時間帯（嘘を書ける時間帯）を狭めるためでもあります。

・犯人が蓄音機を使ってアリバイ工作をしたという設定は、偽の犯行時刻の前後に関しては、犯人が手記に嘘を書かなくても済むようにするためです。仮に、読者が記述者を疑ったとしても、偽の犯行時刻前後の記述しかチェックしないでしょうから。

・犯人には、表向きはアクロイドを殺す動機がない、という設定は、犯人に手記を書かせるためのものです。仮に、犯人に遺産等の動機があれば、警察側の手記のチェックが厳しくなり、「手記にある『二、三、しなければならないこと』とは何ですか？」等の追及がなされる可能性を無

視できません。となると、その危険を避けるために、犯人は手記を書くのをやめるのが普通でしょうね。

といった具合。他にもいろいろあると思いますので、ぜひ、みなさんも考えてみてください。

＊＊＊

この評論は、クリスティの『アクロイド殺し』が、〈記述者＝犯人〉というトリックを用いる際の困難をいかにして乗り越えたかを考察したものです。

そして、バークリーの『第二の銃声』（一九三〇）も、同じ〈記述者＝犯人〉トリックを用いていますが、黒白書房版で初めて読んだ時は、妙な違和感を感じました。『アクロイド殺し』より後に書かれているにもかかわらず、劣化しているように思えたのです。――しかし、国書刊行会の新訳で再読してみると、劣化ではなく、隠された趣向があるように思えてきました。

その〝隠された趣向〟を小説に仕立てたのが、併載の贋作です。

21世紀『アメリカ銃の謎』★クイーン『アメリカ銃の謎』の真相を明かしています

【問題篇】

「ベルトの穴、それに右用と左用の拳銃から導き出される結論は」とエラリーが結論を告げる。「被害者はホーンではなく、彼のスタントマンだったということです。そして、ホーンこそが犯人だったのです」

「残念だが」クイーン警視は肩をすくめた。「ホーンが被害者であることは間違いない。DNA鑑定をやったからな」

エラリーは呆然とする。「……そんな馬鹿な……いや……そうか！　そうだったのか！　お父さん、ぼくの見落としでした。今度こそ、犯人がわかりましたよ！」

【解決篇】

「ここ数年のロデオショーを演じていたのは、ホーンではなく、彼のスタントマンだったのです——おそらくは病気かケガのためでしょうね」とエラリーは語る。「事件の日、ホーンは久しぶりにショーに復帰しましたが、ベルトや銃は、すでにスタントマンの体型になじんでしまっていて、彼には合わなかったというわけです」

「ならばエル」警視が口をはさむ。「犯人は誰なのだ?」

「もちろんスタントマンです。彼が潔白だとすれば、『狙われたのは自分ではないか』と怯えて警察に駆け込むはずですが、そんなことはしていませんからね」

第九章　多重解決

【注意】以下の作品の真相に言及しています。
《評論篇》深水黎一郎『ミステリー・アリーナ』

《贋作篇》赤後家蜘蛛の会／四〇二号室の謎

一九九四年十二月に〈赤後家蜘蛛の会《レッド・ウィドワーズ》〉に招かれたゲストは、成田純一という名の若者だった。彼は、挨拶もそこそこに、自分が体験した奇妙な出来事について語り始めた。

私は川崎の閑静な住宅地に立つ、六階建てのマンションの五階に住んでいます。このマンションは、親が勤めている会社が扱っていますので、その会社——大手コンピューター会社——に勤める方《かた》が住人の殆《ほと》んどを占めています。中にはその会社には全く関係の無い方も住まれていますが、ご近所付き合いの盛んなマンションといえます。

彼らが引っ越して来たのは、まだあの様な歴史的な暑さになるとは想像もしていなかった、六月のある日のことでした。

その日、家族は皆出掛けてしまいましたので、私は一人、本を読んで過ごしていました。確か三時頃でしたでしょうか、ミステリの世界に入り込んでいた私を驚かすには充分な音——チャイムが鳴りました。陰惨な世界からいきなり現実の世界に引き戻された私は、立ち眩《くら》みを引きずりつつ、ドアを開けました。見ると、二十代後半くらいでしょうか、男性と女性が二人、立っています。

「はい、なんでしょう」

「あ、あの私達、下の四〇二号室に引っ越して来た、×××と申します（伏せ字になっているのは、それまで読んでいたミステリを頭に残したまま会話をしたものですから、お恥ずかしいことに覚えていないのです。これが後々、私を悩ますこととなります）」

新婚さんなのでしょうか。女性は目のくりくりとしたかわいらしい方です。男性はちょっと暗い感じの方ですが、お似合いのお二人です。

私は戸惑いながらも挨拶をしますと、

「これ、つまらないものですが」

女性がカードの様な物を下さいました。見ると、洛中洛外の三千院が書かれたテレホンカードです。

「ご迷惑をお掛けする事もあるかと思いますが、よろしくお願いします」

「いえ、こちらこそ」

口下手の私は、この様な時、どの様に会話を進めればいいのか分かりません。彼らもしばらく笑顔で立っていましたが、私が話し出せずにいると、

「それではこれで失礼します」

と言って、うちの前にある階段を下りて行ってしまいました。

この時の印象は、爽やかな新婚さんといった感じで、正直に言って羨ましく思いました。

ところが、彼らが引っ越して来てから一ヶ月程経った頃でしょうか、妙な事に気づいたのです。一階の玄関口にある郵便受けと、四〇二号室の表札に、いつまで経っても彼らの名前が書かれないので

す。もしかしたら書き忘れているのかもしれないなと思いましたが、今現在――十二月になっても、一向に書かれる様子はありません。

十一月の初め頃でしたが、郵便を配達される方もさすがに不便に思ったのでしょうか、名前を書くようにと書かれたシールが郵便受けに貼ってありました。これを見た私は、これで彼らも名前を書くだろうと思いましたが、結局、それが剝がされただけで書かれる事はありませんでした。

引っ越してしまったのではないかとも考えましたが、雨が降った次の日には、廊下に面した窓に付けられた鉄格子に、ちゃんと赤い傘と青い傘が二本、掛けられています。それに、郵便局から名前を書くようにとの注意が来るくらいですから、住んでいるのは確かだと思うのです。

彼らが引っ越して来てから、もう半年が経っています。彼らの名前はなんというのでしょうか。そして、名前を書く事を拒み続けるのには、どの様な理由があるのでしょうか。私なりに色々と考えてみましたが、書かない事によって、彼らにどの様なメリットがあるのか分かりません。名前を知られる事が嫌だとしても、何故、引っ越しの挨拶はしたのでしょうか。洗剤のコマーシャルにでも出てきそうな爽やかな印象であった彼らに、一体どの様な秘密があるのでしょうか。

私は郵便受けの前を通る度に、この謎に悩まされ続けているのです。


ゲストの成田が語り終えると、それまで黙って耳を傾けていた〈赤後家蜘蛛の会〉のメンバーが、各自の推理を語り始める。口火を切ったのは、画家の島荘ゴンザロだった。

「悩むほどの謎ではないね。手がかりはマンションの構造にあるに違いない。このマンションは四階と五階の間に、もうひとつ階があるのだ。これを仮に四A階と呼ぶことにしよう。六階建て――実は七階建てなのだが――ということはエレベーターの設置が義務付けられているので、マンションの住民は五階や六階に上る時は気づかないようになっている。もちろん通常の手段では、この階には行けない。おそらく隠し階段か、エレベーターのボタンを特定の順番に押すことにより、四A階に行けるのだろう」

「なぜわざわざ、そんな秘密の階を造る必要があるんだ」他のメンバーが尋ねた。

「おそらく、不法入国者や犯罪者をかくまうためだろう。さて、問題の夫婦――こちらはX夫妻と呼ぶことにしよう――は四階ではなく四A階の二号室の方に入居したのだが、ついいつもの習慣で〝挨拶まわり〟をしてしまったというわけだ」

「すると、私の見た四階の二号室の方は、ずっと空室だったのですか？」ゲストの成田が驚きの表情で問いかける。島荘はうなずいて、「その通り。だからいつまでたっても表札もかけられず、郵便受けの表示もされなかったのですよ。あなたが見た〝干してある傘〟というのは、おそらく隣の部屋の住人のものでしょうね」

島荘がひと息つくと、今度は弁護士の歌野アヴァロンが推理を話し出す。

「残念だが、君の推理で正しかったのは、四〇二号室がずっと空室だったから名前が表示してないという点だけだ。X夫妻は四〇二号室ではなく、すぐ隣の四〇三号室に住んでいるのだよ」

「それではなぜ、挨拶まわりの時に四〇二号室に引っ越して来たなんて言ったのですか？　間違いなく四〇二号室と聞こえましたよ」成田がむきになって反論した。

「挨拶の直後に四〇二号室から四〇三号室に引っ越したと言いたいのか？　それとも引っ越したばかりで自分が何号室に住んでいるかも覚えてなかったとか」島荘が皮肉たっぷりに言った。

「そうさ、X夫妻は間違えたのさ」歌野は平然と答えた。「だが、二人が間違えた原因は、かなり複雑だ。よく聞きたまえ。

問題のマンションが廊下の一方に一号室から――仮に――十号室まで並んでいるタイプだとしよう。すると、廊下の両端にくるのは一号室と十号室になる。ここまではわかるね」

一同がうなずくと、歌野は続けて、

「ところが、四階だけは他の階と異なっていた。四〇一号室のドアと四〇二号室のドアの間に急ごしらえの壁が造ってあったんだ。

わかりやすく説明すると、通常の場合、十号室から廊下を歩いていくと、まず九号室の前を通り、次に八号室の前を通過して、最後は一号室の前を通って壁に突き当たるわけだね。ところが、四階だけは違っていて、二号室の次がすぐ壁になっているのだ。もちろんこの臨時の壁の向こうには一号室のドアと本物の壁が隠れているわけだよ。

もうこれで、なぜX夫妻が自分たちの室番号を間違えたかわかっただろう。廊下の端から二番目のドアだったから、四〇二号だと思ったのさ。その後、臨時の壁が撤去されたため、ちゃんと四〇三号室は端から三番目のドアになったわけだ。

というわけで、成田さん。あなたがX夫妻に会いたいのだったら、四〇三号室を訪ねることをおすすめしますね」

「ふん、ばからしい」作家の綾辻ルービンが笑った。「二人とも、そんな妙ちくりんな構造の建物が実在すると、本気で思っているのかな」

「他の人ならともかく、君に言われたくはないね」歌野が怒る。「だったら、そちらの推理を聞かせてもらおうじゃないか」

「いいとも。X夫妻は二人とも作家なんだ。しかも売れっ子のね。そして四〇二号室は、彼らの住居ではなく、仕事場なのさ」

「仕事場?」他のメンバーがけげんな顔をする。

「君たちは知らないだろうが、人気作家が自宅以外にマンションを借りて、そこで仕事をするというのは、よくあることなんだ。もちろん執筆に専念するのが目的だから、電話や手紙や来客はなるべくシャットアウトできるように環境を整えておく——つまり名前の表示などは、わざとしないわけさ」

「なるほど、作家の仕事場ですか」成田がうなずく。「なぜその可能性に気づかなかったのだろう」

「それは二人とも作家だったからですよ。夫婦そろって引っ越しの挨拶に来れば、誰だって住居だと思ってしまいますからね。いわばミスディレクションに引っかかってしまったわけです……」ここで急に口をつぐんだ綾辻は、何やらブツブツ小声でつぶやき始めた。「……まてよ、住居の方は離れたところにある別のマンションだが、部屋番号はどちらも同じ四〇二号だとしたら面白いぞ。住居ではもちろん本名で生活をしているが、仕事場では互いにペンネームで呼び合っているとしたら……いや、『アガサ』、『エラリィ』とでも呼び合っているとしたら……そして同じ夫婦であることは読者に伏せておいて、二つのマンションの四〇二号室の出来事を交互に描けば……」

何やら自分の世界に入り込んでしまった綾辻を横目に、今度は数学者の法月ホルステッドが話し始めた。

「X夫妻が意図的に名前を表示しないという一点においてのみ、綾辻の説は是認される。だが、作家というメタレベルの観点からオブジェクトレベルへの下降によってしか、テクストの転向を可能ならしめることはできない。

X夫妻は、海外で戦場を体験したに違いない。二人がそこで見たものは、昨日までの友人たちが、大量の死体に埋もれ、〈モノ〉と化している光景だった。そして着弾点が数メートルずれていたら、〈モノ〉と化すのは自分たちだった。そこでは〈モノ〉と〈人間〉の間には何の差異も生じていない。帰国した彼らは、この体験により、自分たちも〈モノ〉であり続けるために〈人名〉を捨てることにした。なぜならば、〈人間〉を特別な存在たらしめているものは、固有名に他ならないのだから。

柄谷行人の文脈に則して言うならば、『コンテクストは、言語が生成する〝場所〟』となる。従って、四〇二号室という〈場所〉に〈名前〉を表示しないという行為は、二重の意味で〈人間〉から〈モノ〉への反転を表象しているのだ」ここまで一気に喋《しゃべ》った法月は、誰も聞いていないのに気づいて口をつぐんだ。

それを待っていたかのように、暗号専門家の麻耶トランブルが「月の光は愛のメッセージ」と前置きしてから推理を喋りだした。

「成田君、君は『四〇二号室に傘が掛けられているのを見た』と言いましたね」

「そうですが。……それが何か？」

「なぜ五階に住んでいる君が、四階の廊下に掛かっている傘を見ることができたのかな？　普通はエレベーターを利用するため、四階の廊下を通る必要などないはずだろう？」

「そ、それは……」

「ここからは仮想パズルの世界になる。X夫妻なるものは、最初から存在していなかった。君は夢を見ていたんだ」

「夢？……というのは……意味が判《わか》らない」

「君が見たものは夢だった。X夫妻も、傘も、黄金の瑠璃鳥《るりちょう》さえも」

「馬鹿馬鹿しい。現実と区別がつかないような夢を見るなんて」

「在《あ》りうるんだよ。君は本を読みながら眠りについたため、一種の睡眠学習がなされてしまったんだ」

「……」

「君が事件について語る際、巧みに省略した点がふたつあった。それを訊《き》きたい」

「何を訊きたいのですか？」

「部屋の番号だよ」

「四〇二号室だと言ったじゃないですか」

「違うよ。成田君、君の部屋の番号だよ」

「僕の部屋ですか？　五〇二号……」成田ははっと口を噤《つぐ》んだ。麻耶は全てを見、知っているかのように追い討ちをかけた。

「そして、君がX夫妻に会った夢を見る前に読んでいた本の題名は？」

「『四〇九号室の患者』……」


自分の記憶を疑いはじめている成田に助け船を出すように、化学者の京極ドレイクが語り始めた。

「安心したまえ成田君。X夫妻は間違いなく実在するよ。しかも、名前もちゃんと表示しているのだ」

「表示しているですって？」

「成田君、君は確かに表示された名前を見ているんだよ。初めから、ずっと。ただ、知覚しなかっただけだ」

「何ですって？」成田は強い眩暈《めまい》を感じた。

「脳が〈税関〉の役割を果たしていることは、はっきりしている。目や耳などを通じて外から入ってきた情報の凡《すべ》てを、脳という税関は確実に検閲している。そして納得のいくものしか通さない。検閲に通ったものだけが知覚されうるのだ。

もうわかっただろう、X氏の名前は『四〇二』というのだ」

「ばかな、ありえないよ」麻耶が反論した。

「なぜありえない？　『千昌夫』のように姓が漢数字という人物がいることも、『直木三十五』のように名の方が漢数字という人物がいることも、君は知っているはずだ。ならば姓と名、ともに漢数字という人物だって存在しうるはずだろう？　にも拘わらず、X夫妻が四〇二号室に住んでいるという情報がすでに脳に格納されていたため、成田君は『四〇二』という名前が表示されているのを見ても、それを部屋番号だと知覚してしまい、『名前が表示されていない』と認識してしまったわけだ」

「どうやら収拾がつかなくなったようだな」法月が言った。「ヘンリーの意見を聞いてみようか。ヘンリー、君はどう考える？」

いつものようにサイドボードの脇に控えていたヘンリー宇山が穏やかな微笑を浮かべて言った。「わたくしもみなさま同様、確証のない想像しかできませんが……」

「かまわんよ、ヘンリー。話したまえ」

「そのご夫妻のお名前は、『神田正輝』と『聖子』とおっしゃるのではないでしょうか？　あの有名なご夫妻と同姓同名の」

「これはおそれいりました」成田は呆然とした。「たしかにそんな名前を言っていたような記憶があります。文字でなく口頭で言われたからピンとこなかったのですが……」

「うん、そんな名前だったら、表札を出すのに気が乗らないのもよくわかる」島荘がうなずいた。「これは悪平等を好む日本人社会のもたらす弊害というやつで――」

「しかしヘンリー」島荘の演説を止めるべく歌野が口をはさむ。「どうして有名タレントと同姓同名ということに気づいたんだい？」

「成田さまのお話の中にヒントがございました。成田さまは、忘れたとはいえ、一度はご夫婦のお名前をお聞きになられているわけでございますから、無意識のうちにおっしゃられたのでしょう」

「僕が？　何を言ったというのですか、ヘンリーさん」成田が不思議そうに尋ねると、ヘンリーは一点の翳《かげ》りもない笑顔で答えた。

「あなたさまは、問題のご夫妻の印象をこう語りました。『コマーシャルにでも出て来そうな』と」

《評論篇》多重解決ゲーム

深水黎一郎の『ミステリー・アリーナ』(二〇一五)は、多重解決ミステリとしては、画期的なアイデアが盛り込まれている。十四人の解答者(探偵)が参加する犯人当て番組で、十五通りの解答(真相)を用意しておく。そして、解答者が答えるたびに、それが不正解となるルートに分岐。最終的には、十四人の誰も指摘しなかった解答が正解になる、というアイデアである。

私はこの作品をかなり楽しんだが、理由は他の人とは異なっていた。実は、かなり前に、似たようなアイデアを考えたことがあったのだ。

1 『ギリシャ棺の謎』ゲーム

私がかつて考えたのは、「エラリー・クイーンの『ギリシャ棺の謎』(一九三二)をコンピューター・ゲームにするにはどうしたらよいか」という難題だった。この長篇では、名探偵エラリーが中盤で一度は事件を解決するのだが、それは犯人が用意した偽《にせ》の手がかりによるものだった、というアイデアを用いている。推理自体は間違っていないのだが、推理に用いた手がかりが偽物だったので、真相とは異なる結論に達してしまったのだ。正しい推理が間違った真相を導き出す——これが、〈後期クイーン的問題〉を生み出すわけである。
しかし、コンピューター・ゲームの場合、普通は、手がかりはプレイヤー（探偵）が自分で探し出すことになっている。ということは、すべてのプレイヤーが偽の手がかりに引っかかるとは限らない。先に本物の手がかりを見つけて、正しい結論にたどり着いてしまうかもしれないのだ。だからといって、偽の手がかりしか存在しないゲームにするわけにはいかない。あくまでも、『ギリシャ棺の謎』のように、「プレイヤーが真の手がかりを見落として偽の手がかりに引っかかった」という状況を作り出さなければならないのだ。

この問題の解決策として考えたのが、以下の方法。――なのだが、まず、名探偵を欺く偽の手がかりが存在しない場合のゲーム仕様（『オランダ靴の謎』（一九三一）までの作品のゲーム化案）を説明しよう。

基本の流れは、あらかじめ容疑者が「館の住人」や「劇場内の人物」のように有限になるように設定しておいてから、探偵（プレイヤー）が動き回って手がかりを見つけ、犯人の属性を推理し、容疑者を消去していく、というもの。
例えば、〈死体が殴打された角度〉という手がかりを見つけたら、手がかり推理モードに入り、「犯人は左利き」という属性を得る。そうしたら、容疑者から右利きの人物を消去する。利き腕がわからない容疑者がいたら、調査モードで自分が調べるか、警察に調べてもらう。

消去が済んだら新たな手がかりを探し、見つかったら推理モードに入り、「犯人は女性」という属性を得たら、容疑者から男性を消去する。

ここで重要なのは、消去された容疑者については、一切の調査ができなくなること。例えば、アリバイの確認は、消去されずに残った容疑者に対してしかできない。また、「犯人は女性」という属性が判明した場合、男子トイレで手がかりを探すことはできなくなる。

これを繰り返し、容疑者が一人になったら、事件は解決。


次に、『ギリシャ棺』ゲームの場合。

まず、探偵が最初に調べるのは犯行現場に固定する。現実の捜査でも、まず現場から調べるので、不自然に思うプレイヤーはいないだろう。

その犯行現場には手がかりA、Bがあり、Aからは「犯人は女」、Bからは「犯人は男」という結論を導き出せるようになっている。

探偵がここで手がかりAを見つけたら、その時点で、Aは偽物になる。そして、手がかりBを探偵が見つけることはできなくなる。逆に、探偵が手がかりBを先に見つけたら、Bが偽物になり、手がかりAは見つからなくなる。

探偵はこれまで通りに手がかりの発見、属性の推理、容疑者の消去、と進めていき、最後には一人になる。そしてもちろん、この人物は犯人ではない。

探偵が（間違った）犯人を指摘した後で、手がかりAが偽物であることを示すデータが見つかり、自分が騙《だま》されたことを知る。

間違いに気づいた探偵は、再調査ステージに入り、もう一度犯行現場を調べ、今回は手がかりBが見つかる。

探偵は「女性を示す手がかりAが犯人がでっちあげた偽物なら、男性を示す手がかりBは本物だ」と推理し、「犯人は男」という属性を得る。

ここでゲームは〈イージーステージ〉と〈ハードステージ〉に分かれる。

〈イージーステージ（別名『十日間の不思議』ステージ）〉では、探偵が偽装に気付いたことを、犯人は知らない。従って、この後、「犯人は男」という前提で進める調査では、偽装を気にする必要はない。これまで通りに進めて、容疑者が一人になったら解決。

もう一つの〈ハードステージ（別名『ギリシャ棺』ステージ）〉では、探偵が偽装に気付いたことを、犯人は知っている。従って、この後の調査では、推理モードだけでなく、手がかりの真偽チェックモードも起動しなくてはならない。

もっとも、この「手がかりの真偽チェックモード」は、基本的に、以下の二点をチェックすればよい。
①手がかりが残されたタイミング。犯人は最初の偽装(犯人は女だと思わせる)が失敗したのを知ってから次の偽装（犯人は男だが自分ではない）に取りかかったので、本物の手がかりよりずっと後に用意されていることになる。
②手がかりの真偽を裏付ける証言。手がかりの真偽を裏付ける人物が〝真の手がかり〟によって消去された容疑者ならば、信じてよいことになる。

また、「手がかりの真偽チェックモード」で〝偽物〟判定が出た場合は、推理モードに入り、「この偽の手がかりを配置することができたのはどのような人物か？」という観点から、犯人の新たな属性を導き出すことができるようになる。例えば、「犯人の条件＝探偵が騙されていたことに気づいてから新たな手がかりを見つけるまでの間に書斎に入ることができた」といった具合に。

なお、このゲームの仕掛けは、プレイヤーが友人と話すと――あるいは最初からリプレイすると――すぐに明らかになる。この場合、「おれがプレイした時は手がかりAが偽物で、友人の時はBが偽物だというのはおかしい」という文句が出ることは間違いないだろう。そこで、この文句を封じるため、クライマックスで真犯人にこう言わせる。

「私はあなた（探偵）の過去の功績（前述の「偽の手がかりが存在しない場合のゲーム」）を調べて、あなたの捜査の癖をつかんでいた。だから、あなたなら、真っ先にAの手がかりに気づくと考えたのだ。実際、あなたは手がかりBに気づかず、手がかりAに気づいたではないか」と。つまり、あるプレイヤーの時はAが偽物に、別のプレイヤーの時はBが偽物になるのは、犯人が探偵（プレイヤー）に合わせたから、という理屈である。

この考察を発表しなかった理由は二つある。

一つ目は、〈推理モード〉をどのようにゲームで実現すればよいかわからなかったため。〈死体が殴打された角度〉という手がかりからは、「犯人は左利き」だけでなく、「犯人は身長が一七〇センチ以上」や「犯人は被害者と顔見知り」といった属性も導くことができる。それをプレイヤーにどう操作させれば正解だけに絞ることができるのか、思いつかなかったのだ。

二つ目は、このゲームでは、『ギリシャ棺』で最も面白い——と私が考えている——エラリーの第三の推理（最終解決の一つ前の解決）が実現できなかったため。「犯人はノックス邸の住人」という条件の解釈によって、真の犯人を容疑者枠の外に置いたり中に入れたりする推理のすばらしさを、このゲームでは味わうことができないのだ。


——というわけで、だいぶ長くなってしまったが、私が考えた「探偵が見つけた手がかりが、その時点で〝偽〟になる」という趣向が、『ミステリー・アリーナ』と似ていることをわかってもらえたと思う。

そして、似たような趣向をあれこれ考えた立場からすると——偉そうだが——『ミステリー・アリーナ』に登場する犯人当てゲームは、いろいろと不満が多い。以下では、その不満点を述べさせてもらおう。

2 『ミステリー・アリーナ』ゲーム

誤解される前に断っておくが、私は『ミステリー・アリーナ』という小説に不満があるのではない。むしろ、傑作だと思っている。不満があるのは、作中に登場する大晦日《おおみそか》の番組〈ミステリー・アリーナ〉に対して。どう考えても、このやり方では、うまくいくのは最初の数回だけに思えるのだ。

まず、この「十四人の解答者に対して十五通りの真相を用意する」というのが難しい。解決を十五通り考えるのが難しいのではない。その十五通り以外の真相があり得ないようにデータを設定するのが難しいのだ。

例えば、この作中作では、『たま』は猫ではなく人の名前」という推理が述べられた後のシーンで、「たま」が猫であることを示すデータが提示される。これは、出題者がこの推理を想定していたから、それを否定するデータを事前に用意できたわけである。

しかし、ここで、解答者が「『車』は自動車ではなく人の名前」という推理を述べたら、どうなるだろうか？　出題者はこの解答は想定していなかったわけだから、当然、否定するデータはどのルートにも存在しない。そうなると、この推理はいつまでも否定されずに残ってしまうではないか。


多重解決ものには、クイーンの『ギリシャ棺』のような「次の推理が前の推理を抱合する」タイプと、アントニイ・バークリーの『毒入りチョコレート事件』（一九二九）のような「互いに無関係な独立した推理が並列する」タイプがある。もちろん、『ミステリー・アリーナ』が後者のタイプに属することは、言うまでもない。（余談だが、『アリーナ』と同年に出た井上真偽の『その可能性はすでに考えた』は、最初の三つが並列タイプ、後の二つが抱合タイプになっている。）

そして、この並列タイプは、手がかりの多様な解釈を一つに絞り込むためのデータを盛り込んでいないため、理論的には、解決はいくらでも増やすことができる。それは、『毒入り〜』に、作者以外が追加した解決篇がいくつも存在することからもわかると思う。

では、舞台をクローズド・サークルにして、容疑者の数を限定すれば、この問題は解消できるだろうか？　それも難しい。『アリーナ』の第十五章の推理で指摘されているように、ミステリでは、「クローズド・サークルと思わせて実はそうではなかった」という手はおなじみだからである。

さらに本作では、叙述トリックを多用していることが、この問題の解決をより難しくしている。というのも、容疑者を十五人に限定しても、叙述トリックを用いたならば、「作中に登場する『平三郎』は、『平三郎《たいらさぶろう》』と『平三郎《へいさぶろう》』の二人いる」といった手で、十六人に増やすことは可能だからである。いや、叙述トリックものでは猫や並木も犯人にできるので、容疑者数の限定は困難なのだ。

作者が『ミステリー・アリーナ』で叙述トリックを多用したのは、解答数を増やすためだったのだろう。だが、作中の〈ミステリー・アリーナ〉の出題者にとっては、解答数の増加をコントロールできないというデメリットしかないのだ。

――と、批判してばかりでは芸がないので、改良案も提示しておこう。

この問題を解決するのは簡単で、出題者が司会者を兼ねるのをやめればよい。そして、出題者は別室でモニターを見ていて、想定外の推理が提示された場合は、それを否定するシナリオを書き下ろす。もちろん、事前に用意していた十五の解決のどれか一つを否定する文を先出しして、トータルの解答数が十五を超えないようにしておくことも忘れてはならない。

次の難点は、「解答者がいつまでも答えない場合は大きな問題が生じる」ということ。第三章で司会者が、「（第四回では）出題者が慎重になり過ぎてしまって、番組のラスト近くまで誰一人解答しない回というのがあった」と述べるが、これは当然の反応だろう。通常のクイズ番組とは違って、間違えたら命が奪われるのだから、解答者が慎重になるのも無理はない。しかも、第十九章で解答者が「この番組、どう考えても遅く解答する方が有利」と言っているように、過去に放映された番組を観れば、他の解答者より早く答えても、何もメリットはないことは、誰にでもわかるのだ。司会者が「誰も答えないと視聴率が下がる」と言っても、解答者の知ったことではない。

では、いつまでも解答者が推理を発表しなければ、どうなるだろうか？　もちろん、十五通りの解決がすべて成り立つ状態が、いつまでも続くことになる。しかし、テレビ番組には時間制限があるため、最終的には解決を一つに絞り込んで終わらせなければならない。——かくして、誰もまだ推理していない解決に対して、それを否定するデータを提示せざるを得なくなる。そして、そのデータを提示した瞬間に、「解答者数より解答数の方が一つ多い」という、このゲームの（イカサマの）根底をなす条件が崩れてしまうのだ。

こちらの方も、改良案を出しておこう。現行の作中作は章立てになっていて、章と章の間に設けたチェックポイントで解答を募《つの》っているらしいが、ここに、「一回のチェックポイントでは一人しか推理を発表できない」というルールを追加するだけでよい。すると、どうなるか？

誰も解答せずに残り時間が三十分程度になった場合、チェックポイントが十四回もあるはずがない。せいぜい、二、三回だろう。すると、早押し勝負になり、解答を発表できなかった十一〜十二人の解答者は、確実に殺されることになる。これを逃れるためには、チェックポイント回数に余裕がある序盤から中盤に解答するしかない。——ということで、解答者は早め早めに答えざるを得なくなるのだ。

いや、もっと良い方法がある。番組の何回かに一回、早い段階で正解者を出してしまうのだ（解答を四通りしか用意しなければ——解答者が無能でない限りは——四人目が正解になる）。こうなると、それを見た次回の解答者は、早め早めに答えることになる。また、正解者が時々出るならば、誰もイカサマをしているとは思わないだろう。第十九章では、解答者の一人が「来年あたり、誰か（テレビ局の）関係者の一人を解答者に仕立て上げ、やらせで正解させて、ちゃっかり（賞金を）回収する予定だったんだろ」と指摘するが、年に一回の番組で、十一回目にようやく正解者が出るというのは、解答者数から見ても、明らかに不自然ではないか。通常のクイズ番組ならば、「正解者が出ないのは問題の難易度が高いから」という言い訳が使えるが、このゲームの仕組みでは、正解も不正解も難易度は変わらないのだ。

繰り返すが、ここまで述べたことは、作中の〈ミステリー・アリーナ〉というゲームへの不満であり、『ミステリー・アリーナ』という小説への不満ではない。なぜならば、〈ミステリー・アリーナ〉というゲームの出題者は、右に挙げた改良案を思いついても、決してやろうとしない性格に描かれているからだ。

クライマックスで明らかになる出題者は、正解者を出すことは自分の敗北だと考える性格なので、わざと正解者を出したりはしない。また、解答者に対して優越感を味わいたいので、直接、解答者と話すことができる司会者も兼ねたがる。そもそも、「解答者には自分の想定外の解答などは思いつかない」と自惚《うぬぼ》れているので、その場でシナリオを修正する必要があるとは思っていないのだ。

だから、『ミステリー・アリーナ』という小説自体には、何の問題もないことになる。

（もっとも、クライマックスで解答者の一人に「お前のイカサマがなぜばれたかわかるか？　それはお前のちんけなプライドのためだ。これまでの十回のうち何回か正解者を出しておけば、誰もイカサマだとは思わないのに、お前にはそれができなかったからだ」とでも言わせておけばよかったという気がしないでもないが。）


本稿では、『ミステリー・アリーナ』と『毒入りチョコレート事件』を、同じ〈並列タイプの多重解決もの〉としている。これは間違いではないが、細かく見ると、『毒入り〜』には、『アリーナ』にはない魅力がある。それは、「探偵役と推理の結びつき」。『毒入り〜』では、推理の順番を入れ換えても作品は成立するが、入れ換える場合は、探偵役も一緒に入れ換える必要がある。シェリンガムにチタウィックの推理をさせることはできないし、その逆も然《しか》り。多重解決の根底をなすのは〈手がかりの解釈の多様性〉だが、この〝解釈〟は、解釈をする人物の年齢、性別、知能、経験、地位、などに依《よ》るものであることは、言うまでもない。そして、『毒入り〜』は、六人のキャラクターと各人が述べる解釈が、きれいに一致している点が、すばらしいのだ。

一方で、『アリーナ』の方は、解答者と解釈の結びつきは弱い。十五通りの解答はすべて一人の出題者が用意したものであり、問題作成時には、解答者については何の知識も持っていないからである。言い換えると、ここでは「ゲーム〈ミステリー・アリーナ〉の出題者＝小説『ミステリー・アリーナ』

の作者」という構図が――『毒入り〜』では隠されていた構図が――あからさまに見えていることになる。これは作者も自覚しているらしく、第十三章では司会者に「何だか今日の解答者は、美術愛好家の方が多いようですね」と言わせているのだ。

この〈並列タイプの多重解決もの〉の、「探偵と推理の結びつき」をメインの趣向にした傑作がある。それは、マリオン・マナリングの『殺人混成曲』（一九五四）で、他の作家が生み出した九人の名探偵（もどき）が、一つの事件に対して、それぞれ異なった——いかにもその名探偵らしい——解決をするという物語。レオ・ブルースの『三人の探偵のための事件』（一九三六）なども、同じ趣向を用いている。

併載の贋作は、この「多重解決における探偵と推理の結びつきの面白さ」を狙ったもの。作中探偵の解決ではなく、作家が書きそうな解決を描いてみたが、巧く結びついているだろうか。

第十章　リドル・ストーリー

【注意】以下の作品の真相に言及しています。
《評論篇》ジャック・モフィット「女と虎と」

《贋作篇》英都大推理研VS「女か虎か」

無為の会では、前回の「四分間では短すぎる」ゲームの話で盛り上がっていた。すると、江神さんが「前回のゲームは、アリスには酷やったな。今回は、ちゃんとやろうやないか」と言い出した。

「それはいいですが、お題は何ですか？」と僕が訊く。

「F・R・ストックトンの『女か虎か』や。〝扉から出て来たのは女か虎か〟を推理しようやないか。アリスは読んでいるやろ、『女か虎か』」

F・R・ストックトンの「女か虎か」は、リドル・ストーリーの最高傑作と言われる話で、もちろん、僕も読んでいる。それは、こんな物語だ。

ある国では、重罪に問われた男は、闘技場で二つある扉の一方だけを開けることを強《し》いられる。開けた扉から飢えた虎が出て喰い殺された場合は、男は有罪だったと見なされる。だが、美しき花嫁が出て来た場合は、男は無罪だったと見なされ、その場で結婚式が行われる。

今回、闘技場に立つのは、王の娘に手を出した男。愛する男のため、王女は虎と花嫁がそれぞれどちらの扉にいるかを突きとめた。だが、王女は悩む。花嫁の扉を教えれば、男は自分以外の娘と結婚することになる。かといって、虎の扉を教えれば、男は喰い殺されてしまう。悩んだ末、王女は右側の扉を男に示す。それを見て、右側の扉を開ける男。さて、扉から出て来たのは、女か、虎か？

「もちろん、読んでいますよ。でも、どうして僕にだけ訊くのですか？」

確かに「女か虎か」は傑作だが、一部のアンソロジーでしか読めないので、望月と織田が読んでいるとは限らない。

「実は、お前が着く前に、三人でこの作品の話をしていたんや。そこで、信長がなかなか面白い意見を言ってな。それに対して、モチが何か言おうとしたところでお前が来た。その続きをやろうというわけや」

どうやら今回は、隠し事はないようだ。僕が頷《うなず》くと、江神さんが織田に言った。

「じゃあ信長、さっき俺とモチに話したことを、アリスにも話してやってくれ」

「右の扉から出てくるのが女か虎のどちらかなのかは、王女の性格にかかってる」織田は話し始めた。「簡単に言うと、『自分の愛した男が他の女とくっつくのを許せる性格かどうか』や。許せるならば右側は女やろうし、許せんのなら虎になる」

確かにそうだ。簡単に言わないならば、「利己的な愛」か「非利己的な愛」となる。いや、これも簡単すぎるか。

「そやけど、この作のどこにも、王女の性格が特定できるデータは書かれておらん。王女の内面描写はけっこうあるんやが、作者はこの部分は慎重に避けとる。せやから、王女の性格ははっきりせんわけや。従って、この作に対する俺の解答は、『作者が女か虎かを特定できないように書いているので読者にも特定できない』や」織田がこう言ってビールに口をつける。

この答えは、自分も感じていたことだった。この短篇は、どちらの可能性も等しくなるように、慎重に計算して書かれている。うぬぼれかもしれないが、それは、作家志望の自分の方が、ずっと理解できていると思う。だが——

「だが、モチは別の解答を持っているようやな。今度はお前が話す番や」

江神さんが振ると、次は望月が話し始める。

「今の考えには、俺は反対やな。エラリー・クイーンを読んでみい。犯人が必死に手掛かりを残さないようにしても、探偵は見つけ出して解決するやないか」

「それは作中の犯人と探偵の関係やろ」と織田が反論する。「俺が言っとるのは、作者と読者の関係や」

「そっちも同じじゃや」と望月が返す。「歴史ミステリみたいに、作者が自分が作ったわけでもない謎を解くこともあるやないか」

「じゃあ、お前は、『女か虎か』の中に手掛かりを見つけたと言うのか?」

「ああ。お前が気づかんやつをな。ええか、お前は恋愛感情にこだわっとるから、手掛かりに気づかんのや。『王女としてのメリット、デメリット』を考えてみい」

王女としてのメリット、デメリット？　望月は何を言っているのだろうか？

「アリスも気づいておらんようやな。ええか、そもそも闘技場のイベントは何のためにあるんや、アリス？」

いきなり振られたので少々驚いたが、すぐに答えた。

「裁判ですね。虎が出たら被告は有罪、女が出たら無罪というわけです」

「そうや。ではアリス、〝王女〟にとって、男が無罪になるのと、有罪になるのと、どっちがメリットが大きいと思う？」

ようやく望月の言いたいことがわかった。

「無罪ですね。無罪になれば、自分と男の関係は無かったことになる。でも、有罪ならば、関係はあったことになる」

「待て待て」またしても織田が口を挟む。「そんなこと言ったって、国民はみんな、関係があったことは知っているやろ。どっちもメリットは同じやないか」

「違うぞ。王族にとっては、真実よりも世間体の方が重要なんや。たとえば、よその国の王子から求婚された場合、『以前は別の男と関係をもっていましたが、そいつは虎に喰われました』って答えるのか？」

ここで江神さんが判決を下す。

「モチの言う通りやな。王女としての立場を考えると、男を無罪にした方がメリットが大きい。つまり、その推理やと、扉から出てきたのは女というわけやな」

いやいや驚いた。さすがはクイーン・ファン。おそらくは作者のストックトンさえも考えていなかった手掛かりに着目して、説得力のある解決を導き出すなんて。

しかし、江神さんの次の言葉には、もっと驚かされた。

「じゃあ、今度は俺の推理を聞いてもらおうか」

まだ他にも解釈があるというのか——。


「モチの推理は見事やった。〝王女〟という属性に目をつけたのは、なかなかのもんや。だが、この作品には、もっと大きな手掛かりがある」

もっと大きな手掛かり？　江神さんは何を言っているのだろう。そんなものは、どこにもないのに。

「その手掛かりは、〝男の行動〟や。なぜ男は、右の扉を開けたんや？」江神さんはこう言って、みんなの顔を見る。

「なぜって、王女が右側の扉を指し示したからでしょう」

望月がこう答えると、江神さんは首を振る。

「ええか、このギャンブルで賭け金が一番高いのは誰や？　命がかかっとる、恋人の男やないか。王女やない」

僕も含めた三人が頷く。言われてみれば、確かにそうだ。

「作中に、男は王女が『秘密を探り出すことを確信していた』とあるやろ。だからあらかじめ、男には考える時間はたっぷりあったわけや。——王女が示した方の扉を開けるか、その反対側の扉を開けるか、を」

「反対側の扉を開ける？」今度は織田がくってかかる。「どんなメリットがあるのですか？」

「大ありやないか。まず、全部の組み合わせを挙げてみるぞ」

江神さんはこう言うと、紙に書き込んでいく。
①王女の示した方を開け、女が出てくる。
②王女の示した方を開け、虎が出てくる。
③王女の示さなかった方を開け、女が出てくる。
④王女の示さなかった方を開け、虎が出てくる。
「さあ、この中で、男にとって最悪なのはどれや？」

「それは②でしょう。王女に裏切られるわ、命も失うわで、いいことなんか何もないじゃないですか」

僕が答える。

「そうや。だから、②の結果はマイナス10ポイントとするぞ。ええな。で、逆に、男にとって最良なのはどれや？」

「それは③ですね。王女は自分を殺そうとしたわけだから、心置きなく扉から出てきた女と結婚できる。だから、③はプラス10ポイントでしょうか」今度は望月。

どうやらみんな、江神さんの言いたいことがわかってきたようだ。

「すると、①はプラス5ポイントですか。命は助かったけど、王女の自己犠牲によるものだから、結婚生活も楽しくないでしょうしね」

織田が先回りをして答える。僕も調子に乗って、後を続けた。

「となると、④はマイナス8ポイントあたりですね。死んでしまうけど、王女は自分を裏切らなかったことがわかるわけですから、多少は救われますね」

「お前ら、なかなか優秀やな。では、今の点数をまとめてみるぞ」

江神さんは再び紙に書く。
・王女の示した方を開ける。①＋②＝マイナス5ポイント
・王女の示さなかった方を開ける。③＋④＝プラス2ポイント
「どうや。プラマイ7ポイントも差があるやろ。損得で考えるなら、明らかに反対側を開けた方が得なんや」

こうやって表にしてみると、江神さんの正しさがよくわかる。

「でも……」僕は言った。「男が開けたのは王女が指し示した方ですよね」

「それがさっき言った『もっと大きな手掛かり』や。男は、この手掛かりを持っていたから、損得を無視して、素直に王女が示した方を開けたんや」

「その手掛かりは『王女の性格』ですね」と望月。「恋人である男は誰よりも王女と親しく、誰よりも王女の性格を知っていた。だから、王女は自分を虎の餌にするはずがないとわかっていた、と言いたいのでしょう？」

「そうや。さっき信長が言った通り、作品中に王女の性格は描かれておらん。そやけど、王女の性格を知っている男の行動を見れば、王女の性格はわかるんや」

江神さんの推理には望月以上に驚かされた。作中に描かれていない王女の性格を、恋人の行動から読み取るなんて、発想がすごすぎる。

「どうやら納得してもらえたようやな。では、今度はアリスの解決を聞かせてもらおうか」

こっちを向いた江神さんがそう言ったので、僕はあわてた。

「そんなあ。もうこれ以上の推理はできませんよ。無理ですってば」

「いや。少なくとも、あと二つは推理ができるで。信長とモチと俺の説を土台にすれば、新しい視点が出てくるはずや」

そう言われて、これまでの三人の意見を振り返ってみると、確かに新しい考えが浮かんできた。

「一つ、思いつきました」僕は言った。

「江神さんの『男の立場で考えると、反対側の扉を開けた方がメリットが大きい』という指摘がヒントになりました。では、王女もこの点を考えたとしたら、どうでしょうか？　つまり、『男は自分が指示した方とは反対の扉を開けるかもしれない』と考えたら、王女はどうするでしょうか？」

「反対側を選ばれたときのために、わざと逆の扉を指示するのか？　いや、それは危険がでかいな。男が逆の扉を開ける保証はないわけやから」織田が言った。

僕は織田さんに頷いてから、後を続けた。

「王女にとってベストの行動はこうです。男が自分を信じるならば助かり、信じないならば死ぬような指示をする」

「つまり、女のいる扉を指すわけやな」と望月。

「そうです。そして、この方法には、大きなメリットがあります」僕はひと息ついてから、「それは、『王女の罪悪感が軽くなる』というメリットです。男が反対側の扉を開けて虎に喰われても、王女は『せっかく女のいる扉を教えてやったのに、男は私を信じないから死んでしまった。自業自得だわ』と考えて、気が楽になるわけです」

「なるほど！」織田が叫んだ。「逆に、虎のいる扉を教えて、男が素直にそっちの扉を開けて喰われた場合は、王女の罪悪感がハンパやないな。いや、待てよ……」

ここで急に口をつぐんで、考え込む織田。何か思いついたのか？

「これが江神さんの考えた説ですか？」

僕がこう訊くと、江神さんは頷いた。

「そうや。アリスなら気づくと思っておったぞ」

「それで、江神さんの考えたもう一つの説は、どんなものですか？」望月が訊く。

「そっちは信長に任せる。こいつはまだ、『扉から出てきたのは女か虎か？』という観点からの発言はしておらんやろ。それに、何か思いついた顔をしとるしな」

「ご親切、痛み入ります」

織田は大げさに頭を下げると、話し始めた。

「俺の説は、江神さんの説をひとひねりしたものや。江神説は、『反対側の扉を開けた方がメリットが大きいはずの男がそうしなかったのは、王女との信頼関係があったから』というものやったな。でも、王女との間に信頼関係がなくても、男が指示された側の扉を開ける場合もあるやろ」

「どんな場合や？　信頼関係がなかったら、男は反対側の扉を開けるんじゃないか？」と望月。

「さっきアリスが言った、『男が反対側の扉を開ける可能性を王女が考えた場合』や。王女は男が他の女と結婚するより虎に喰われた方がましだと考えた。最初は単純に虎がいる扉を指そうとしたが、そこで考え直す。『男は私の性格を知っているので、反対側の扉を開ける可能性が高い』と。それで、女がいる扉を指し示すことにした。いわば、裏の裏をかいたわけや」ここでひと息ついてから、「だが、男は王女が裏をかくことを読んでいた。そこで、さらにその裏をかいて、王女が指した方を開けたのや」

ここで織田は江神さんの方を向いた。

「どうですか、江神さんのもう一つの説は、これでしょう」

織田もすごい。江神さんと僕の説を取り込んで、いかにもミステリ的な「裏の読みあい」を考えつくなんて。でも、もっとすごいのは、この説も考えていた江神さんか。

その江神さんは満足げな顔で、どこかで聞いたような台詞《せりふ》を言った。

「そうや。信長なら気づくと思っておったぞ」

江神さんは、「さあ、これで四人の推理が出そろったので、まとめてみるぞ」と言って、また紙に書き出した。上が扉から出てきたのが女か虎かを記したもの。下がその結論を導き出した着眼点だ。

〔望月説〕女　王女としての対外的な面子《めんつ》
〔江神説〕女　男の側のメリット、デメリット
〔有栖説〕女　王女の罪悪感の軽重
〔織田説〕女　王女と男の裏の読みあい

「こ……これは」織田が驚く。「四人とも推理は違うのに、結論は同じやないか！」

「〝多重推理〟だが〝多重解決〟ではない、というわけか。面白いな」と望月。

「王女が指した扉から虎が出てくる可能性はないのかな？」今度は織田だ。

「可能性としては、二つのパターンがある」これは江神さん。

「一つめは、王女は男を殺そうとして単純に虎の扉を指し、男は何も考えずにその扉を開けたパターンですね。もう一つは？」ここで僕も加わる。

「信長の説をもうひとひねりするんや。男は王女の裏をかくつもりで指示された扉を開けたが、王女はそこまで読んでいて、虎の扉を指し示したというわけや」

それは、いくらなんでもひねりすぎでしょう。僕がそう言うと、江神さんも同意する。

「そうやな。逆に、一つめのパターンはひねりがない。どちらも可能性はあるが、推理ゲームの解答としては、いまいちやな」

四人の説を眺めながら、僕がしみじみと言った。

「それにしても、『女か虎か』で、こんなに推理できるとは思いませんでしたよ」

「そうか？」江神さんが応じる。「俺は、ここにいるみんなで頭を絞れば、いくつも出てくると思っておったぞ」

「どうしてそう思ったのですか？」

「それは、『女か虎か』がパズルではなく〝小説〟やからや」

こう言った江神さんは、けげんな顔をしている三人を見回してから後を続けた。

「ええか、『パズル』と『パズルのような小説』は別物なんや。パズルならA氏、B氏で済むが、小説はそういうわけにはいかん。人物描写が必要になるんや。その上、舞台も、時代も書かねばならんのや。そして、その『ふくらませた部分』に、解釈が入り込む余地が生じるわけや」

「理屈としてはわかるのですが……」僕が口を挟む。

「それなら、例を挙げてみるぞ。お前ら、『クレタ島人のパラドックス』を知っているな？」

「〝一人のクレタ島人が『すべてのクレタ島人は嘘つきだ』と言った〟というやつですね」織田が答えた。

「そうや。ではアリス、このパラドックスを三十枚の小説にできるか？」

僕はしばらく考えてみたが、首を振った。

「駄目ですね。小説にするなら、まず『クレタ島人』の定義をしなければなりませんが、これが難しい。出身者にするか、住人にするか……」

「どうしてや？ 作家が勝手に決めればいいやないか」と望月。

「じゃあ、〝住民〟という定義にしましょうか。すると、ある人が〝住民〟かどうかは、いちいち住民票と突き合わせなければわからないでしょう」

「そうやな。本人に訊いても嘘をついているかもしれんしな」織田が言った。

「だったら、『すべてのクレタ島人は嘘つきだ』と言った〝一人のクレタ島人〟は、その突き合わせを島の全員に対してやったわけですか？　しかも、嘘つきだったら住民票に記載されている名前は言わないはずです。どうやって突き合わせるのですか？」

「無理やな」望月が答える。「ということは、〝一人のクレタ島人〟は、全住民を調べることなく『すべてのクレタ島人は嘘つきだ』と言ったことになるな。つまり、〝一人のクレタ島人〟が嘘をついたという結論が出てしまう。パラドックスが消えてしもうたな」

「『嘘つき』の定義も難しいな」今度は織田。「『ときどき嘘をつく』ならパラドックスにならんし、『常に嘘をつく』なら、〝一人のクレタ島人〟は、何を根拠にそんなことが言えるのか、という問題が出てしまう」

「もうわかったやろ」江神さんが言った。「パズルを小説にしたら、それはもうパズルではなくなってしまうのや」

「『本格推理小説＝パズルの小説化』という説が否定されてしまいましたね」僕がつぶやく。

「本格推理小説は、パズルを小説化したものやなく、小説をパズルに寄せたものなのや。たとえば、クイーンの『ローマ帽子の謎』を見てみい。犯行現場の劇場を封鎖して、警官が劇場内のすべての人の身体検査をやったという設定を導入しているやろ。あれで、『劇場にいたすべての人は余分な帽子を持っていなかった』という状況を作りだして、作中の現実をパズルに近づけたわけや。あの作の問題篇の八割くらいは、このデータと『被害者の帽子は劇場内には残されていなかった』というデータを確定させるためにあるようなものや。パズルならたった二行で済むのに、小説では何百ページも必要になるわけやな」

本格推理小説はパズルを小説にしたものではなく、小説をパズルに近づけたもの――推理作家志望を公言しながら、こんなことは、今まで考えたことがなかった。

僕は、江神さんから重い宿題を与えられたような気がした。

《評論篇》リドルとパズルの間

〈リドル・ストーリー〉というジャンルは、ミステリのサブジャンルとしてとらえられているように見える。例えば、エラリー・クイーンのアンソロジー『TO THE QUEEN'S TASTE』（一九四六）では、収録作は「探偵小説」と「犯罪小説」に分けられているが、それとは別に、「リドル・ストーリー」という枠が設けられている。

クイーンがこの「リドル・ストーリー」のコーナーに添えたコメントでは、まず、リドル・ストーリーを「謎の解決が作者によって暗示されているもの」と「謎が解かれることなく残されるもの」の二種類に分類。後者の重要な作品として――有名な順に――F・R・ストックトン「女か虎か」（一八八二）、クリーブランド・モフェット「謎のカード」（一八九六）、マーク・トウェイン「恐ろしき、悲惨きわまる中世のロマンス」（一八七〇）の三作を挙げている。

しかし、これは奇妙な話ではないだろうか？　本格ミステリはエドガー・アラン・ポーの「モルグ街の殺人」（一八四一）で始まる、というのが定説だが、この作品は、現実の〝未解決〟事件を基にした謎を、分析的知性によって解き明かす物語に他ならない。つまり、本格ミステリは、現実にあった〈解かれることなく残された謎《リドル》〉に解決を与えるところからスタートしたわけである。

では、その「モルグ街」の冒頭に掲げられているサー・トマス・ブラウンの言葉を見てみよう。
「海の魔女たち《セイレーン》がどんな唄を歌ったか、また、アキレウスが女たちの中に姿を隠したときどんな偽名を使ったかは、たしかに難問だが、まったく推測できぬというわけでもない」
ここで難問とされている「セイレーンがどんな唄を歌ったか？」と「アキレウスがどんな偽名を使ったか？」という謎に対する解決は、そもそも存在しない。セイレーンもアキレウスも神話上の存在であり、特定の作者がいない伝承文学の登場人物である以上、唯一無二の真相というものはあり得ないからだ。つまり、この文を引用することによってポーが主張したかったことは、「分析的知性をもってすれば、作者が真相を考えていない架空の謎ですら解決することが可能である」となるわけである。ならば、本格ミステリとは、現実の謎も架空の謎も、分析的知性によって解き明かすことができる、というポーの主張を体現したものだと言わなければならない。つまり、リドル・ストーリーが終わった地点から、本格ミステリはスタートしているのだ。

リドル・ストーリー自体は本格ミステリではない。だが、物語の最後に「解かれることなく残された謎」を解こうとする本格ミステリの作者や読者によって、リドル・ストーリーは、本格ミステリのサブジャンルになったのだ。

本稿では、リドル・ストーリーがいかにして本格ミステリに取り込まれたのかを、前述の三作を作例にして、見ていくことにする。——と言いたいところだが、トウェインの作だけは、本格ミステリに取り込まれていないようなので、対象は「謎のカード」と「女か虎か」だけにさせてもらおう。

「謎のカード」

本作は典型的な〈奇譚〉として書かれている。パリを観光中のニューヨークから来た主人公。彼は、見知らぬ女性から、フランス語で何か書かれたカードを受け取る。フランス語が読めない主人公は、周囲の人にそれを見せて、読んでもらう。すると、ホテルは追い出され、友人は去り、警察に逮捕され、釈放後はフランスを強制退去させられ、最後には妻にも去られてしまう。自分にカードを渡した女性をニューヨークで見つけた主人公は、問い詰めるが、女性は死に、カードの文字は消えていた。

この作品が描いた「異国で遭遇した不可思議な出来事」が、ミステリに取り込まれると、どうなるか？　答えは、〈奇抜なシチュエーション〉に変わる、である。

ミステリに取り込まれた〈奇抜なシチュエーション〉の中で一番有名なものは、「パリ万博で消えた母親」だろう。一八八九年のパリ万博に来た母娘の母親の方が姿を消す。娘が探すが、周囲の人々は、そんな人は最初からおらず、娘は一人で来ていたと答える……という話。ヒッチコックが映画化したエセル・リナ・ホワイトの『バルカン超特急』や、J・D・カーの「B13号船室」や、ウィリアム・アイリッシュの短編「消えた花嫁」と長篇『幻の女』など、いくつもこのシチュエーションに挑んだ作品が書かれている。

日本に目を向けると、最も有名な〈奇抜なシチュエーション〉は、若竹七海が提示した「書店を土曜日ごとに訪れて五十円玉二十枚を千円札に両替する人物」というものだろう。この謎に対する解答を集めたアンソロジー『競作五十円玉二十枚の謎』が出ている他、北村薫や青崎有吾も挑んでいる。

ここで指摘しておきたいのは、そもそも〈奇抜なシチュエーション〉を扱ったミステリの場合、解決を考えた作者がシチュエーションも考えたとは限らない、という点。クイーンの『チャイナ橙の謎』のように、作家自身が奇抜なシチュエーションと解決を考えるタイプが多いのは確かだが、現実にあった、あるいは他の作家が考えたシチュエーションに解決をつけるタイプの作品も少なくないのだ。前述の『チャイナ橙の謎』の〝あべこべの犯行現場〟というシチュエーションにしても、複数の作家が挑み、クイーンとは異なる解決を示している。

「謎のカード」は、作者自身は〈奇譚〉として書いたのに、ミステリに取り込まれて、〈奇抜なシチュエーション〉として扱われるようになった。それをはっきり示しているのが、続篇にあたる「続・謎のカード」（一八九六）の扱いである。この短篇は、作者自身が書いた正真正銘の解決篇で、「謎のカード」で提示されたすべての謎が、きちんと説明されている（原題も「The Mysterious Card Unveiled」となっているので、「続」ではなく「解明篇」とでも訳すべきだろう）。——それなのに、読者からは無視され、まるでこの短篇が存在しないかのように扱われてしまったのだ。

その理由は簡単。作者自身が提示した解決では、不可解なシチュエーションが、超自然現象を用いて説明されているからである。作者はもともと奇譚として書いたので、超自然的な解決をつけても問題はない。だが、本格ミステリにおいて、〈奇抜なシチュエーション〉に解決をつける場合は、「超自然現象を用いてはならない」という戒律に縛られてしまうのだ。だから、作者自身が書いた解決篇ではなく、超自然現象を用いることなく解決したエドワード・D・ホックの「謎のカード事件」（一九七五）の方が、アンソロジーに選ばれたりするわけである――『山口雅也の本格ミステリー・ライブラリー』などに。

「女か虎か」

本作は、「謎のカード」以上に、ミステリに取り込まれている。それは、内外の多くのミステリ・アンソロジーに収録されていることや、ミステリ作家が続篇や解決篇を書いていることからも明らかだろう。

では、ミステリに取り込まれる以前の「女か虎か」は、本来、どのような作品だったのだろうか？そのヒントは、本作を収めたアンソロジー『謎の物語』の解説にある。この中で、編者の紀田順一郎は、本作が「パーティ用（学者の集まりともいわれる）の話題として考案されたストーリーが、思いがけず好評を博したため、小説化して雑誌（「センチュリー」一八八二年十一月号）に寄稿した」ものだと述べているのだ。

では、「女か虎か」は、パーティで、どのように使われたのだろうか？　その答えは、作品を読めばすぐわかる。この作品は、〈性格テスト〉として使われたのだ。

パーティなどの余興として、〈性格テスト〉が行われることがあるのは、誰でも知っているだろう。あるシチュエーションを提示し、「君ならどうする？」と問う。あるいは、ある行動を提示し、「あなたはこの行動をどう思う？」と問う。もちろん、出題者は唯一無二の正解を求めて質問しているのではない。答えによって、回答者の性格を浮かび上がらせようとしているのだ。

この手の〈性格テスト〉で最も有名なものは、「川を渡る女」だろう（私も一度、出題されたことがある）。内容を簡略化して紹介すると——

恋人のいる向こう岸に渡るために体を売る女、それを知って女を捨てた男、大金を払えば向こう岸に送ってやると言った男、その大金を肩代わりする見返りに体を要求した男。さて、あなたが最も嫌いな人は誰でしょうか？

この答えによって、回答者が金銭、性欲、道徳、愛のどれを重視する性格なのかがわかる、ということになっている。

「女か虎か」も同じように性格テストに使えることは——いや、そもそもそのために考案されたことは——明らかだろう。女性に出題し、扉から出て来たのが女か虎かを答えさせることによって、その性格がわかる。あるいは、男性に答えさせ、その女性観を浮かび上がらせる。まさに、パーティの余興にぴったりではないか。

この考えが正しいことは、次の三点によって裏付けることができる。

一つめは、この作では、王女の選択を読者が推理できるようなデータが一切提示されていない、という点。二者択一の性格テストでは、〝客観的に〟見るならば、どちらを選ぶかは五分五分になるように設問を作らなければならない。明らかに一方を選んだ方が得ならば、回答者の性格によらなくなってしまうからだ。性格テストでは、客観的には五分五分の選択が、回答者の性格（主観）によってどちらか一方に定まることが望ましいのだ。

二つめは、作者ストックトン自身の続篇の内容。この「三日月刀の督励官」（一八八六）は、「女か虎か」の解決篇を求められた作者が書いたものなのだが、解決を提示せず、新たな謎《リドル》を提示している。そして、その謎は、やはり、性格テストになっているのだ。回答者の性格によって回答が異なる性格テストでは、出題者自身の解決には何の意味もない。それが、本作のような〈性格テスト〉と、作者自身が解決を書いてもおかしくない、「謎のカード」のような〈奇譚〉との違いなのだ。ストックトンは、それを言いたかったのだろう。

三つめは、ジャック・モフィットによる続篇「女と虎と」（一九四八）。前述の紀田順一郎の解説の中で「数ある『女か虎か』の続篇――ストックトン自らによるものは省いて――の中では傑作とされる」と評されたこの続篇では、扉から出てくるのは虎だとしている。では、なぜ読者は、女が出てくる可能性を指摘することなく、〝傑作〟と評価するのだろうか？　それは、この作では「作中の王女はサロメである」というデータを追加しているからである。読者は「あのサロメだったら、恋人に虎の扉の方を教えるだろうな」と納得し、不満を感じないのだ。言い換えると、回答者の性格によって変わる「女か虎か」の回答を、王女の性格を固定することによって一つに定めたものが、「女と虎と」なのだ。

前置きが長くなったが、これで、「女か虎か」の本質が〈性格テスト〉であることがわかってもらえたと思う。

では、その〈性格テスト〉が、ミステリに取り込まれて、何に変わったのだろうか？

答えは、〈手がかりのない謎〉である。

本格ミステリの中には、「容疑者全員に動機も機会も手段もあるが、誰か一人に絞り込む手がかりが存在しない（ように見える）」といったタイプのものがある。エラリー・クイーンのショート・ショートなどが好例だろう。クイーンの場合は、問題篇では容疑者全員が同格に見えるが、解決篇では、読者が思いも寄らなかった手がかり——封筒のサイズとか車種とか名前とか——によって、犯人がその中の一人に特定される。このタイプの出来の良い作品では、問題篇では、手がかりが何一つ存在しないように見えるのだ。

前述のように、性格テストである「女か虎か」は、扉から出てくるのが女か虎かは同等の扱いになっている。そうでなければテストにならないからだ。つまり、この作は「女か虎のどちらか一方に特定する手がかりが存在しない謎物語」と言える。そして、これがミステリに取り込まれる際には、手がかりが追加され、女か虎のどちらが出てくるかを特定できるようになるのだ——まさしく、モフィットが「女と虎と」でやったように。そして、これにより、性格テストが、「手がかりがない謎」を描いたミステリに変わるわけである。

スタンリイ・エリンの「決断の時」（一九五五）や、バリイ・ペロウンの「穴のあいた記憶」（一九四五）は、最初からミステリの枠内で書かれたリドル・ストーリーである。だが、「謎のカード」や「女か虎か」

は、そうではない。作者が〈奇譚〉や〈性格テスト〉として書いたものなのだ。

　ところが、ミステリに取り込まれることにより、これらの作品は、「奇抜なシチュエーションを提示した作品」や、「手がかり皆無の謎を提示した作品」に変化した。そして、他の作家により、「提示された奇抜なシチュエーションを解き明かした作品」や、「提示された手がかり皆無の謎を解き明かした作品」が書かれるようになった。

　だがこれは、世界最初の本格ミステリ「モルグ街の殺人」で、すでに定められていた流れだった。「モルグ街」では、現実に起こった未解決の密室殺人という――当時としては――奇抜なシチュエーションに解決をつけている。

「モルグ街」の冒頭の引用文では、「セイレーンがどんな唄を歌ったか？」や「アキレウスがどんな偽名を使ったか？」という、そもそも正解の存在しない謎でさえも解き明かすことができる、と述べられている。

　リドル・ストーリーは、ポーの提唱した「どんな謎《リドル》でも分析的知性で解き明かすことができる」という本格ミステリの理念によって、ミステリのサブジャンルに取り込まれていったのだ。

　併載の贋作は、「女か虎か」を本格ミステリに取り込んで、独自の解決を提示したもの。モフィットの「女と虎と」とは異なり、本篇中のデータのみを用いて解決してみた。みなさんは、この解決に納得してくれただろうか？

第十一章　見立て殺人

【注意】以下の作品の真相に言及しています。
《評論篇》泡坂妻夫　「意外な遺骸」
エラリー・クイーン『ダブル・ダブル』

《贋作篇》二十一世紀黒死館

序篇　降矢木一族釈義

私鉄T線の終点のさらに先にある「黒死館」に向かって、一台の車が走っている。乗っているのは法水《のりみず》麟《りん》太郎《たろう》の二人の孫、法水太郎と麟子《りんこ》であった。

麟子　「兄さん、まだ黒死館に着かないの？」

太郎　「もう敷地内だよ。さっき『黒死館』と書かれた門を通ったじゃないか」

麟子　「あれが？……そうだったような気がするけど。で、事件の依頼人が『降矢木《ふりやぎ》』という名字なのに、どうして『黒死館』っていうの？」

太郎　「あのなあ、お前は、お祖父《じい》さんの解決した事件も知らないのか？　『黒死館殺人事件』くらい読んでおけよ。この法水家の恥さらしが」

麟子　「だって、漢字の多い本、嫌いだもん。カタカナの多い、翻訳ものの方が好きなんだもん」

ほどなく玄関前に着くと、降矢木家の長男にして今回の依頼人、降矢木ジョルジュが出迎えた。

ジョルジュ「よく来てくれました。祖父の事件を解決してくれた法水麟太郎氏のお孫さんなら、安心して、今回の事件もお任せできます」

太郎「任せてください。ジッチャンの名にかけて、必ず解決してみせますよ」

麟子「おじいさんって、容疑者がほとんど死んでから解決したみたいだけど……」

居間に案内された二人に、ジョルジュが事件の説明をした。

ジョルジュ「私の父のザナドウは、降矢木算哲《さんてつ》とドイツ人の愛人の間に生まれました。日本の降矢木家が途絶えた後、ドイツからこの家に移り住んだのです。その後、年の離れた日本女性と結婚して、私を含めた六人の子供を成しました」

太郎「その、ザナドウ氏の奥さまは？」

ジョルジュ「半年前に病死しました。――その頃から、父の様子がおかしくなってきて、三日前に、このような書き置きを残して、失踪したのです」

こう言ってジョルジュが二人に見せた書き置きには、こう書かれていた。

おのれの恐ろしき罪のため、そして
愚行のため、降矢木の血を絶やす。
理性ではない、感情の問題なのだ。

本篇　六つの惨劇

その時、足音と共に、四人の男女が居間にやってきた。ジョルジュの弟と妹である。法水兄妹は、居間に来た四人を紹介される。

ジョルジュ　「次男の伊織《いおり》、三男の嵐《らん》、長女の一菜《いちな》、四男の響《きょう》です。五男の麟童《りんどう》は……どうして来ないのかな？」

太郎　「どうやら、すでに殺されたようですね」

ジョルジュ　「ど、どうしてそんなことを！」

太郎　「この黒死館は、見た目は古いが、もう電化されているからですよ。この居間にある暖炉も、単なる飾りで、火は使えないのでしょう？」

ジョルジュ　「そうです。暖房には電気を使っています」

太郎　「でも、僕たちが車でこの館に近づいた時、屋根から煙が上がっていましたよ。暖炉でないならば、何が燃えていたのでしょうね」

法水兄妹と降矢木兄弟が屋根に登ると、そこにはチロチロと燃える死体があった。屋根の端に引っかかり、今にも落ちそうだ。

ジョルジュ　「こ、これは……麟童だ！」

麟子　「どうして犯人は、わざわざ屋根の上で殺したのかしら？」

太郎　「屋内で火を使うと、火事になってしまうからに決まっているだろう」
麟子　「じゃあ、なんで死体を燃やしたのよ！」
太郎　「これは、『黒死館殺人事件』に見立てた殺人なのだ。第一の殺人は、『栄光に輝きて殺さるべし』だからね。犯人は本当は、死体を発光させる薬物を使いたかったのだろうが、見つからなかったので、炎で代用したのだ」
麟子　「これで『輝いて』と言うのは、苦しい気がするけど……。でも、どうしてそんなにきっぱり断言できるのよぉ！」
太郎　「根拠は、あれさ！」
太郎が指さした先、死体から数メートル離れた所に立っていたのは――
麟子　「何あれ、大きな人形！」
ジョルジュ　「父のコレクションのひとつ、自動人形です」
太郎　「あれは、〈テレーズ〉の代わりなのだ。犯人は、わざわざ、ザナドウ氏の自動人形を屋根に運び上げてまで、『黒死館殺人事件』を再現しようとしたのだよ」
麟子　「よくわかんないけど、『黒死館殺人事件』には、こういう殺人シーンが出て来るわけね」
太郎はうんざりした顔で、ポケットから出した文庫本を、麟子に渡した。
太郎　「ほら、『黒死館殺人事件』だ。目を通しておけ。話が進まない」
ジュルジュ　「しかし法水さん、そうすると、まだまだ殺人は起きるわけですか?」
太郎　「そうでしょうね。……ところで、響氏はどうして来ていないのですか?」

ジョルジュ「響は高所恐怖症なのですよ」

太郎「ふむ……。では、もうひとつ質問です。この館には、人を吊すだけの高さがある部屋はありますか？」

ジョルジュ「ホールが吹き抜けになっていますが、どうしてそんなことを訊くのですか？」

太郎「説明は後です。そのホールに案内してください」

ホールに着いた一同が見たものは、天井のシャンデリアに足をひっかけてぶらさがる、響の死体だった。

太郎「『吊されて殺さるべし』――『黒死館殺人事件』第二の再現ですね」

ここで、文庫本をパラパラ見ていた麟子が口をはさんだ。

麟子「待ってよ、兄さん。死体は逆さまになっているじゃないの。だったら、『逆さになりて殺さるべし』かもしれないわ」

太郎「ううむ。確かにそうだ。待てよ、『宙に浮かびて殺さるべし』とも考えられるぞ」

その瞬間、シャンデリアが死体と共に落下した。後でわかったことだが、シャンデリアを吊していた鎖には切れ目が入っていて、切れやすくなっていたのだ。

麟子「死体が下敷きになったわ！」

太郎「違う。『挟まれて殺さるべし』だ！　ああ、犯人はどの殺人に見立てたつもりなのか！死体は吊されたのか、逆さにされたのか、宙に浮かんだのか、挟まれたのか――。おそらく、この謎が解けた時、見立ての理由もわかるに違いない」
行き詰まった法水太郎は、警察に連絡した後、降矢木ザナドウの書斎を調べることにした。

太郎　「自動人形も、この部屋に置いてあったのですか?」

ジョルジュ　「いえ、書斎は本だけです。本以外の父のコレクションは、別室にあります。西洋の武具だとか、拷問や処刑の道具とか、オカルト関係の品とか、昔のヨーロッパの衣装とか……」

太郎　「ふうむ。さすがは黒死館の当主ですね。そちらも後で見せてもらいましょう」

書斎は壁の二面が書棚になっていた。書棚のひとつは、半透明のガラス戸で、鍵がかかるようになっていた。

ジョルジュ　「よほど大事な本だったらしく、鍵は父しか持っていません」

麟子　「並んでいるのは古い本らしいけど、これじゃあ、タイトルが読めないわ」

太郎　「いや、こうやって、ガラスに顔を近づければ、何とか読める――おお、これは凄い!」

麟子　「何がすごいのよぉ」

太郎　「小栗虫太郎の古い本がズラリと並んでいる。新潮社版、ぷろふぃる社版、春秋社版、黒白書房に春陽堂、それにアトリエ社や博文館。おお、熊谷書店や塚田書店版もある。今日の問題社?　へえ、こんな版もあったのか。おや?」

麟子　「変な本でもあったの？」
太郎　「いや、変なのは、このガラス戸の鍵だ。まるで玄関の鍵みたいだな」
麟子　「どういう意味？」
太郎　「まあいい、もうひとつの書棚を見てみよう」
もうひとつの書棚には扉がなく、並んでいたのはすべてドイツ語の本だった。
ジョルジュ　「父は、日本語より、ドイツ語の方が得意でした」
太郎　「ふむ。どうやら降矢木ザナドゥ氏は、父の算哲博士と同じ趣味の本を集めていたようだな。悪魔学に魔術学。オカルト本ばかりだ」
麟子　「何を偉そうに。兄さん、ドイツ語は読めないくせに」
太郎　「うわはは。実はそうだ。しかし、全然知らないわけでもないさ。例えばこの本の題は『ヘクサマイスター』となっているが、『ヘクサ』は魔法、『マイスター』は英語の『マスター』を意味しているのだ。それに、表紙や挿絵だって役に立つ。これは中世の魔女狩りの本だな。こちらは黒ミサ。タロットの本もあるぞ」
と、そこに降矢木伊織が飛び込んで来て、叫んだ。「一菜が部屋で殺されている！」
一菜は喉をかき切られて死んでいた。不思議なことに、普通の洋服の上から、昔のヨーロッパ風の服を着せられている。革命頃のフランスで宮廷貴族が着ていたものらしい。
太郎　「あの昔風の服は、一菜さんの服ですか？」

ジョルジュ「まさか！　たぶん、父のコレクションだと思います」
太郎「だとすれば、犯人がわざわざ着せたわけか」
麟子「でも兄さん、『黒死館殺人事件』に、こんな殺人シーンは出てくるの？」
太郎「いや、出てこない。僕が間違っていた。被害者はオフェリヤなのだ。この連続殺人は『黒死館殺人事件』見立てではなく、法水もの見立てだったのだ！　そうか、だからこそ犯人は、第二の殺人が特定されなくてもかまわなかったのだ。作品名さえ特定できればよかったのだ！」
麟子「一人で何を興奮してるのよぉ。要するに、こんな殺し方をする法水もの作品が、他にあるって言いたいのね」
太郎「そうだ、その作品名は――」
今度は、ジョルジュが飛び込んで来た。
ジョルジュ「嵐の部屋に来てください！　あいつも殺された！」
今回の殺人現場は、さながら怪奇派の空想画であった。嵐は袈裟《けさ》を着て、両手に数珠《じゅず》をかけて合掌したまま、息絶えていた。創傷《そうしょう》は、顱頂骨《ろちょうこつ》と前頭骨の縫合部に孔《あ》けられている、円《まる》い鏨型《たがねがた》の刺傷だった。そして、これまた奇妙なことに、死体の脇には、提灯が転がっていた。
太郎「やはり、な。これも法水ものだ。この服も犯人が着せたものですか？」

ジョルジュ「いえ、嵐は弟や妹が次々に死んでいくので、おかしくなったようです。袈裟を着て、提灯をつけ、数珠を持って、何やら祈っていました」

麟子「ねえ、今度は、何という小栗作品なのよぉ」

太郎「それより、伊織さんが心配だ。さっきからずっと、見かけていない」

三階にある降矢木伊織の部屋の前で、法水太郎は立ちすくんだ。扉が廊下側で釘付けされ、中からは出られないようになっていたからだ。扉の下の隙間からは、かすかに刺激臭が漂ってくる。

太郎「これはもしや……青酸ガスか？」

ジョルジュが持ってきた斧を使って扉をぶち破ると、刺激臭は耐え難いものになった。太郎が隣の部屋から苦労して窓を開けると、少しずつ臭いは薄くなり、ようやく室内に入ることができるようになった。

ジョルジュ「おい伊織！　だめだ、死んでいる」

麟子「兄さん、犯人は、どうやって部屋に毒ガスを充満させたのかしら？」

太郎「おそらく、あの通風口から流し込んだのだろう。ジョルジュさん、この館には、パイプオルガンがありますか？」

ジョルジュ「ええ、響の部屋に小型のパイプオルガンがあります。それが何か？」

太郎「ううむ、法水もの見立てだと思ったのも間違いだったか。しかし、まさかあの作品まで使われるとは……いや、よく考えれば、小栗にとって、最も重要な作品だから……」

ぶつぶつとつぶやく兄に背を向けて、麟子は部屋の奥に歩を進め、そこに置いてある大きなスーツケースを調べ始める。その二人に向かって、ジョルジュが叫んだ。

ジョルジュ「法水さん、私の計算によると、次の犠牲者は99・99%の確率で、この私になります」

麟子「他の人は、み～んな、死んじゃったからね～。兄さんが早く解決しないからぁ」

太郎「何を言うのだ、僕たちがこの黒死館に来てから、まだ二時間もたっていないぞ」

麟子「テレビドラマの名探偵なら、それで充分でしょ」

ジョルジュ「と、とにかく、私は死にたくありません！　警察が到着するまで、地下のシェルターに隠れていることにします」

太郎「シェルター？　そんなものがあったんですか？」

ジョルジュ「ええ。出入りできる扉は一つだけで、しかも、パスワードを知らないと開けることはできません。パスワードは家族しか知りませんが、あなた方二人にも教えておきますので、警察が来たら、開けてください」

降矢木ジョルジュがシェルターに籠《こ》もってから間もなく、警察が到着した。法水太郎とは何度も協力して事件を解決している支倉《はぜくら》警部が率いている。もちろん、かつて法水麟太郎のワトソン役をつとめた支倉検事の孫である。警部を案内して、地下に下りて行った太郎がパスワードを入力してドアが開くと――ジョルジュの姿は消えていた！

太郎　「しまった！　そうか、そうだったのか！」
麟子　「ジョルジュさんが自分で出たのかしら？」
太郎　「犯人の仕業さ。ああ、なぜ思いつかなかったのか！　この鋼鉄のシェルターこそ、『ハビヒッツブルグ』の見立てだったのだ！」
降矢木ジョルジュの死体を裏庭で発見したのは、警官の一人、熊城《くましろ》巡査だった――言うまでもなく、熊城捜査局長の孫である。死体は、ナイフで心臓を刺されていた。
麟子　「今回は、普通の死に方ね」
太郎　「犯人にとって重要だったのは、ハビヒッツブルグからの人間消失で、死体はどうでもよかったのだ」
麟子　「その、『ハビヒッツブルグ』って、何よぉ？」
太郎　「その前に、犯人を逮捕しよう。警部、部下を連れてついてきてください」
法水太郎が支倉警部たちを案内したのは、降矢木ザナドゥの書斎だった。太郎はガラス戸の書棚の前に立って、話し始めた。
太郎　「僕が奇妙に思ったのは、このガラス戸の鍵です。まるで玄関のように、戸の両側から鍵がかかるようになっているのです」
麟子　「両側から？　書棚の内部から鍵をかけて、どうするというの？」
太郎　「もうひとつ奇妙なのは、このガラス戸です。なぜ半透明なのでしょうか？　中を見せたくないならば、ガラスを使わなければいいし、見せたいなら、透明のガラスを使えばいい。まさしく半端なガラス戸です」

麟子　「ザナドウさんには、半透明なガラスを使う何らかの理由があったのね」

太郎　「物を見るということは、物体に反射した光が、網膜に像を結ぶということです。この光は、透明なガラスならば、ほとんど遮《さえぎ》られず、網膜に届きます。一方、ガラスではなく布や木を間に置いた場合は、すべてが遮られることになります。ところが、半透明なガラスを間に置いた場合は、光が部分的に遮られるため、網膜の像に欠落が起き、脳の認識に重大な誤謬が生じるのです」

麟子　「要するに、曇りガラスの向こうの像は、ぼんやりとしか見えない、と言いたいのよね」

太郎　「この誤謬こそが、ザナドウ氏の狙いだったのです！」

太郎はそう言って、先ほど使った斧を振り上げ、ガラス戸を打ち砕いた。ガシャーンという音に続いて、ガラスの破片が舞い散った。そして書棚の中には――

麟子　「本――じゃないわ！　本の背表紙が並んだ写真だわ！」

太郎　「これこそが、半透明のガラスを使った理由です。透明なガラスでは、写真であることがわかってしまいますからね」

そして太郎が、まるでカーテンを開くかのように写真をめくると、背後には隠し部屋があった。中では一人の老人が、気味の悪い笑みを浮かべながら座っている。

太郎　「この隠し部屋があるために、鍵が内側からもかけられるようになっていたのですね、降矢木ザナドウさん。あなたを息子たち六人を殺した罪で、逮捕します」

ザナドウは支倉警部に連行されていった。既に正気を失っているらしく、太郎がいくら話しかけても、何も答えることはなかった。

太郎「これにて、一件落着だな」

麟子「ちょっと待ってよぉ。ザナドウさんの動機は何だったの？　それに、見立ての理由は？」

太郎「そうだな。じゃあ、すべてを説明してやるとするか」

解決篇　降矢木家の壊崩

太郎「ザナドウは小栗虫太郎作品に取り憑かれてしまったのだ。書き置きの各行の最初の文字を見てごらん」

麟子「お、愚、理——小栗、ね。へぇ」

太郎「かくしてザナドウは、『黒死館殺人事件』同様、降矢木家を滅亡させようとして、小栗作品見立ての六連続殺人を実行したわけさ。ひとつひとつの殺人が、それぞれ小栗作品に対応しているのだよ」

麟子「最初の二つが『黒死館殺人事件』なのはわかったけど、あとは？」

太郎「一菜殺しは、あの衣装でわかる通り、『オフェリヤ殺し』だ。嵐の場合は、『後光殺人事件』、伊織は『完全犯罪』、ジョルジュは『潜航艇〈鷹の城《ハビヒツブルグ》〉』だ」

麟子　「ふうん、そんな作品があったの。でも、残念ながら、兄さんの推理は間違っているわ。というわけで、この麟子様が、真相を教えてさしあげましょう」
太郎　「お前が解決？　うわはは。小栗虫太郎の本を一冊も読んでいない、お前が？」
麟子　「そうよ。一冊も読んでいないからこそ、解けたのよ」
麟子　「あの殺人の見立ての元ネタは、小栗虫太郎作品ではなく——ジョン・ディクスン・カーの長篇だったのよ！」
太郎　「カー？　異国の探偵作家か？　なんでそこに異人が出てくる？」
麟子　「まず、麟童殺しだけど、死体を燃やして『栄光に輝きて』と見立てるのは、かなり苦しいわ。火葬のどこが〝栄光〟なのかしら？　だいたい兄さんは、なぜ犯人は、わざわざ屋上で死体を燃やしたと思っているの？　なぜ犯人は、わざわざ死体を屋根の端に置いて、今にも落ちそうにしたと思っているの？　それは、カーの『髑髏城』という長篇で、被害者が火に包まれて墜落する場面があったからなのよ。たぶん、兄さんが屋根に気づくのが早かったので、落とすことができなかったのね」
太郎　「じゃあ、死体のそばにあったテレーズ人形は何だ？　カーの『髑髏城』には自動人形も出てくるのか？」
麟子　「いいえ。自動人形が出てくるカーの作品はいくつかあるけど、一番有名なのは、『曲がった蝶番』ね。つまり、麟童殺しと自動人形は、それぞれ別の作品の見立てだったのよ」

太郎「すると、第二の響殺しは——」

麟子「犯人が小栗見立てをしたかったのなら、死体が吊されたのか、逆さにされたのか、宙に浮かんだのか、挟まれたのか、わからないような殺し方をするわけがないわ。でも、カー見立てならば、被害者がシャンデリアにおしつぶされて死ぬ作品がひとつあるだけなの——『震えない男』が」

太郎「では、一菜殺しはどうなる？　犯人はなぜわざわざ、被害者に昔風の衣装を着せたのだ？」

麟子「思い出して、兄さん。一菜さんが着せられていたのは、革命頃のフランスの衣装だったのでしょう。オフェリアの見立てだったら、フランスの衣装なんて着せるわけがないじゃないの」

太郎「確かにそうだな」

麟子「犯人が見立てで示したかったカーの長篇は、いわゆる〈時代物〉と言われる作品だったのね。そして、フランス革命あたりの時代が舞台で、〝喉《のど》切り〟がテーマの長篇と言えば、『喉切り隊長』しかないわ」

太郎「だったら、嵐殺しはどうなのだ？　カーの作品に、袈裟や数珠や提灯が出てくるものがあるのか？」

麟子「何言ってんのよぉ、兄さん。袈裟や数珠や提灯は被害者が用意したものだから、犯人の見立てとは関係ないでしょう。犯人が見立てたのは、額《ひたい》の穴だけよ。カーで、額に穴をあけられて殺された被害者が出て来る長篇といえば、『一角獣の殺人』だわ」

太郎　「なるほど……。それなら、伊織殺しのように、通風口から密室内に青酸ガスを送り込むカー作品も、ちゃんとあるのだな」

麟子　「それも兄さんの間違いよ。青酸ガスは通風口から送り込まれたんじゃないの。部屋の奥に置いてあったスーツケースを調べてみたら、青酸ガス発生装置が仕掛けてあったわ」

太郎　「で、そのスーツケースから青酸ガスを発生させて密室殺人を行うカー作品は何という題名なのだ？」

麟子　「えーとね、あはは」

太郎　「うん？　どうした」

麟子　「実は、カーのその長篇で使われているのは、青酸ガスじゃないの」

太郎　「それなら、なぜカー作品に合わせないのだ？　その作品では、どんな種類のガスが使われているのだ？」

麟子　「……炭酸ガスよ。スーツケースに入れておいたドライアイスが解けて発生するの」

太郎　「お前、何を言っているんだ。部屋を炭酸ガスで満たすのに、スーツケース一つ分のドライアイスで足りると思っているのか」

麟子　「ま、だから犯人は、青酸ガスに代えたわけね。そういえば、部屋のドアは外から釘付けして、被害者が逃げられないようにしていたのに、窓は開けられるようになっていたでしょう？」

太郎　「ああ。僕が隣の部屋から開けられたからな」

麟子　「犯人は、被害者が窓から逃げようとして、墜落死することを期待していたのね。その前に力尽きて死んじゃったみたいだけど」

太郎　「ジョルジュ殺しは？」

麟子　「あのシェルターは、潜航艇なんかじゃなく、地下納骨所の見立てだったのよ。納骨所からの死体消失とくれば、『火刑法廷』だわ」

太郎　「見立てはどれもジョン・ディクスン・カーの作品だった――ひょっとしたら、それが動機か？」

麟子　「そう。ザナドゥは黒死館の当主でありながら、小栗虫太郎の作品には全く興味が持てず、カーの作品が、だ～い好きなヒトだったりしたわけね。多分、奥さんもカー・ファンだったので、彼女が生きている間は、夫婦でカーについて語り合ったりして、ひそかにストレスを解消していたのでしょうけど……」

太郎　「半年前に、奥方が死んだために、趣味の捌《は》け口がなくなり、ついに狂ってしまったわけか」

麟子　「正解。それで、自分がカー・ファンであることを、同じカー・ファンにだけはわかるように連続殺人を行い、降矢木家の血を絶やそうとしたわけね」

太郎　「そういえば、書斎の小栗虫太郎の本は、全部写真だったな……。つまり、ザナドゥは一冊も小栗作品を持っていなかったわけか……」

麟子「ドイツ語の本の方は、全部カーの本だったしねぇ」

太郎「何と、あれはカーの本だったのか?」

麟子「『ヘクサマイスター』というのは、カーの『青銅ランプの呪』のドイツ語版の題名なのよ。中世の魔女狩りや黒ミサやタロット・カードも、それぞれ長篇のテーマになっているから、それが表紙や挿絵に使われていたのね」

太郎「ううむ。降矢木家の一員でありながら、小栗作品が嫌いだなんて、信じられない」

麟子「あら、私だって、法水麟太郎の孫でありながら、小栗虫太郎は読んでないわよ。そんな私に『法水家の恥さらし』と言ったのは、どこのどなたでしたっけ」

太郎「うわははは。確かにそうだ。なるほど、こういう周囲の思い込みと決めつけが、ザナドウを追いつめたのかもしれんな」

麟子「小栗虫太郎が嫌いでカーが好きなのを『恐ろしき罪』って考えちゃうくらいに、ね」

太郎「それにしても、お前はいつ、真相に気づいたのだ?」

麟子「ザナドウが小栗ではなくカーのファンだというのは、この館に来る途中で、門を見た時に気づいたわ」

太郎「『黒死館』と書かれた門か? お前、気づいていなかったのじゃないか?」

麟子「あの門には、『黒死館』ではなく、『黒死荘』と書かれていたのよ。カーの長篇には『黒死荘の殺人』という題名のものがあるわ。私はあの時、兄さんに『〝荘〟だったような気がするけど』と言ったじゃないの」

太郎　「何だと？……なるほど、ザナドゥがこっそり書き換えていたのか」

麟子　「そうね。……さあて、これで謎解きはすべて完了。兄さんの好きな小栗虫太郎風の真相でなくて、残念だったわね」

太郎　「そうでもないさ。麟子、お前も『暗合《あんごう》』という言葉は知っているだろう。暗黒の『暗』に、合わさる方の『合』の字を使う――」

麟子　「知ってるわよぉ、それくらい」

太郎　「ザナドゥはカー見立ての連続殺人をやったつもりが、ことごとく、小栗見立ての殺人になってしまったのだ。

麟童の死体を落とす機会を逸し、響の死体を吊したシャンデリアの鎖がすぐに切れなかったために、『黒死館殺人事件』見立てになってしまった――

一菜殺しは、被害者が女性だったために、『オフェリヤ殺し』見立てになってしまった――

嵐殺しは、たまたま被害者が袈裟を着て数珠を持っていたために『後光殺人事件』見立てになってしまった――

伊織殺しは、炭酸ガスを使えないために青酸ガスを使ったら、『完全犯罪』見立てになってしまった――

これを、暗合と言わずして、何と言えばいいのだ」

麟子　「確かに恐ろしい暗合ね。ひょっとして、ザナドゥの体に流れる降矢木一族の血のせい

太郎

かしら。本人にはその気はなくても、周囲の力によって、自然と、小栗虫太郎に見立てた殺人をしてしまう、みたいな～」

「お前の言う通りだ。そして、暗合も、一族の血の問題も、どちらも小栗が好んで用いたテーマなのだ。——つまり、今回の事件の真相は、まさしく小栗虫太郎風と言えるのだよ」

こうして法水兄妹は、誰もいなくなった降矢木家を去って行ったのである。——

閉幕《カーテン・フォール》。

《評論篇》誰が殺人を見立てたの？

1　見立て殺人と〈意外な推理〉

本格ミステリの趣向を語る際、〈見立て殺人〉ものと〈ミッシング・リンク〉ものは、しばしば同列に扱われている。確かに、〝連続殺人のつながり〟という観点からは、同類に見えないこともない。しかし、プロットや推理という観点からは、この二つは根本的に異なっている。私は『エラリー・クイーン論』で、本格ミステリを〈意外な真相〉派と〈意外な推理〉派に分けたが、この基準では、ミッシング・リンクは前者、見立て殺人は後者向きのテーマとなるからだ。
以下、その違いを見てみよう。

ミッシング・リンクものでは、基本的に、その〝つながり《リンク》〟は、終盤まで明らかにされることはない。例えば、被害者同士のつながりが、「全員が同じ事件で陪審員をつとめて死刑を宣告した」である場合、犯人はその事件の被告の関係者ということになる。ならば、終盤まで伏せておかなくては、読者は簡単に犯人を絞り込んでしまうではないか。また、作中レベルでも、犯人が〝つながり〟を隠しておきたいことは言うまでもない。警察に気づかれてしまうと、自分が捜査対象になるし、残りの殺害予定者に警護がつくからだ。そもそも犯人の立場からすると、警察がそれぞれ別の事件だと考えてくれた方がありがたいことも、言うまでもない。

仮に、ひとひねりして、犯人は裁判とは無関係で、被告の関係者に罪を着せようとしているとしよう。この場合でも、裁判の件はあからさまに提示することはできない。被告の関係者を犯人に仕立てたいならば、被告の関係者がやらないことは、真の犯人もできないからだ。

かくして、ミッシング・リンクものでは、読者が見抜くべき真相は、〝つながり《リンク》〟ということになる。そして、そのつながりが意外であればあるほど、作品の評価が高くなっていく。つまり、ミッシング・リンクものは、真相の意外さを目指す〈意外な真相〉派に属するわけである。

そして、ミッシング・リンクものにおいて〈意外な推理〉を目指すことは難しい。「被害者は同じ事件で陪審員をつとめていた」というデータを出せば誰でもわかるし、出さなければ誰にもわからない。また、このデータがあったとしても、それが犯人の動機だという保証はない。「これ以外に被害者には共通点がない」というのは〝悪魔の証明〟であり、推理で確定できるものではないのだ。つまり、ミッシング・リンクものは、推理の意外さを目指す〈意外な推理〉派とは相性が悪いわけである。

一方の見立て殺人ものでは、見立ては物語の早い段階で作中探偵や読者に提示されることが多い。というのも、犯人は、捜査陣に「見立てに気づいてほしい」と思っているからだ。

前述のように、ミッシング・リンクの〝つながり〟は、犯人が作り上げたものではない。話は逆で、犯行前から存在するその〝つながり〟こそが、犯人に連続殺人を踏み切らせたのだ。

しかし、見立て殺人の〝見立て〟は、犯人が作り上げたものである。そして、本格ミステリの犯人は、自分にメリットのある行動しかしない。つまり、見立てをすることによって、犯人にメリットが生じることになる。

では、犯人が見立てをする目的は、何だろうか？　大きくわけると、「誤導」、「隠蔽」、「脅迫」の三つが考えられる。

「誤導」とは、いかにもその見立てをやりそうな人物に容疑を転嫁するのが目的の場合。例えば、捜査陣に「犯人は聖書に見立てた連続殺人を実行しているので、宗教に取り憑かれた人物に違いない」と思わせたいわけである。

「隠蔽」とは、犯行現場や死体に残ってしまった手がかりを隠すために見立てをした場合。例えば、泡坂妻夫の「意外な遺骸」の犯人は、伝染病にかかった死体を煮沸《しゃふつ》した事実を隠すために、「煮てさ、焼いてさ」という歌詞のある「あんたがたどこさ」の歌に見立てようとした。

「脅迫」とは、見立てのパターンから逆算される次の被害者に恐怖心を与えるのが目的の場合。例えば、過去に犯罪を犯したグループを一人ずつ殺し、現場をその過去の犯罪に見立てておいたとしよう。その場合、グループの生き残りは、途方もない恐怖に駆られて、何らかの行動をするに違いない。それが犯人の真の狙いというわけである。

なお、見立てをする犯人が複数存在する場合は、第一の犯人の目的が「隠蔽」、第二の犯人の目的が「誤導」（同じ見立てをすることによって、第一の犯人に罪を転嫁する）、といった組み合わせもあり得る。

この三つの目的は、いずれも推理によって見抜くことが可能だが、中でも〈意外な推理〉と相性がいいのは、「隠蔽」だろう。見立てに関する推理を積み重ねて、犯人が隠したかった真の手がかりを浮かび上がらせる推理は、読者にとって、意外性に満ちているからだ。

また、〈意外な推理〉という観点から見ると、見立て殺人ものには、他では見ることができない、すばらしい手がかりを使うことができる。それは、〝見立てのずれ〟。例えば、前述の「意外な遺骸」の場合、地元の「あんたがたどこさ」の歌詞は、「骨を菜の葉でちょいとかぶせ」だが、死体の見立ては「それを木の葉でちょいとかぶせ」だった。この差異に目を付けた名探偵・亜愛一郎は、「犯人は地元の人間ではない」という意外性に満ちた推理を披露してくれるのだ。

ここから先は、見立て殺人と推理に関する考察をしたいのだが、このテーマでは――すでに「意外な遺骸」の真相を明かしてしまったように――どうしても真相に触れざるを得ない。そこで、考察の対象は一作だけにさせてもらう。その作品とは、〈意外な推理〉派の頂点に立つエラリー・クイーンの、見立て殺人ものの最高傑作『ダブル・ダブル』（一九五〇）である。

なお、「見立て」は日本独自の言葉で、あえて英訳するなら「メタファー（Metaphor）」だろうが、これではニュアンスが少し違ってくる。この『ダブル・ダブル』では、「歌詞に沿って（follow）」と言っているが、これでは童謡見立てならいいが、横溝正史の『犬神家の一族』などには合わない。――というわけで、考察の対象が海外作品ではあるが、〝見立て〟という言葉を使わせてもらうことにする。

2　見立て殺人と『ダブル・ダブル』

前節では『ダブル・ダブル』を、「見立て殺人ものの最高傑作」と書いたが、「最高傑作」というよりは、「極北」とか「限界に挑んだ」という評の方がふさわしいかもしれない。だが、まずは、この作の内容を見ていくことにする。

『ダブル・ダブル』の見立ては、マザーグースの「金持ち、貧乏人、乞食、泥棒、医者、弁護士、商人〜」という数え歌。いわゆる〝童謡に見立てた殺人〟である(ちなみに、『獄門島』は〝俳句に見立てた殺人〟)。

地方都市ライツヴィルの住人が、この歌に合わせて次々に死んでいく。被害者は、以下の八人。

・金持ち——リューク・マッケイビイ
・貧乏人——ジョン・スペンサー・ハート
・乞食——トム・アンダースン
・泥棒——ニコール・シャカード
・医者——セバスティアン・ドッド博士
・弁護士——オティス・ホルダーフィールド
・商人——ワルドー兄弟

犯人は、ドッド博士が息子のように育て、現在は医療のパートナーをつとめるケネス(ケン)・ウィンシップ博士。彼が見立て殺人を行った理由は、前記の分類では「脅迫」になる。

ケンはドッド博士の息子のような存在ではあるが、本当の息子ではないので、膨大な遺産を相続する権利はない。もちろん、ドッドが遺言状を書いたならば、ケンを相続人に指定することは、ほぼ確実である。だが、ドッドは自身の死を病的なまでに恐れていて、遺言状を書こうとはしない。遺言を残す行為自体が、死を意識させるからだ。

そこでケンは、数え歌に合わせて、ドッドの周囲の金持ち、貧乏人、乞食、泥棒が次々と死んでいく状況を作り出す。そうしてドッドに、次は医者、つまり自分に死が近づくことを自覚させ、遺言状を残すように仕向けたわけである。

このケンの計画には、ユニークな点が三つある。

①被害者の死を事故死や自然死に見せかけていること。
これは、死の恐怖症に取り憑かれたドッド博士は、「連続殺人鬼に自分が狙われている」と思ったら、遺言状を書いたりはせず、警察やボディガードを使って、身を守ることに注力してしまうため。人間の力では避けようがない〝運命〟によって自分に死が訪れると悟って、ようやく遺言状を書く気になるわけである。つまり、ケンの計画では、〝逆らうことのできない神の意志〟をドッド博士に感じさせるために、見立てが使われているわけである。

ヴァン・ダインの『僧正殺人事件』（一九二九）の犯人や、アガサ・クリスティの『そして誰もいなくなった』（一九三九）の犯人も、マザーグース見立ての連続殺人を行っている。そして、どちらの犯人も、自分が人間を超越した神のような存在であると感じているのだ。この見立ての背後にある神性や超越性を、犯人に持たせるのではなく、犯行計画に落とし込んだクイーンのアイデアは、まさに天才的だと言えるだろう。

②最初の二つの死は犯人が手を下していないこと。
ケンは、ドッド博士が親しくしている〝金持ち〟と〝貧乏人〟が自然死をしたことからヒントを得て、見立てを思いつく。つまり、犯人は、本来無関係な二つの死につながりを見つけ、文字通り、〝天啓〟がひらめいたわけである。これもまた、見立ての神性や超越性を利用したアイデアだと言える。

一方で、本格ミステリとして見ても、このアイデアは優れている。事件がすべて〈数え歌見立て〉になっていたら、捜査陣も読者も、すべてに犯人の意思が働いていると考えるのが当然だろう。かくして、最初の二つの死に関与していないケンは、容疑者から外れてしまうことになるのだ。

余談だが、このアイデアを発展させた長篇をW・L・デアンドリアが書き、高い評価を得ている。彼は熱烈なクイーン・ファンなので、『ダブル・ダブル』からヒントを得たのではないだろうか？

③見立てをドッド博士に伝えるために探偵エラリーを利用したこと。
当たり前の話だが、ドッドに遺言状を書かせるには、彼に見立ての意味を――間もなく自分に死が訪れることを――伝えなくてはならない。しかし、普通の人は、自分と親しい金持ちや貧乏人や乞食が死んだからといって、数え歌に結びつけたりはしない。そこで犯人は、「数え歌に結びつけたりする」

人物が必要になる。

そして、ライツヴィルの人々にとって、名探偵エラリー・クイーン以上に、その役にふさわしい者がいるだろうか？　特に、彼が少し前にライツヴィルで解決したのが『十日間の不思議』事件——マスコミの報道では、エラリーは見立てを見抜いたが殺人は止められなかったとされている事件——であることを考えれば、犯人にとって、これほど都合のいい探偵は他にはいない。かくして犯人は、地元紙の記事をニューヨークに送り、エラリーを事件に引っ張り込もうとするのだ。

クイーンの中後期作には、エラリーの存在を前提とした犯行計画を立てる犯人がしばしば登場する。犯人がエラリーを利用する必然性という観点から見ると、本作が最も優れているのではないだろうか。


こうしてライツヴィルを訪れたエラリーは、犯人ケンの狙い通り、ドッド博士に見立ての説明をして、彼に死が迫っていることを告げる。怯《おび》えたドッドは遺言状を書き、それを知ったケンは彼を事故に見せかけて殺す。遺産を手に入れる計画は成功したのだ。

——だが、このあと、事件はケンの予想もつかない展開を見せる。そして、見立てをめぐるもう一つの物語が始まるのだ。


遺言では、財産はケンに渡らず、病院の基金に組み込まれることになっていた。一度はケンを相続人に指定した遺言状を作ったのだが、それに気づかなかったケンがさらに恐怖を与え続けたため、錯乱したドッドは相続先を基金に変えた二通目の遺言状を作ってしまったのだ。

かくしてケンは財産を相続するのに失敗したが、同時に、容疑を完全に逃れることにもなった。彼が〝ドッドの死によって利益を得た人物〟ではなくなったからだ。

ところが——当たり前の話だが——弁護士のホルダーフィールドは、一通目の遺言状の存在も、その中身も知っていた。そして、それをネタに、ケンを強請《ゆす》り始めたのだ。やむを得ず、ケンはホルダーフィールドを殺害。続いて、一通目の遺言状の立会人をつとめたワルドー兄弟も殺そうとする。

ここで、エラリーが驚くべき推理を語りだす。「数え歌による死はまだ続いている。歌の通り、『医者』の次に『弁護士』が死んだ」と。

でも、歌詞では、「弁護士」の次は「インディアンの酋長《チーフ》」になっている。ライツヴィルにはインディアンはいないではないか。

ところが、エラリーはこう言う。「数え歌の歌詞には別のバージョンもあり、そちらでは、『インディアンの酋長《チーフ》』ではなく、『商人のかしら《チーフ》』になっている」と。

でも、ワルドー兄弟は「商人」ではあるが、「かしら」ではないではないか。

ところが、エラリーはこうも言う。「数え歌の歌詞にはさらに別のバージョンもあり、そちらでは、『商人のかしら《チーフ》』ではなく、『商人、かしら《チーフ》』になっている」と。

これが『ダブル・ダブル』が、見立て殺人ものの「最高傑作」や「極北」や「限界に挑んだ」と言われる理由に他ならない。犯人はとっくに見立てをやめていて、ただ単に、恐喝者や証人を殺しただけなのに、探偵が見立てに当てはめてしまうのだ。しかも、歌詞に合っていなくても、別のバージョンを探し出して、強引に当てはめてしまう。この段階では、見立ての主導権は犯人（ケン）から離れ、探偵（エラリー）に移ってしまったわけである。しかも、もともとケンは、連続する死を数え歌見立てだと考えてほしくて、エラリーをライツヴィルに呼んだのだから、皮肉としか言いようがない。

前述のように、見立て殺人を行う犯人は、自身に神性や超越性を感じていることが多い。だが、今やそれは、探偵によって奪われてしまった。もはや犯人は、探偵の推理を——自分だけは間違っているとわかっている推理を——黙って聞くことしかできないのだ。

犯人ケンの悪夢はまだ続く。ワルドー兄弟の一人を殺し損ねてしまったのだ。エラリーが一通目の遺言状の存在に気づく可能性は高い。そこで、先手をとってエラリーを殺そうとするが、彼が防弾チョッキを着ていたために失敗する。

そしてエラリーは、推理を語り始める。

犯人が〝商人〟の次に狙う相手は〝チーフ〟だった。そして、エラリーを〝所長《チーフ》〟と呼ぶのは、ケンの妻・リーマしかいない。結論——犯人はリーマである。

ケンがエラリーを狙ったのは、見立てとは何の関係もなかった。それなのに、エラリーはその殺人未遂も見立てに組み込み、愛する妻を犯人だと指摘したのだ。しかもケンは、この推理に反論するすべを持たない。かくして彼は、自白するしかなかった。——もちろん、エラリーはケンに自白させるために、意図的に間違った推理をしたわけである。見立ての主導権を握って、神性や超越性を手に入れたエラリーは、その力を利用して、犯人を自白に追い込んだのだ。

そして、ケンが逮捕されたあと、エラリーはこう言う。「ケンが死刑になり、数え歌は完結する。なぜならば、ケンは事件の首謀者《チーフ》なのだから」と。

犯人の思惑を超え、悪夢をもたらすエラリーの推理——まさに、〈意外な推理〉と言えるだろう。

『ダブル・ダブル』の解決篇で、エラリーは「決定論がすべてを支配し、運命が暗い皮肉を持って働いているかと思われるときもあります」と語る。「決定論（Determinism）」にせよ、「運命（fate）」にせよ、人知の及ばない神性や超越性を感じさせる単語ではないか。

見立て殺人ものは、本来はバラバラの死に何らかの関連を作り出し、運命を感じさせ、決定論を感じさせ、さらにその背後の神性や超越性を感じさせる。クイーンはその本質を理解し、神性や超越性を利用した〈意外な推理〉を描き出した。だからこそ、『ダブル・ダブル』は見立て殺人ものの最高傑作なのだ。

併載の贋作では、『ダブル・ダブル』のように、見立ての主導権が犯人から探偵に移る物語を描いてみた。法水太郎が、殺人が増えるごとに、『黒死館殺人事件』見立て→法水もの見立て→小栗虫太郎見立て、と次々に変えていくのは、エラリーが数え歌のバージョンを変えて、強引に事件に合わせていく場面の再現をしたつもり。さて、「見立て殺人ものの最高傑作」を、どこまで取り込めただろうか。

第三部

エラリー・クイーンをめぐる贋作と評論

第十二章はクイーンの『盤面の敵』をめぐる贋作と評論
第十三章はクイーンの『帝王死す』をめぐる贋作と評論
第十四章はクイーンのラジオドラマをめぐる贋作と評論
第十五章はクイーンと『刑事コロンボ』をめぐる贋作と評論

第十二章　『盤面の敵』

【注意】以下の作品の真相に言及しています。
《評論篇》エラリー・クイーン『盤面の敵』

《贋作篇》盤面の強敵《とも》 THE PARTNER ON THE OTHER SIDE

ダネイはつぎのように書いてきた。

親愛なるスタージョン
きみは、わたしがだれだか知っている。

きみは、エラリー・クイーンがだれだか知らない。

きみにそれを知らせよう。

わたしは、きみがどんな作家なのか知っている。わたしは、そのことをきみに知らせるために、この手紙を書いているのだ。わたしは、きみの文章が優れていることを知っている。わたしは、きみの描写力がどのような性質のものかを知っている。きみがこれまでどんな作品を書いてきたかを知っている。わたしは、きみの『夢みる宝石』を知っている。わたしは、きみの『雷鳴と薔薇』を知っている。わたしは、きみの『人間以上』を知っている。わたしは、きみが何を書きたいのかを知っている。わたしは、きみが書くべき作品を知っている。

わたしはきみの作品が好きだ。

ダネイは書いてきた。

親愛なるスタージョン

きみがいま書いている作品に、それほどの巧妙さと慎重さを注ぎこむのは、もったいなくはないだろうか？　いいやそうでない。なぜならば、きみは作品をぞんざいにやることなど、とてもできないからだ。きみはもっと別の作品を書くべきではないだろうか？　そうだ、そうあるべきだ。そして、きみはやがてそうするようになるであろう。きみはいま、非常に重要な役割を演じようとしている。きみはついに、きみのより大きな、より輝かしい生涯をはじめようとしているのだ。

まもなくきみの手に、非常に大きな仕事がゆだねられるであろう。きみはそれを実行するであろう。きみがこれから行おうとする仕事のおかげで、多くの読者は喜びを得るであろう。これは、わたしが保証する。

わたしは、三日前に手紙を書く前から、きみの作品を注意ぶかく読んできた。そしてわたしは本を読むごとに、わたしのパートナーとしてきみを選んだことに、ますます満足している。わたしは間もなくまた手紙を書いて、わたしがきみに果たしてもらう最初の大仕事について、正確な指示を与えることにしよう。

ダネイは書いてきた。

親愛なるスタージョン

きみこそ、わがパートナーだ。

きみは今、きみが果たすべき役割に向かって一歩を踏み出すがいい。

わたしはこの手紙とともに、『盤面の敵』という題の長編ミステリの梗概をきみに与える。きみはまず、この梗概を熟読しなければならない。

読み終えたならば、きみはこの梗概に肉付けをして長編にしなければならない。

人物をふくらませ、シーンを描き、会話を加えるのだ。

だが親愛なるスタージョン、きみは自分らしく小説化しなければならない。いつもの作品のように書いてもらいたい。なぜならばそうすることによって、きみは、わたしがきみを選んだことを満足に思わせてくれるのだ。

〈重要な注意〉梗概に記してあることは、すべて長編に組み込まなければならない。どんな事情があろうとも、この梗概は決していい加減に扱ってはならない――これこそ、わたしの計画と、きみの輝かしい将来にとって、きわめて重大なのだ。「DOGが逆立ちしてGOD」という、一見ばかばかしいような事柄にも、すべて意味があるのだ。わたしの前のパートナーにはそれがわからなかった。

わたしは過去を知っている。わたしは未来を知っている。わたしは予言する――この長編が出版されると、読者は震えあがるであろう。

ダネイは書いてきた。

親愛なるスタージョン
きみはきみがじつに立派に小説化したと思っていい。きみは完全にやった。わたしは重ねていう――よくやった！（Yの手紙の文章に、わたしがきみに書いた手紙を使うなんて、予想もしなかったよ）
わたしは、きみに満足している。
わたしはこの手紙とともに、今度は『第八の日』という題の長編ミステリの梗概をきみに与える。きみは再び、この梗概を熟読しなければならない。
読み終えたならば、きみはこの梗概に肉付けをして長編にしなければならない。……

スタージョンは書いてきた。

親愛なるダネイ
次はことわる。

ダネイは書いてきた。

親愛なるデイヴィッドスン
きみは、わたしがだれだか知っている。

きみは、エラリー・クイーンがだれだか知らない。

きみにそれを知らせよう。

わたしは、きみがどんな作家なのか知っている。わたしは、そのことをきみに知らせるために、この手紙を書いているのだ。わたしは、きみの文章が優れていることを知っている。わたしは、きみの描写力がどのような性質のものかを知っている。きみがこれまでどんな作品を書いてきたかを知っている。わたしは、きみの「あるいは牡蠣《かき》でいっぱいの海」を知っている。わたしは、きみの「物は証言できない」を知っている。わたしは、きみの「ラホーア兵営事件」を知っている。わたしは、きみが何を書きたいのかを知っている。わたしは、きみが書くべき作品を知っている。

わたしはきみの作品が好きだ。

《評論篇》盤上の人形遣い

1　クイーンと〈操り〉

「エラリー・クイーンといえばダイイング・メッセージ」というイメージがあるが、長篇に限定した場合は、「エラリー・クイーンといえば〈操り〉」と言うべきだろう。作品数も一ダースある上に、そのすべてにおいて、〈操り〉がメインテーマになっているからだ（長篇ではダイイング・メッセージはサブテーマにまわることが多い）。

なぜ、クイーンは操りテーマにこだわるのだろうか？

理由の一つは、〝操りテーマを導入すると、ユニークな手がかりや推理が描ける〟からだと思われる。拙著『エラリー・クイーン論』では、クイーンは〈意外な推理の物語〉を目指している、と書いたが、その目的を達するのに、〈操り〉というテーマは最適なのだ。

まず、犯人の立場から、〈操り〉を分類してみよう。すると、犯人が〈操り〉を行った理由は、以下の二つに分けられる。

ⓐ犯人Aが犯行をBにやらせるための操り
ⓑ犯人Aが罪をBに押しつけるための操り

ⓐは、犯人自身は直接犯行は行わず、自分が操った他の人物に実行させるパターン。いわゆる、〝計画犯と実行犯が別人〟パターンである。これが一般の〝共犯関係〟と異なるのは、人形遣い（計画者）と操り人形（実行者）が一蓮托生ではないという点。共犯関係の場合、どちらも相手が逮捕されることは望んでいない。一方が逮捕されて自白したら、もう一方も逮捕されてしまうからだ。これに対して、〈操り〉の場合は、計画者は（最終的には）実行者にすべての罪を着せて、自分は安全圏に逃れようと考えている。最初の計画の時点から、実行者の逮捕や死まで織り込んでいるのだ。

ⓑは、犯人自身が直接犯行を行うが、他の人物にその罪をなすりつけようとするパターン。犯人は罪を着せたい人物を操って犯人らしい行動をとらせたり、探偵を操って無実の人物を犯人だと指摘させようとするわけである。もちろん、前者と後者では犯人が操る対象は異なるのだが、目指す目的は同じなのだ。

では、この二つの分類は、どう〈意外な推理〉と関わってくるのだろうか？　実は、クイーンお得意の〝手がかりの真偽問題〟と関連するのだ。

まず、ⓑタイプから見ていこう。

ⓑタイプの場合、真犯人Aが罪を着せようとした人物Bは、実際には犯罪を犯してはいない。すなわち、人物Bを直接指し示す手がかりは、基本的には〈偽〉となる。つまり、探偵の推理に、〝手が

かりの真偽の判別〟が必要になるわけである。

ところが、ⓐタイプの場合は、実行犯を指し示す手がかりは、基本的には〈真〉となる。実行犯は本当に犯罪を犯したのだから、当たり前の話である。ならば、〝手がかりの真偽問題〟は発生しないのか、というと、実は発生するのだ。しかも、二つの異なる種類が。

①実行犯が自分のミスで残した〈真の手がかり〉

②計画犯が実行犯を逮捕させるために意図的に残した〈真の手がかり〉

①は〈操り〉の存在しないタイプのミステリに登場する手がかりと同じだが、②はⓐタイプの操りを用いた作品にしか生じない。この手がかりは、意図的に残したという点では〈偽〉なのだが、その手がかりが指し示す人物は、まぎれもなく真の実行犯なのだ。つまり、〈偽造された真の手がかり〉というわけ。しかも、「意図的に残された」点に着目すれば、背後に計画犯がいることさえも推理することが可能になる。——というふうに、この手がかりを用いるならば、ねじくれた真偽問題を推理に組み込めることになるのだ。

紙幅の都合があるので、本考察では、ⓐタイプの〈操り〉を扱った作品における〝犯人を特定するための手がかりや推理〟のみ考察する。ⓑタイプについては、拙著『エラリー・クイーン論』第二部の『ギリシャ棺の謎』考察を参照してほしい。

手がかりや推理という観点から見ると、計画犯を指し示す手がかりや推理というのは、実行犯に比べると、設定するのが難しくなる。計画犯は実行犯に指示するだけで、自分では何もしていないからだ。——というか、そもそも自分では危険なことをやりたくないから、他人を操ってやらせるわけなのだが。

実際問題として、計画犯が手がかりを残してしまうのは、以下の四つの場合くらいしかないだろう。

①実行犯への指示や教唆《きょうさ》を示す手がかりを残してしまう。

②実行犯が計画犯の計画に反した行動をとり、計画犯を示す手がかりを残してしまう。

③計画犯の予期せぬアクシデントが起き、実行犯ではなく自らが対応したために手がかりを残してしまう。

④計画完了後に邪魔になった実行犯を仕末するための行動が手がかりを残してしまう。

以下では、ⓐタイプの『盤面の敵』(一九六三)を用いて、クイーンがいかにして〝計画犯を特定する手がかりと推理〟を描いたかを考察してみることにする。

2　『盤面の敵』と〈操り〉

莫大な遺産の相続予定者四人が住むヨーク・スクエア。そこで下男として働く精神薄弱のウォルトに、〈Y〉と名乗る人物からの手紙が次々と届く。内容は、「親愛なるウォルト　きみは、わたしがだれだか知っている」で始まり、「わたしはきみが好きだ」で終わる一通めから、やがて、自身の立てた計画に従って、四人の相続予定者を次々に殺すようにと指示するものに変わる。

そして相続予定者の一人が殺され、名探偵エラリーが父親の警視と共に捜査に乗り出す。間もなくウォルトが犯人であることを突きとめるが、同時に、彼に指示した人物が別にいることも明らかになる。計画者Yとは何者なのだろうか……。

あらすじ紹介でわかるように、本作は典型的なⓐタイプ、すなわち、〝計画犯と実行犯が別人〟タイプの〈操り〉になる。――と読者に思わせておいて、最後にどんでん返しがある。ウォルトは二重人格で、もう一つの人格が〈Y〉だったのだ。つまり、人格的には別人だが、肉体的には別人ではない、というわけ。二重人格を用いたミステリは、発表当時でさえも先行例はある。だが、〈操り〉テーマと組み合わせたアイデアは、おそらくこの作が第一号だろう。

そして、この〝人格的には別人だが、肉体的には別人ではない〟というアイデアが、他のクイーン作品には見られない、いや、他のミステリにも見られない、奇妙でねじれた手がかりを生み出しているのだ。


本作でキーとなる手紙の手がかりは、「①実行犯への指示を示す手がかり」と「②実行犯が計画犯の計画に反する行動をとったために残った計画犯を示す手がかり」の組み合わせ。Yは自分の手紙を焼き捨てるように指示したのだが、ウォルトは従わなかったのだ。そのため、手紙についたYの指紋が、鑑識によって検出されてしまうことになった。

だが、エラリーも警察も、この指紋の意味を取り違えてしまう。Yの肉体はウォルトのものなので、当然、指紋もウォルトのものになるからだ。つまり、エラリーたちは、「計画犯が手紙を書いた時に残した指紋」を「実行犯が手紙を読んだ時に残した指紋」だと勘違いしてしまったのである。探偵と読者の目の前に〝計画犯を示す真の手がかり〟が堂々と提示されているのに、誰もそれに気づかない——クイーン作品でもトップクラスの、巧妙かつパラドキシカルな手がかりだと言えるだろう。

ただし、その手がかりを基にした推理の方は、いささか苦しい。「手紙の上部にウォルトの指紋がいくつもついている→手紙を読むだけなら普通はこの位置には指紋はつかない→この位置はタイプを打つ時に紙のずれを直すために指でつまむ位置である→ウォルトが手紙をタイプした→ウォルトがYである」という推理の中の、二段階めの〝普通は〟がネックとなるのだ。確かに手紙を読む時に紙の上部をつまんで持つ人は珍しい。だが、「珍しい」ということは、「いないわけではない」ということにもなる。ウォルトが手紙を読む際に指紋をつけた可能性も無視できないのだ。

作者はもちろん、この問題を解決するためのデータもきちんと提示している。だが、そのデータは、これまた他のクイーン作品には登場しない、実に奇妙なものなのだ。

この手がかりは、第七章冒頭で描かれている。Yが手紙をタイプしているシーンの一節……

翻訳「ときどき手を休めて使っていた便せんの罫線にきちんと合うように機械を調節しながら——」

原文「...pausing only to adjust the machine to align exactly with the ruled lines on the tablet paper he was using...」

「機械を調節」となっているのでタイプライターのローラーを操作しているようにもとれるが、これは、手で紙の上部をつまんで位置を合わせている描写らしい。つまり作者は、「ここで紙の上部にYの指紋がつきましたよ」というデータを提示しているわけである。

ただし、このデータは作中探偵のエラリーには提示されていない。読者にのみ提示されたデータなのだ。『チャイナ橙の謎』の冒頭に登場する〝犯人の動機を示すシーン〟も読者にしか提示されていないが、こちらの作では、動機はさほど重要な要素ではない。『盤面の敵』では、決定的とも言える重要な手がかりが、読者にしか提示されていないのだ。「読者のみなさんもエラリーが推理に用いた手がかりはすべて手に入れています」と宣言することによってフェアプレイを確保しているクイーンには、珍しい行為ではないか。

もっとも、探偵エラリーもまた、同じデータを得てはいる。——ただし、別のシーンで、別の方法によって。第三十三章の、クイーン父子の目の前で、Yがタイプを打つシーンを見てみよう。ここでエラリーは、ときおり紙のずれを直すYを見ながら、こう言うのだ。

「ああしなければ、ああはならない」とエラリイは眼をはなさずにうなずいた。「タイプする文字を青い罫の上にきちんとのせるために、紙の位置を調節するからです。一行ごとにそうしなければならない。なぜかというと、あの紙の青い罫の間隔は、タイプライターが一行ずつ送る間隔とは一致しないからです」

クイーン父子がウォルトの部屋で見つけたYからの手紙。プロの作家であるエラリーならば、この手紙が打たれていたのがタイプ専用紙ではないことは、一目でわかったはずである。そして同時に、手紙文の行間隔がタイプライターのものとは異なることも気づいたに違いない。つまりエラリーは、この二つの手がかりによって、「Yはタイプの際に紙の上部をつまんで位置合わせを行った」というデータを得たわけである。

ただし、作者はそれを読者に伝えることはできない。手紙に使われているのがタイプ専用紙ではないというデータは、数ヶ所で提示されている（「学校用のノートペーパー」とか「コピー・ペーパー」とか表記が統一されていないが）。だが、その罫線の幅がタイプライターの行送り間隔と一致していないというデータは、文章で表現することはできない。もしそんな文章を入れたならば、読者に手がかりだと一発で気づかれてしまうからだ。そこで、読者にはメタレベルからデータを与えることにしたのだろう。

だが、これはクイーンらしからぬデータの出し方ではないか。『エラリー・クイーン論』で書いたように、クイーン作品においては、作者は読者に「真相を見抜け」と挑戦しているのではなく、「作中探偵エラリーの推理を見抜け」と挑戦しているのだ。それなのに、「タイプ時に紙の上部をつまむ必要がある」という最も重要なデータを、エラリーは手紙を基に、読者は犯人の描写を基に得ているのだから。

『盤面の敵』では、「計画犯を示す真の手がかりが堂々と提示されているのに、探偵も読者もそれを実行犯の手がかりだと思い込む」という、斬新かつ意外、そしてねじくれたアイデアが描かれている。ただし、その手がかりを計画犯に結びつける方法については、探偵と読者に対して同一のものを提示することはできなかった。クイーンの主張する「探偵と読者は同じデータを手に入れている」という前提が崩れてしまったわけである。

もっとも、データを得る手段は違っていても、推理に使うデータそれ自体は同じなので、フェアプレイは成立している、という考え方もできるだろう。少なくとも、「作中探偵は推理をして共犯者の可能性を消去しているのに、読者は挑戦状の『共犯者はいません』という文を基に共犯者の可能性を消去する」作品と同じだと見なしてはいけないとは言える。

クイーンは〈操り〉という趣向を用いて、真偽のねじれた手がかりや、大胆で驚嘆すべき手がかりを生み出すことに成功した。そして、これらの手がかりを用いた〈意外な推理〉を描くことにも成功した。

だが、〈操り〉それ自体がはらむ「計画犯を特定する手がかりや推理を描きづらい」という問題に対しては、常に完璧な解答を出せたとは言い難い。特に、『盤面の敵』のような、「計画犯と実行犯が同一人物」といった、ねじれた〈操り〉の場合は、推理に（意外性はあっても）説得力や論理性が不足することになってしまった。

クイーンにとっての〈操り〉は、推理の意外性は高めるが、論理性は低くなる、いわば諸刃の剣だったのだ。

3　合作と〈操り〉

〈操り〉という観点から見た場合、『盤面の敵』には、興味深い点がもう一つある。それは、この長篇の創作過程に〈操り〉が入っている、という点。

本作までのクイーン作品は、「ダネイがプロットを考え、リーが小説にふくらませる」という方式で書かれていた。ただし、リーとダネイの関係は完全に対等で、リーがダネイにプロットを変えるように提案することもあれば、ダネイがリーの小説化部分を変えるように提案することもあったらしい（このあたりのやりとりは、リーとダネイが創作時に交わした書簡集「BLOOD RELATIONS」（2012）で読むことができる）。つまり、〈操り〉ではなく〈共犯関係〉なのだ。

だが、『盤面の敵』では、リーのスランプのため、ＳＦ作家のシオドア・スタージョンが小説化を担当することになった。そして、ピンチヒッターとして雇われたスタージョンは、リーのように、ダネイと対等な関係を持つことはできない。おそらく、ダネイのプロットに修正を提案することはなかっただろう。つまり、ダネイ（計画者）からスタージョン（実行者）への操りが生じているわけである。

しかし、スタージョンとの合作はこれ一作で終わり、次の『第八の日』では、やはりＳＦ作家のアヴラム・デヴィッドスンを組むことになった。

本章の贋作「盤面の強敵」は、このあたりの事情を、あれこれ妄想をたくましくして描いたものである。

第十三章　『帝王死す』

【注意】以下の作品の真相に言及しています。
《贋作篇・評論篇》エラリー・クイーン『帝王死す』
《贋作篇》　エラリー・クイーン『オランダ靴の謎』

《贋作篇》死ぬのは王だ

〈はじめに〉

エラリー・クイーンの一九五二年の長篇『帝王死す』が、一九六〇年代初めに映画化の企画が進んでいたことは、あまり知られていない。名探偵エラリー・クイーン・シリーズの第一作として考えられていたらしいこの企画は、残念ながら、俳優も含めた製作スタッフが、別の作家の小説の映画化企画にスライドしたため、立ち消えになってしまった（映画ファンならば、この「別の作家の小説の映画化企画」というのが何なのか、容易に推測できるはずである）。

筆者は幸運にも、この映画のシナリオ（というよりは、脚本家のためのプロット・メモと思われる）を入手することができたので、クイーン・ファンのためにダイジェストして紹介しよう。また、このシナリオには、プロデューサーの書き込みもあったので、併せて掲載することにする。

オープニング　病院

病院の手術室。ドールン老婦人（ロッテ・レーニア）が手術台の上に横たわっている。間もなく手術が行われそうな雰囲気。

そこに白衣を着たジャニー博士（ジョゼフ・ワイズマン）が近づく。老婦人を見下ろすと、腕時計の竜頭《りゅうず》をつまんで引っ張る。すると、腕時計に格納された針金が竜頭につながって出てくる。博士はその針金で老婦人の首を絞める。苦しげな声をあげる老婦人だが、やがて動きが止まる。

ジャニー博士が顎に手をやり、顔のマスクをはがすと、女性——看護師のルシール（ダニエラ・ビアンキ）の顔があらわれる。続いて白衣を脱ぐと、その下は皺ひとつないイブニング・ドレス。取り出したカーネーションを胸に挿すと、ルシールはそのままパーティ会場に向かう。パーティのざわめきにかぶさるように、タイプライターの音。そして推理作家エラリー・クイーン（ショーン・コネリー）の声。

エラリー「こうして、ジャニー博士に変装してドールン老婦人を殺害したルシール・プライスは、パーティに参加して、アリバイを作ったのです」

《プロデューサーのメモ》このシリーズでは、観客を惹きつけるため、冒頭にショッキングな殺人シーンを、必ず入れること。殺人シーン自体は、主人公のエラリー・クイーンが執筆中のミステリの一節という設定にする。従って、本篇とは何の関係もなくてかまわない。

タイトル

タイプライターをなおも打ち続けるエラリーのまわりを、ライフルの照準が囲む。エラリーが顔を上げ、タイプライターを思いきり叩くと、派手な音がして、画面の上部から下に向かって、タイプ用紙が降りてくる。その紙には大きくタイトルが――

THE KING IS DEAD（死ぬのは王だ）

続いて「エラリー・クイーンのテーマ」（作曲モンティー・ノーマン）が流れる。

第一場　エラリーのアパートメント

エラリーがコラムニストのポーラ・パリス（シャーリー・イートン）を連れてアパートに帰ってくる。ドアの前でエラリーがポーラにキスしようとすると、ポーラの瞳に襲撃者（ペドロ・アルメンダリス）の姿が映る。エラリーがすばやく体を反転させてポーラを盾にすると、襲撃者は彼女の方を殴ってしまう。気絶するポーラ。

エラリーが柔道の技で襲撃者を投げ飛ばすと、浴室のバスタブにはまりこむ。もがく襲撃者を狙って、エラリーは愛読書の百科事典を投げつける。分厚い本が頭に当たった襲撃者はノックアウトされる。それを見てエラリーがつぶやく。

エラリー「ショックだ……いや、ブックだ」

第二場　ニューヨーク市警本部

所持品から、襲撃者がキング・ベンディゴの部下だと知ったエラリーは、市警本部に向かう。市警本部に足を踏み入れ、帽子を放り投げて鮮やかに帽子掛けにかけると、秘書のニッキイ・ポーター（ロイス・マックスウェル）と会話を交わす。

《プロデューサーのメモ》エラリーとニッキイ・ポーターのやりとりは、毎回入れること。

エラリー　「おやじはいるかい？」

ニッキイ　「いるけど、今は近づかない方がいいわ。最近、有能な警察官や探偵が、次々と誘拐されているでしょう。でも、手がかりが全然見つからないのよ。それで、かりかりしているみたい」

エラリー　「（冗談めかして）ぼくも誘拐されそうになったよ。有能な探偵だからね」

ニッキイ　「あなたが？　まさか（笑う）。自分の小説の探偵とごっちゃになっているんじゃない？」

エラリー　「犯人もわかっているさ。キング・ベンディゴだ」

ニッキイ　「あの軍需産業の大立者の？（笑う）ああ、おかしい。エラリー、あなた、作家としては有能らしいわね」

エラリー　「王様《キング》の目にとまるくらいにはね」

エラリーはクイーン警視の執務室に入る。

第三場　クイーン警視の執務室

打ち合わせをしていたクイーン警視（バーナード・リー）とヴェリー部長刑事（セック・リンター）が、入ってきたエラリーの方を向く。

《プロデューサーのメモ》ヴェリー部長は凶悪犯逮捕時に片腕を失い、義手をしているという設定にしておくこと。

エラリー　「やあ、おやじさん、ヴェリー」

ヴェリー　「おや大先生《マエストロ》。（皮肉っぽく）昨日の美人コラムニストとは、どうなりました？」

エラリー　「ぼくのアパートで失神しているよ」

目を白黒させるヴェリー部長を横目に、クイーン警視がいらいらして口をはさむ。

警視　「くだらん自慢話をしに来たんじゃあるまい。何の用だ」

エラリー　「連続名探偵誘拐事件の犯人を教えてあげようと思いましてね」

（ここでエラリーは昨夜の誘拐未遂事件を説明する。襲撃者が隙を突いて逃げたことにも触れておく。クイーン警視の方は、キング・ベンディゴと彼の帝国についての説明をすること。）

警視　「よし、ベンディゴ島に事情聴取に行けるように、上層部にかけあってみよう」

エラリー　「キングにお目通りがかなうといいですね」

立ち去ろうとするエラリーに、警視が声をかける。

警視　「ああ、エラリー。帰りにプラウティ博士のところに寄っていけ。『シャム双子事件』で壊れたお前のデューセンバーグが、ようやく修理できたそうだ」

第四場　プラウティ博士の研究室

プラウティ博士（デズモンド・リューウェリン）がエラリーに、デューセンバーグの改造点を説明している。水中に潜れること、マキビシやガソリンをばらまけること、助手席の人物を放り出せること、等々

《プロデューサーのメモ》毎回、デューセンバーグの改造機能を使ったカー・アクションを盛り込むこと。本作では、この後、キングの部下とのカーチェイスを入れたい——予算の確認をすること。

第五場〜第八場

再び襲って来たキングの部下の手を逃れたエラリーだが、警察上層部の命令により、不本意ながらベンディゴ島に出向いて、キングの依頼を受けることになる。

島に着いたエラリーを出迎えたのは、以下の面々。キング（ゲルト・フレーベ）、ジュダ（ロバート・ショー）、エーベル（アドルフ・チェリ）のベンディゴ三兄弟。キングの妻・カーラ（アーシュラ・アンドレス）、元レスラーでボディガードのマックス（ハロルド坂田）。

エーベルがベンディゴ島を案内する。軍隊や兵器に驚くエラリー。(注意＝ここで地下に水路があり、潜水艦で出入りできる点を観客に示しておくこと。)

第九場　ベンディゴ島、キング邸のプールサイド

デッキチェアに座って、エラリーに殺人予告の話をするキング。何者かが彼を殺すと脅しているのだ。カーラとジュダは水着、エーベルはキングと同じくスーツ姿でそばにいる。
キング「では、殺人予告の送り主を見つけてくれるな」
エラリー「その前に教えてください。今まで誘拐された探偵たちは、どうなったのですか?」
キング「(ニヤリとして)説明するより、その目で見てもらった方がよかろう」
キングが指を鳴らすと、マックスが男を連れてくる。エラリーをアパートで襲った男だ。
キング「探偵たちには、それぞれ三日の時間を与えたが——」
襲撃者の頭上からクレーンが降りてきて、先端の鉄の爪が体を捕らえる。
キング「——誰ひとりとして犯人を突きとめることはできなかった」
クレーンは襲撃者を持ち上げ、プールの上まで運ぶと、爪を開く。水しぶきをあげてプールに落ちる襲撃者。
キング「そこで彼らには——」
プールの壁の鉄格子が開き、巨大なサメが出てくる。バシャバシャともがく襲撃者。やがて水面が血で赤く染まる。

キング　「——サメの餌になってもらった」
サメは出てきた場所に戻り、鉄格子が閉まる。プールから目をそらすカーラ。
キング　「どうかな、エラリー君、返事は？」
エラリー　「返事は——ノーです。ぼくの『エラリー・N・クイーン』のミドルネームのNは、『NO』のNなんです」
再びクレーンがあらわれ、今度はエラリーを捕らえる。しかし、エラリーはカーラのバスタオルをロープのようにしてキングを引っかけ、道連れにする。水しぶきをあげてプールに落ちるエラリーとキング。
エーベル　「（あわてて）鉄格子を開けるな！」
縁まで泳いでプールから上がるエラリー。キングは水中でもがくことしかできない。ジュダがプールに飛び込んで、キングを助ける。
エラリー　「ふふん、キングともあろうものが、ぶざまですね」
キング　「サメに食われそうになったんだぞ！」
エラリー　「おや、まだ鉄格子は開いていませんでしたよ」
言葉に詰まるキング。その姿を冷たい目で見つめるエーベル。

第十場〜第十二場

エーベルの説得もあって、捜査を開始するエラリー。殺人予告状を調べたり、キングの過去について調べたりする。（注意＝ここに、少年時代に溺れかけたエーベルをキングが救ったという話を入れておくこと。）しかし、殺人予告の送り主はわからない。

第十三場　キングとカーラの寝室

召使いに「キングが呼んでいる」と言われ、寝室に出向くエラリー。しかし、待っていたのは、色っぽい格好をしたカーラ。エラリーがカーラの誘惑に乗ろうとした時、ノックの音がする。カーラはあわてて、エラリーを奥の小部屋に隠す。

エラリーが小部屋のドアの隙間から寝室をうかがうと、入って来たのはエーベルだった。カーラと何事か話しているが、エラリーには聞き取れない。

あきらめて周囲を見回したエラリーは、その小部屋が、キングの衣装室であることに気づく。ここでプールのシーンを思い出したエラリーは（注意＝ここでカットバックでプールのシーンを入れること）、キングの服を次々と引っ張り出す（注意＝ここでは水着を絶対に映さないこと）。大量の服を見つめながら、何事か考え込むエラリー。

第十四場〜第十八場

エラリーの調査も空《むな》しく、予告通りにキングは機密室の中で殺される。怒り狂ったマックスはエラリーを殺そうとするが、エーベルは押しとどめる。そして、エラリーに向かって、ニューヨークに戻り、事件のいきさつを報告するように命じる。しかし、エラリーはそれを断り、殺人事件の捜査を始める。

現場の機密室を調べ、酒瓶を調べたエラリーは、ついに真相を突きとめる。

第十九場　機密室

エーベル「いいかげんにニューヨークに戻ったらどうだ」
エラリー「そして、あなた方が望んだ通りの報告をすればよいのですか？」
ジュダ「どういう意味だ？」
エラリー「ぼくをこの島に招いた目的は、ぼくを、あなた方の完全犯罪の証人とするためだったのでしょう」

エラリーは事件の真相を説明する。機密室の中にいたエーベルがキングを射殺し、ジュダが凶器を隠した酒瓶を持ち出したのだ。

《プロデューサーのメモ》原作ではカーラが実行犯だが、ラストシーンの都合で、エーベルに変更する。また、画面が単調になるのを避けるため、犯行再現シーンを入れること。

真相を見破られたエーベルとジュダは、エラリーを殺そうとするが、カーラに邪魔される。カーラはいつの間にか、エラリーを愛してしまっていたのだ。

《プロデューサーのメモ》これはお約束なので、深く追求しないように。

第二十場　ベンディゴ島の地下

地下から潜水艦で脱出しようとするエーベルとジュダだが、そこはすでにヴェリー部長と武装警官に制圧されていた。

ヴェリー　「エーベル、それにジュダ。キング殺害の罪により、逮捕する。——どうやら、エラリーさんが、タイプライター型の無線機で、ずっとおれたちと連絡をとっていたことには、気づかなかったようだな」

ジュダ　「あれは小説を執筆してたんじゃなかったのか！」

ヴェリー　「（笑って）編集者の目の届かないところで、エラリーさんが真面目に執筆するわけがないだろう」

追いつめられたエーベルは、ベンディゴ島の自爆装置のスイッチを押す。島のあちこちで爆発が起こり、すぐに島全体に広がっていく。

《プロデューサーのメモ》これはお約束ではなく、原作通り。

第二十一場　ベンディゴ島の近くの海上

海上に浮かぶ警察の巡視船の上に、クイーン警視、ヴェリー部長、それに手錠をかけられたエーベルとジュダがいる。

ヴェリー　「ベンディゴ島が沈んでいく——」

煙を上げ、海中に没していくベンディゴ島。

警視　「（心配そうに）エラリーは大丈夫だろうか……」

ヴェリー　「警視、あれを見てください！」

沈みゆく島から巨大な球体が射出される。

エーベル「キングの緊急脱出用ポッドだ！」

空中でパラシュートが開き、ポッドはゆっくりと着水。次の瞬間、ポッドが分解し、中から（ヴェニスの運河で使われるような）ゴンドラが出てくる。乗っているのはエラリーとカーラ。

ヴェリー「（双眼鏡を目に当てて）エラリーさんだ！　キング夫人もいる！」

警視「そうか、無事だったか。すぐ助けに行こう。で、あいつは何をしておるんだ？」

ヴェリー「ええと……（ニヤリとして）どうやら、救助はもう少し後にした方がいいようですな、警視」

第二十二場　ゴンドラの中

エラリー「（原稿の束を読みながら）う～ん、すごい」

カーラ「それ、何なのかしら？　島で執筆していた推理小説なの？」

エラリー「おやじへの報告書さ。タイプライターで打った文が、そのまま無線で送られるようになっている、特殊な無線機だったんだ」

カーラ「だから、警察がキング殺しを知っていたのね。でもそれなら、わざわざ持ってくることなかったじゃないの」

エラリー「いや、この報告書をもとにして、今回の事件を小説化しようと思ってね。とても実話とは思えないような、すごい作品になりそうだ」

カーラ「あきれた人ね。で、本のタイトルは？」

エラリー　「『THE KING IS DEAD』さ。かくして帝王死す――さて王妃どの、次の国王はどなたですかな？」
カーラ　「（エラリーの首に腕をまわして、甘ったるく）あなた、というのは？」
エラリー　「（カーラにおおいかぶさりながら）悪くないね。クイーンがキングになる、か」
エラリーの手から離れた原稿が、海中にゆっくりと沈んでいく。

音楽と共に、エンドマーク。

《評論篇》王を殺す、冴えたやり方

1　王の物語

エラリー・クイーンの『帝王死す』（一九五二）は、異色作揃いの中後期の中でも、最も〝異色の〟作品と言える。まずは、どのような話なのかを見てみよう。

クイーン家にエーベル・ベンディゴが訪ねて来て、兄のキング——軍需産業界の大立者——に殺人予告を出した人物を突きとめてほしいと頼む。最初は断ったクイーン父子だったが、ワシントンからの圧力により、しぶしぶ引き受ける。

エラリーたちが連れて行かれた先はベンディゴ島——アメリカ政府すらその実態を把握していない〝地図にない島〟は、キングが支配する独立国家とも言うべき存在だった。多くの労働者が住み、彼らとその家族のための「病院も学校も、レクリエーション・ホールも、体育競技場も——アメリカの典型的な社会にあるすべてのものがそろって」いる。もちろん、陸海空軍もある。さらに、買い物もドルではなく、島の銀行が発行した独自の金券を使っている。研究所では、原子物理学者が秘密の研究をしている。そして、この島で造られた兵器は、世界中で何百万という命を奪っている。

その島の頂点に君臨するのはベンディゴ一家。長男がキングで、次男のジュダはスゴンザックの酒瓶を手放せないアル中。三男のエーベルは兄の有能な副官。キングの妻のカーラは王室の血をひく絶世の美女。キングのボディガードのマックスは元レスラー。

エラリーが調査を依頼された殺人予告は、届くたびに予告の内容が詳しくなり、ついに「あなたは殺される、木曜日、六月二十一日、正十二時」になる。

その予告された時刻。キングはカーラとともに、鋼鉄の密室とも言うべき機密室にこもる。エラリーが殺人予告の送り主だと突きとめたジュダは、クイーン父子が見張る中、予告の時刻になると、機密室に向けて銃を撃つ。——そして、機密室の中では、まさにその時刻、キングが何者かに銃で撃たれて傷を負う。しかも、キングを撃った銃弾は、ジュダが予告時刻に撃った銃から発射されたものだったのだ！

機密室は完全な密室だった。キングもカーラも誰に撃たれたかわからないと言うが、どちらかが撃ったのだろうか？　だが、それなら機密室から銃が見つかるはずだ。まるで、ジュダの撃った弾丸が、鋼鉄の壁を通り抜けてキングを傷つけたようにしか見えない。

捜査を進めるエラリーは、ベンディゴ兄弟の過去を知るためにライツヴィルに行く。そこでわかったのは、キングが少年時代から町の英雄だったこと。中でも、溺れかけたエーベルをキングが救った出来事は、何もできなかった情けないジュダとの対比もあり、キングの評価を高めるとともに、兄弟三人の力関係を決定づけた。

ベンディゴ島に戻ってきたエラリーは、キングの衣類をすべて調べ、水着がないことを確認すると、彼をプールに突き落とし、泳げないことをあばく。少年時代、エーベルを助けたのはジュダだったが、キングがその手柄を奪ったのだ。そして、その嘘を信じ込んだエーベルは、キングの恩に報いるため、無能な彼を王位に押し上げていったのだ。

だが、エーベルはキングの嘘を知ってしまう。そして、ジュダやカーラと組んで、キングを殺そうとしたのだ。カーラがキングを撃ち、スゴンザックの酒瓶に銃を隠し、瓶はエーベルが機密室から持ち出したのだ。

真相を見抜いたエラリーは、エーベルたちを告発しようとするが、その前に、キングは自殺に見せかけて殺されてしまう。しかも、島の住民は、全員が脱出を迫られる。脱出後、島は大爆発を起こして吹っ飛ぶ。それを見ながら、エーベルは自身が王になり、その力を善を目指すものに変えると宣言する。そして、エラリーの「だれが新しい国王を監視するんです?」という問いに、ジュダが答える――「私だ」と。

どうだろうか? まるで007シリーズみたいな話だと思った人も多いのではないだろうか? しかし、007シリーズの第一作『カジノ・ロワイヤル』が一九五三年、映画版第一作『ドクター・ノオ』が一九六二年なので、クイーンの方が早いのだ。

また、作中でジュダがキングを批判する場面があるのだが、その内容は、以下の通り。

①キングは兵器を売るために、「もしある国に紛争があれば、その紛争を煽って反乱を起こさせる。

もし二つの国、あるいは二つの国家のグループが対立していれば、あんた（キング）の手先が交渉を妨害し、戦争に発展させる」――これは、石ノ森章太郎の漫画『サイボーグ００９』に登場する死の商人〈黒い幽霊団《ブラックゴースト》〉の先駆。

②「島のすべての人間はカード索引で分類されている。この島のすべての人間は監視されている――働いているときも、眠っているときも、愛し合っているときもだ！」。そして、「個人の尊厳や、選択をし、自由な人間として生きる権利は――それらはあんたの帝国では事業のために犠牲にされてきた」。――これはもちろん、ジョージ・オーウェルの一九四九年の長篇『一九八四年』。

さらに、「探偵が強大な権力を持つ成功者の過去を探り、その欺瞞をあばいていく」というのは、映画『市民ケーン』（一九四一）を彷彿させる。加えて、クイーン研究家のF・M・ネヴィンズは、『エラリー・クイーン　推理の芸術』の中で、これ以外の『市民ケーン』との類似点も挙げ、この映画が『帝王死す』の「大きな源泉」だという指摘もしている。ネヴィンズはもう一つ、殺人予告については、ウィリアム・アイリッシュがジョージ・ホプリー名義で出した長篇『夜は千の目を持つ』（一九四五）の影響を指摘している。

一方で、ベンディゴ兄弟の本来の名前はカイン、アベル、ユダであり、これはもちろん、聖書をモチーフにしたもの。ただし、聖書ではカインがアベルを殺すのだが、『帝王死す』ではカインがアベルの命を救い（実はユダが救った）、アベルはカインを殺す、というひねりを加えている。

しかし、こういった内容そのものは、それだけを個別に取り出して見るならば、さほど異色とは言えない。本当に異色なのは、こういった内容が、殺人予告つき密室殺人（未遂）事件と組み合わされ、本格ミステリの枠組みに押し込められ、名探偵エラリーの推理によって解決する、という点なのだ。007シリーズの先駆のような設定と『一九八四年』と『市民ケーン』と『夜は千の目を持つ』と聖書と密室殺人を一つの作品に押し込めるなんて、誰が考えつくというのだろうか。——しかし、クイーンはそれを考えついた。いや、考えつくだけでなく、長篇本格ミステリに仕立て上げてしまったのだ。

本稿では、その発想について考察してみたい。

2　王の主題

クイーンの創作法は、まず、シチュエーションやテーマが先にある。国名シリーズの頃は、『フランス白粉の謎』の「壁収納ベッドの死体」や、『チャイナ橙の謎』の「あべこべ」といったシチュエーション先行が多く、中後期は『ガラスの村』の「マッカーシズム批判」や、『クイーン警視自身の事件』の「老人問題」といったテーマ先行が多い。そして、そのシチュエーションやテーマを生かすために、舞台や作中人物や事件を〝逆算して〟決めているように見える。

では、『帝王死す』のテーマは、というと、間違いなく、題名にもなっている、「王の死」だろう。そこで、「王の死」というテーマから、どのように逆算して舞台や作中人物や事件を決めていったのか、考察してみよう。

①「王の死」を描きたい。↓　現代アメリカでは、「王」は描けない。↓　国家レベルの権力者であれば「王」と言える。↓　本当の国家では巨大すぎて手に余る。↓　独立国家的な島を舞台にすれ

ばいい。↓　**ベンディゴ島という舞台の発想。**

②その舞台での権力者の死を描きたい。↓　権力者を倒すのは民衆であるべきだ。↓　民衆が犯人だと本格ミステリにならない。↓　数人の臣下が協力して王を殺すことにすればいい。↓　**複数犯人の発想。**

③犯人を複数にすると、どんな殺人も偽装も可能になってしまう。↓　犯人が何人いても物理的に殺人が不可能な状況にすればいい。↓　**機密室での密室殺人の発想。**

④機密室でも時間差トリックを使えば殺人は可能だ。↓　犯行を時間的に限定すればいい。↓　**予告殺人の発想。**

⑤それでも犯人グループが組んで偽証をすれば可能だ。↓　犯行時にクイーン父子が見張っていることにすればいい。↓　**クイーン父子拉致プロットの発想。**

⑥これだけ不可能状況を強めると複数犯人は難しい。↓　殺人の実行者は一人だが凶器を複数の人物が連携して持ち出したというトリックにすればいい。↓　**凶器移動トリックの発想。**

⑦王が射殺されるだけでは単なる殺人事件であって「権力者の死」にはならない。↓　権力者が〝権威〟として身にまとっているものがすべて偽物だったという真相も加えればいい。↓　**エーベルがキングの頭脳だったというどんでん返しの発想。**

⑧それでは「成功した実業家の内幕暴露」に過ぎない。↓　王には必ず伝説的な逸話がある。「誰も抜けない剣を抜いた」とか、「誰も解けない難問を解いた」とか。キングにもそういう逸話を与えておき、それが偽物だったという真相にすればいい。↓　**水難救助のエピソードの発想。**

⑨それだけでは伝説的とは言えない。↓　助けた者がカイン、助けられた者がアベルという名にすればいい。↓　**聖書的ネーミングの発想。**
⑩このエピソードだと、キングたちが育ったのを田舎町に設定した方がいい。↓　アメリカ的で、聖書的で、田舎町なら、どこがいいか？　↓　**ライツヴィル導入の発想。**
⑪これで「王」の死は描けるか。↓　「王」の死と共に「国」も滅ぼすべきだ。↓　**ラストシーンの発想。**

以上、テーマからどのようにプロットが発想されていくのか、考察してみた。
もちろん、これ以外の要因もあるだろう。例えば、この作の冒頭には次の文がある。

アパートの東の張り出しを占拠したアルセーヌ・ルパンが、近所の十数羽の他の鳩のためにまいたパンくずをつついていた。

引用文でわかるように、この〝ルパン〟は、近所の鳩のためにまかれた大量のパンくずを自分だけで占有する泥棒鳩（カラスかも）のこと。単純に考えると、「富が国民に平等に分配されず、特定の個人に集中する」という状況を暗示していることになる。だが、ここで作者は、ルパン・シリーズの『奇岩城』を暗示したいのだと考えられないだろうか？　奇岩城にある〈ルパン帝国〉こそが、ベンディゴ島のルーツなのではないだろうか？

今度は、ネヴィンズの別の指摘についても考えてみよう。彼は、『帝王死す』の犯人の計画について、こう述べている。

いったい、どんな正気の人間が、敵を処分するのに、われわれがこの作で見たような、こんな奇妙なやり方を案出するだろうか？　実際に第十七章の始まる前に行われたことをやるだけで、ずっと簡単に同じ結果が得られるではないか！

これは正しいだろうか？　私は正しくないと考えている。

例えば、二〇〇一年六月に起こった「ネパール王族殺害事件」を見てみよう。ビレンドラ国王ら多数の王族が殺害されたこの事件では、犯人は国王の末弟・ディィレンドラ王子だというのが公式発表だった。しかし世間は、それはでっちあげで、犯行当時は現場から離れた別荘にいた国王の弟・ギャネンドラ王子が犯人だと考えたのだ。

例えば、二〇一七年二月にマレーシアの空港で起こった「金正男暗殺事件」を見てみよう。北朝鮮における金正恩の地位をおびやかすと言われていた金正男が暗殺されたこの事件では、もちろん、北朝鮮は犯行を認めていない。しかし世間は、それは信じずに、犯行当時は北朝鮮にいた金正恩が暗殺命令を出したと考えたのだ。

権力者やその後継者がからむ殺人が起きた場合、世間の人々は、その死によって権力を得る人物を、必ず疑う。たとえ、その人物に完璧なアリバイがあったとしても、「どうせ部下に殺人を命じたんだろう」と思うのだ。そして、この「あいつは兄弟を殺してまで権力を手に入れたがる奴だ」というイメージは、権力を振るいたい者にとっては、マイナスにしかならない。

それならば、どうやって王を殺せばいいのだろうか？

答えは、「物理的に殺人が不可能な状況を――例えば、完璧な密室状況を――作り、世間で信頼されている人物に、その不可能性を証明してもらう」というものである。つまり、殺す相手が〝王〟の場合のみ、ネヴィンズが批判する「こんな奇妙なやり方」をやらなければならないのだ。同じ文にある「実際に第十七章の始まる前に行われたこと」というのは、単に殺人を自殺に見せかけただけなのだが、これでは不充分だろう。この後、本土から警察が乗り込んできて捜査をしたならば、エーベルたちが罪に問われることは、間違いないからだ。仮に、金と力で無罪になったとしても、帝国（企業）のイメージの悪化は避けられないはずである。

だが、本作では、この直後に島が爆発し、殺人の証拠どころか、犯行現場自体が吹っ飛んでしまった。ここまでやって、ようやく目的が達成できたのである。

もちろん、エーベルの最初の計画は、キングを殺し、エラリーたちに不可能状況の証人になってもらい、島の兵器工場をそのまま使い続けることだったはずだ。だが、キングは死なず、エラリーが想定を超えた捜査をしてしまったために、島ごと証拠隠滅を図らなければならなくなったのだろう。

『帝王死す』における犯人の計画は、不自然で、無意味で、手が込みすぎているように見える。だが、「王を殺す」という目的を考えると、これしかない、たった一つの冴えたやり方なのだ。

併載の贋作——というよりはパロディ——は、〝007シリーズみたい〟な『帝王死す』を、初期007映画みたいに映像化したら、というアイデアのもの。やってみると、あまりにもぴったり合うので、自分でもびっくりしてしまった。さて、みなさんはどうだろうか?

第十四章　ラジオドラマ

《贋作篇》私立探偵の冒険

問題篇　エラリー・クイーン

ニッキイ・ポーターは憂鬱だった。タフガイの私立探偵カム・クラブから、エラリー・クイーンの秘書を辞めて、自分の秘書になるように誘われていたからだ。クラブは、もはやエラリーのような〝論理的方法を重んじる紳士探偵〟は時代遅れで、今は力に訴えるタフな探偵でなければ事件は解決できないと語る。ニッキイは、少しずつ彼が正しいと感じるようになっていく――自分たちはタフなことをしなければならない世界に生きているのだと。

エラリー・クイーンは怒っていた。自分が受けた依頼をカム・クラブが横取りしたからだ。依頼者のサンドー・ストローニックは、ヨーロッパの小さな国グロズニアの前総理大臣。彼は今、義理の娘のライインカ、昔から仕える執事のヴァズニー、アメリカ人の秘書のマレイとともに、ニューヨークに滞在していた。そこに、グロズニアの秘密結社チャラク団から殺害予告が届いたので、エラリーに警護を依頼したのだ。チャラク団と通じている者がいる可能性があるので、警察は信用できないらしい。だがクラブは、エラリーの父が警察関係者である点をストローニックたちに指摘し、代わりに自分を雇うように仕向けたのだ。
　他国の前総理の警護を一個人が請け負うべきではないと考えるエラリーは、ニッキイに頼む。クラブの誘いに乗ったふりをして、彼の動きを探ってほしい、と。

ライインカ　あたしは反対よ、お父さま。探偵を代えるだなんて――
ストローニック　（やさしく）ライインカ……
ライインカ　お父さま、あたしを子供扱いしないでちょうだい。あたしはこの国で学校に通っているのですから。言っておきますけど――
ヴァズニー　（興奮して）お嬢さまは、他人の話を聞こうとなさらない。
ライインカ　ヴァズニー、お黙り。
ヴァズニー　（むっとして）ええ。わたくしは執事でございますからね。黙っておりましょう。
ストローニック　（くすくす笑いながら）まあ、いつまでも黙っていなくていいさ、ヴァズニーじいや。
（真面目な口調になって）マレイ、きみはどう思うかね？
マレイ　ストローニックさんも、クラブに関する報告書をご覧になったでしょう。
ストローニック　どれも非常に優秀だと書いてあったな。
マレイ　あの男はタフで、利口な探偵で……しかも、警察とつながっていません。
ヴァズニー　（興奮して）そう！　そこです！――警察なんて誰が信じるというのですか！
ライインカ　ヴァズニー、なんて馬鹿なことを。あなたが知っている警察というのは、グロズニ

マレイ　アの警察だけで——

マレイ　もちろん、その通りです、ミス・ストローニック。しかし、警察というものは——たとえそれがアメリカの警察であっても——何千人もの人間から成り立っていますので、チャラクが苦もなくもぐり込めてしまうのです。

ヴァズニー　そう！　そう！

マレイ　しかも、もぐり込ませるのは一人で充分なのです——銃を持った一人だけで……（ドアが開く音）ああ、クラブか。

ストローニック　（不安げに）何もかもうまくいっておるのだろうな、クラブ君？

クラブ　（近づきながら）準備万端ですよ、ストローニックさん。

ライインカ　（すばやく）その女は誰？

クラブ　ああ、俺の新しい秘書のニッキイ・ポーターだよ。こちらがストローニック氏、ストローニック氏の義理のお嬢さん——それと秘書のマレイ氏。（一同、アドリブで挨拶を交わす）おっと、ニッキイ、こちらの頑迷固陋なお方がヴァズニーだ。忠実なる家臣という奴だな。俺が目を離さないようにしておくタイプだよ。

ニッキイ　ええと——はじめまして。

ヴァズニー　（礼儀正しく）マドモアゼール。ほら閣下、この探偵は、わたくしさえも疑うのですよ。結構ですな——実に結構！

ライインカ　クラブさん、あたしはこちらの女性を加えることには同意できませんわ。

クラブ　我慢していただきましょう、ミス・ストローニック。
ライインカ　（激しく）デッツ、デマール！　フォーリュー！
ストローニック　ライインカ――
ニッキイ　（力なく）カム、わたしは帰った方が……
クラブ　言いなりになることはないぞ、ニッキイ。外国の浮浪者ってのは、てめえらの風呂の水だって怖がるんだからな。いいか――
ライインカ　まあ、アメリカ紳士ですこと。覚えておいてちょうだい、あたしは前総理の娘で――
ストローニック　静かにしなさい、ライインカ。クラブ君、きみはきみのやり方でわれわれのために動いてくれているのだと承知しておるよ。
クラブ　賢明ですな。いいでしょう、ストローニックさん。――では、みなさん全員に袋詰めになって（「寝て」の俗語）もらいましょうか。
ストローニック　袋？　マレイ、これはどういう意味だ？
マレイ　彼が言っているのは、閣下、われわれ全員が床に就くということです。
クラブ　役に立つじゃねえか。だがその前に、入れ替わっておかなきゃならねえ。
ストローニック　入れ替わる？
クラブ　交換だ、役割の交換。今夜あんたはゲストルームで寝るんだ、ストローニックさん。俺があんたの部屋に入る。

ヴァズニー　いいですな！　実にいい！
ストローニック　わかった。いい考えだ。となると、ヴァズニー！
ヴァズニー　はい、閣下。
ラインカ　あたしも手伝うわ、お父さま。（遠ざかる）ヴァズニー、気をつけてちょうだい！
ストローニック　（離れた位置で）おやすみ――（一同、アドリブをしながら去る）
クラブ　あんたもだよ、マレイ。
マレイ　（小声で）待ってくれ、クラブ。（間を置いて）ストローニックさんを心配させたくなかったもので……。これを見てくれ。
クラブ　（小声で）何なの、カム？
ニッキイ　新しい脅迫状だ。マレイ、こいつはいつ来た？
マレイ　今朝だ。チャラク団の仕業だよ、クラブ。――今まで届いたのと同じだ。だが、今回はずっと強い調子になっている。私の考えだが――決行されるのは今夜じゃないのか。
クラブ　（考え込んで）ううむ……。そうだな、考えてみるよ、マレイ。おやすみ。
マレイ　おやすみ。（遠ざかりながら）おやすみ、ミス・ポーター。
ニッキイ　おやすみなさい、マレイさん。（離れた位置でドアが閉まる音）カム、わたしは自宅に帰った方がいいと思うのだけど――
クラブ　自宅だと！　聞くんだ、ベイビー、俺の秘書は一日二十四時間待機なんだよ。今夜

ニッキイ　は俺と一緒にいるんだ。（笑って）ゲームでもどうだい？
（感情を抑えて）まあ、ゲームなら――やってもいいわ！
（ミステリアスな音楽が高まり……大時計が六時を打ち……遠くでニワトリが刻《とき》を告げる。そこに声が割り込む）
クラブ　衣装箪笥からはいつ出て来るんだい、ベイビー？
ニッキイ　（くぐもった声で）絶対に出ないわ！
クラブ　ああ、いいかげんにしろ、ニッキイ。（ドアノブをガチャガチャいわせる）
ニッキイ　カム・クラブ、やめてちょうだい、今すぐに！
クラブ　出てくるんだ。さもなきゃ蹴破るぞ。ワン――ツー――
ニッキイ　あなたって――あなたって人は、エラリーが言っていた通りの人ね！
クラブ　（あざ笑う）そしてお前は、今でも奴のために働いてるってわけか。
ニッキイ　（弱々しく）わたしが――何ですって？
クラブ　クイーンなんてどうでもいいって言ったんだよ。いいか、俺はツーまで数えたぞ。ようし、スリー。（ドアをひと蹴りする音）
ヴァズニー　（離れた位置でドアごしの声……切羽詰まった様子）ミスタアアア・クラブ！（離れた位置でドアを激しく叩く音）
クラブ　何だ？（部屋を小走りで横切る足音と激しいノックの音……足音が止まり……ドア

を荒々しく開ける音……ノックの音がやむ……）

クラブ　（鋭く）ヴァズニー――

ヴァズニー　（すぐ近くでわめく）ミスタアア・クラブ――ブロ、フェット――エクセレンジア――（離れた位置でドアが開く音）エクセレンジア――

クラブ　英語をしゃべれ！

マレイ　（すばやく割り込む）クラブ！　ヴァズニー――一体どうしたんだ？

ヴァズニー　ミスタアア・マレイ。ヤ、ゴロバッ――コモ、テルナ――シャ――モコ、エクセレンジア。（がっくりと）ブロ、フェット。

マレイ　（ぞっとして）何だと？

クラブ　（くってかかる）マレイ！

マレイ　い、行こう、クラブ――

クラブ　この老いぼれは何を言っているんだ？　教えろ、さもなきゃ、あばら骨に肘をぶち込むぞ。言え！

マレイ　（困惑して）彼が言うには、いつものようにストローニックさんにお茶を持って行くと――見つけたそうだ……死んでいるのを。

（音楽が劇的に高まり、そこに……）

警視　（割り込む）わかった、わかったよ、先生《ドク》。（離れた位置でドアが閉まる音）さて、

エラリー　せがれ、死体はプラウティが持って行ったが——報告書はここにある。（紙をめくる音）四インチのグロズニアの短剣がストローニックの心臓に突き刺さっていたそうだ——ベッドで寝返りをうつ暇すらない即死だったらしい。刺されたのは午前三時。チャラク団の犯行だというのに疑いの余地はあるか、エラリー？

警視　かけらもないですよ、お父さん。

クラブ　（きびしい声で）クラブ。

警視　（きびしい声で、むっつりと）何だい、警視？

クラブ　ちょっとばかり説明してもらいたい。今日の午後四時半に、わしの執務室まで来てもらえるかな。

警視　行くよ——ストローニック殺しの犯人を連れてな。

エラリー　一人でいい。（口調を変えて）さて、せがれよ。チャラク団の線がつかめるまで、わしらは一旦、本部に戻るつもりだ。お前も来るか？

警視　もうしばらくここにいるつもりです、お父さん。

エラリー　（遠ざかりながら）わかった、せがれ。（離れた位置でドアが開く音）ニッキイ、だいぶ疲れているみたいだよ——（離れた位置でドアが閉まる音）帰らないのかい？

ニッキイ　見ていたら邪魔？

エラリー　（間を置いて——それから）やあ、クラブ。

クラブ　（軽蔑した口調で）お前さんが息子の〝エラリー〟だな。よう、〝クイーン〟。

エラリー　そしてきみが、オショーネシーとかフィンケルシュタインとかいう名前の奴はいかれていると決めつける道徳的甲殻類の一人だね。

クラブ　聖者エラリー、ってわけか？

エラリー　きみの肩書きは充分傷ついたのじゃないか、クラブ？

クラブ　まだ仕事は終わっちゃいねえ。

エラリー　きみの依頼人が誰なのか、考えてみたまえ。

クラブ　あいつは今でも俺の依頼人だ。だから、あいつを殺《や》った奴を捕まえようとしているところさ。

エラリー　ご立派なことで。でも、どこから始めるつもりかな？

クラブ　タダで教えろというのか。

エラリー　金のかかることで。いいか、クラブ、この事件は警察が慎重に取り扱わなければならない。そうしないと――（電話が鳴る）

ニッキイ　こんなときに。

クラブ　出ろよ、クイーン！（再び電話が鳴る）

エラリー　ああ。（受話器を取る）こちらはストローニック邸――

グロズニア人　（電話ごしの声……外国なまりがある）よしよし。よく聞け――

エラリー　どなたですか？

グロズニア人　いいから聞け。われわれチャラク団の要求は——（うめく）こっちは文明化された舌は持っていないのでな。ファーニ、ブル、コンボツ、オス、ディメヴラ、ポロ、ストローニック、ジェル、オスニア、フィガル＝ウ。マヴ、テヴラ。コム、ビダーツ？

エラリー　しかし——

グロズニア人　気にするな。チャラク団は必ずお返しをする。（電話が切れる音）

エラリー　おい——！　ふむ。（受話器を置く音）

ニッキイ　エラリー、誰だったの？

クラブ　誰であろうと、グロズニア語を話していたな。クイーン、そいつは何を要求してきた。

エラリー　残念だが、クラブ、ぼくにはわからなかった。ただ、チャラク団員で——

ニッキイ　殺人者！

エラリー　びっくりさせないでくれよ、ニッキイ——。けたたましい声の奴だったな。殺人者といえば、クラブ——泥の上の足跡には気づいているだろう？

クラブ　殺人者は壁をよじ登ってきて、ストローニックが寝ている部屋に直接入り込んでいる。どういうことか説明して欲しいか？

エラリー　（冷淡に）自分でわかるよ、クラブ——（電話が鳴る）

クラブ　（むすっと）二回もかけてくるんじゃねえ！（受話機をあげる）もしもし？（間を置いて）俺だ。（間を置いて）やあ、マートか。（間を置いて）うんうん……うんうん……うむ。いや、俺が自分でやる。（受話器を荒々しく置いて、あざ笑うように）

エラリー　さて、坊ちゃん、手を挙げて加わる気はあるかい？
クラブ　（鋭く）何かつかんだのか？
エラリー　俺の部下の一人からだ。俺たちが見張っていたグロズニア人が——チャラク団だ——ゆうべは一晩中、アジトから消えていたそうだ。
クラブ　注意深く見張ってはいなかったということか。要点は？
エラリー　そいつが俺たちのナイフ遣いだってことよ。これからとっ捕まえる。一緒にやるか。
クラブ　選択の余地は少ないな、クラブ。膏薬《こうやく》みたいにぴったりときみに貼りついていることに決めたよ。
ニッキイ　（からかうように）奴は武器を持っているぜ、エラリー——しかも、そいつを平気でぶっ放すだろうな。それでも一緒にやるか？
エラリー　エラリー、それは——
ニッキイ　——馬鹿なことだって言いたいのだろう、ニッキイ？　でも、ぼくは他に何ができるというのかな？
クラブ　思慮深くふるまうことができるわ。
ニッキイ　そうよ、エラリー、思慮深くふるまうことができるわ。いずれにせよ、これは警察の仕事じゃないの！
クラブ　このグロズニア人は俺の獲物だ。だがクイーン、お前さんにも一口のせてやるよ。車には予備の銃がある——お前さんが銃の扱い方を知っていればの話だがな。それとも、ここでじっとして、俺の元秘書の手でも握っていた方がいいかな?

ニッキイ　(絶望したように)エラリ——

エラリー　(やむを得ないといった口調で)後で会おう、ニッキイ。

(音楽が劇的に高まる。そこに、二人が忍び足で階段の上まで登る音が割り込み……止まる……。以降の会話はすべてささやき声で)

クラブ　あのドアだ。

エラリー　きみと仲良くするのは退屈だね。行こう。

クラブ　奴を自分で捕まえたいのか、クイーン?

エラリー　まずは、きみに行ってもらうよ。

クラブ　俺もそう思っていたところだ。

エラリー　ぼくはきみを援護することにしよう、クラブ。きみにはそれが必要だからね。

クラブ　今まで一度でもそんな言葉を聞いたことがあったかな?(忍び歩く足音……足早にドアに向かい……止まる)

クラブ　おっ、まだ俺と一緒にいるのか。

エラリー　しゃべり過ぎだよ。やってくれ。

クラブ　お前さんの足はどうだい、クイーン?　震えていないか?

エラリー　ぼくの邪魔をしないでくれ。

クラブ　誰が依頼を受けたのかな。（ここから演技のテンポを一気に速める。ドアを開けようとノブを力強く回すが、鍵がかかっている）

クラブ　鍵がかかっていやがる。（ドアを激しく叩き……怒鳴る）チャラク！

グロズニア人　（ドアごしの声）誰だ？

クラブ　（大声で堂々と）サンドー・ストローニック殺しの件で、お前に用がある。ドアを開けて、両手を頭の後ろに回して出てくるんだ。さもなきゃ、ドアを蹴破るぞ。

グロズニア人　（ドアごしの声）きさまに捕らえられるものか！（部屋の中から発射されたトミーガンの銃弾が木のドアを貫き……クラブが激痛で悲鳴を上げる。人が倒れるような音）

クラブ　（怒り狂ってはいるが抑えた声で）クイーンのガキ、何の真似《まね》だ？　危うく俺の腕が折れるところだったぞ。

エラリー　（抑えた声で早口で）黙りたまえ、この間抜け。ぼくは、きみに叫び声をあげてもらいたかったのさ。あいつはきみに弾が当たったと思っている。それを利用しようじゃないか。向こうはこっちが二人だとは知らないのだ！　まだ倒れたままでいてくれ。（手でふさがれた口から漏れるようなクラブの罵《のの》り声）（エラリーは次のシーンではアイリッシュのような方言を使うこと）何があったんだ？　なんと――！　ここに男が死んで倒れているじゃないか！　大変だ！（次第に声が遠ざかるように）警察だ！　大変だ！　大変だ！

クラブ　（間を置いて）奴はこんな手にひっかかったりしないよ、クイーン――
エラリー　あいつにそんな余裕はないさ。見ていろ！（緊張した間。しばらく何の音も流さない。そこにドアの鍵が開く音……ドアの内側からさまざまな音が漏れてくる）出てくるぞ――
クラブ　（嬉しそうなささやき声で）お前の勝ちだな、クイーン。だが奴はやっぱり俺の獲物だぜ。とっ捕まえるから見ていろよ――（ドアが不意に開く）（ゆっくりした口調で）アディオス、チャラク――
グロズニア人　（すぐ近くでうろたえた声で）え――？（一発の銃声がすぐ近くで）
クラブ　（怒り狂って）クイーン、てめえ、邪魔を――（二発目の銃声が近くで……グロズニア人が倒れる音）
エラリー　すまなかったな、クラブ。
クラブ　俺の腕を払って狙いを外しやがったな！
エラリー　でも、ぼくが代わりにあいつを撃ってやっただろう？
（劇的な音楽を短く……そこに病院の呼び出しベルが三回鳴る）
女性の声　（院内放送の声）B病棟のエリス先生。（ベルの音がくり返される）B病棟のエリス先生……
エラリー　（病院の廊下を急ぐ二人の足音が近づいてくる。その足音にかぶせて）と、いうこ

ニッキイ　とがあったわけさ、ニッキイ。

エラリー　（足音にかぶせて）でもエラリー、どうしてあなたは、あのグロズニア人を撃とうとするクラブの邪魔をして、自分で撃ったの？

ニッキイ　彼の命を救うためだよ。

ニッキイ　あなたらしくな――「彼の命を救うため」ですって？

エラリー　きみの素敵な私立探偵はあの男を殺そうとしていたからね。ぼくは傷を負わせただけだよ、ニッキイ。

ニッキイ　まあ！

エラリー　お父さん！（足音が止まる）どうですか？

警視　（近づきながら）うまく撃ったな、せがれ。われらがグロズニアの友は、電気椅子に座るまで、ちゃんと生きているだろうよ。

エラリー　それで充分でしょう。話しましたか？

警視　尋問にはきちんと答えておらん。だが、熱に浮かされたように、自分がストローニックを刺したと口走ってくれているので、わしにはそれで充分だ。（けわしい声で）カム・クラブはどこだ？

ニッキイ　わたしを見ないでよ、警視さん。嫌な夜を過ごしたんだから。

エラリー　クラブは姿を消しましたよ、お父さん。ぼくが発砲の後で駆けつけた警官と話をしている間に。（当惑して）あいつは何か企んでいますね。それが知りたいのですが

警視　……

エラリー　クラブはもう何も出来やせんよ、エラリー。事件は片付いた。

ニッキイ　すべて片付いたわけではありません。

警視　どういう意味なの、エラリー？

エラリー　あの負傷したグロズニア人が犯人だと言ったではないか！　泥の上のあやつの靴痕が、まっすぐストローニックの部屋まで続いておったぞ！

ニッキイ　確かにそうです。でも、お父さんは知らないでしょうけど、あそこはストローニックの部屋ではなかったのです――ゲストルームだったのです――。そして、ストローニックが昨夜あそこで寝たのは、クラブが直前にそう指示したためでした。どうやってあのグロズニア人は、どたん場での寝室の交換を知ることができたのですか？

警視　その通りだわ。考えてもみなかった！

エラリー　（ゆっくりと）誰かがチャラク団と内通していたわけだな――ストローニックを殺すために……

ヴァズニー　だからぼくは、これからストローニック邸に行くつもりです――今すぐに。

（ミステリアスな音楽に変わり……かすかなブザーの音が聞こえ……すぐ近くでドアが開く音）

クラブ　ミスタアアア・クラブ。

（ドスの利いた声で）どけ。（ヴァズニーは小さくうなる。すぐ近くでドアが閉まる

マレイ　音）どこにいる——
ヴァズニー　（離れた位置から）ヴァズニー、誰だ？
クラブ　ミスタアア・クラブです、マレイさん。
ヴァズニー　ちょうどいい。俺が会いたかったのはこいつだ。ヴァズニー、お前は引っ込め。
マレイ　（興奮して）この人は何を言っているのですか、マレイさん。
クラブ　（声が近づく）行くんだ、ヴァズニー。おいクラブ——
ヴァズニー　待て。
マレイ　（遠ざかりながら）誰もわたくしには教えてくれない。どうなっているのか？　どうなっているのか？
クラブ　よし、ヴァズニーはいなくなったぞ。さて——（言葉を切り……うろたえて）クラブ、どうして銃を出す？
マレイ　話してもらうぞ、マレイ。
クラブ　どういうことだ——
犯人はまっすぐゲストルームに向かっているんだ、マレイ——急に部屋が換わったことを知らされていたわけだ。そして、ストローニックとニッキイ・ポーターと俺を除けば、部屋が換わったのを知っていたのは、ストローニックの娘のライインカ、あの無駄口叩きの老いぼれヴァズニー——そしてマレイ、お前さんだ。これでわかったか。

マレイ　（つっかえながら）ああ、だが――だが、どうして私を選んだのだ、クラブ？
クラブ　てめえのツラが気にくわねえからだよ。
マレイ　（すばやく）ライインカは娘といっても義理だ――それに莫大な財産を相続することになっている。ヴァズニーだって――ストローニックが私に話してくれたが、ヴァズニーはそれほど信頼していないって……！
クラブ　俺はクイーンと似たり寄ったりの間抜けだな。ここに突っ立っておしゃべりしているだけなんて――。俺と一緒に来るんだ、ベイビー。（近くでドアが開く音……少しもみあう音）
マレイ　待て！　何だ――？　私をどこに連れて行く気だ、クラブ！
クラブ　事件について話し合うために、とびきり静かな場所に行くのさ。それと、これが俺の会話のやり方だ。（手ひどく殴りつける音。マレイが悲鳴をもらす）（威嚇するように）来い……！

（劇的な音楽を短く……そこに）

ニッキイ　（感情的になって）でもミス・ストローニック、全部聞いていたなら――どうして彼を止めなかったのですか！
ライインカ　（神経質に）あたしに何ができたというのですか、ポーターさん？　あの男は銃を持っていたのですよ。そして、自分の車でウィリアム・マレイをどこかに連れて行

エラリー　きました。マレイをどうするつもりなのでしょうか？

ライインカ　（陰気に）ストローニックさん、やっかいなことに、クラブは〃直感〃だけでマレイがグロズニア人に内通していたと思ったのですよ。今、あいつは、自分の直感が正しいことを〃証明〃しようとしている――大昔から行われてきた〃説得〃によって――説得される側からすると、まったくもって嬉しくないやり方によって。

エラリー　（強い口調で）もしマレイが父を裏切っていたのなら、どんな手段が用いられているかなんて、誰も気にしないのでは？　当然の報いです！

ライインカ　（穏やかに）民主主義において、手段はとても重要なのですよ、ストローニックさん。（きっぱりと）この国においては、暴力によって強要された自白は法に反します。人は誰でも、苦痛から解放されるためには――自分が犯していない犯罪でも――〃自白〃してしまうからです。

エラリー　でも、マレイが父を裏切っていなかったとしたら、クイーンさん、誰が裏切ったというのですか？

ニッキイ　内通者ですか？　それは前々から明らかですよ、ストローニックさん。でも、ぼくたちがまずやるべきは、マレイを無事に連れ戻すことです。ニッキイ、ぼくはきみの友人のカム・クラブについて少し調べてみたが――幸運にも恵まれて、彼が相手を〃説得〃するのに使う場所を見つけることができたと思う。

（小声で）エラリー、待って、わたしも……一緒に行くわ。

エラリー　駄目だ、ニッキイ。ここで父さんを待っていてくれ。父さんに宛てたメモを残しておくから。（きっぱりと）助け出す仕事は、ぼくがやりたい――一人で！

聴取者への挑戦
殺人者と内通していたのは誰でしょうか？

解決篇　飯城勇三

エラリーは、クラブの手からマレイを助け出す。ヴェリー部長がクラブを尋問している間に、エラリーは警視とニッキイに推理を語る。

エラリー　今回の事件では、おかしな点が一つだけあります。
警視　（うんざりと）わしには一ダースもあるように見えるぞ。
エラリー　それは、「なぜ暗殺者はストローニック殺害をグロズニアで行わなかったか」ということです。チャラク団の仲間が大勢いて、ニューヨークよりはるかにあてにならない警察が警備するグロズニアの方が、暗殺には都合がいいはずです。

ニッキイ　確かにそうだわ！　わざわざニューヨーク滞在中に狙わなくても、ストローニックさんがグロズニアに帰国した後で暗殺した方が、ずっと確実だわ！

警視　お前の言う通りだな、せがれ。しかし、現に、ストローニックはグロズニアではなくニューヨークで殺された。なぜだ？

エラリー　（きっぱりと）論理的な解答は一つしかありません。暗殺者は、どうしても、グロズニアではなくニューヨークで殺人を行わなければならなかったのです。

警視　ニューヨークで殺人を？　グロズニアの前総理大臣を、滞在中のニューヨークで殺さねばならない、どんな理由があるというのだ？

エラリー　もちろん、そんな理由はありません。従って、次なる論理的な解答は、こうなります。（間を置いて）「暗殺者の狙いはストローニックではなく、別の人物だった。そして、その人物はニューヨークでなければ殺すことができなかった」

ニッキイ　（つぶやく）グロズニアではなく……ニューヨークでなければ殺せない人物……

警視　（叫ぶ）ライインカか！　ストローニックの義理の娘の！

ニッキイ　そうだわ、ライインカさんは、こちらに留学中だと言っていたわ！　だとしたら、グロズニアで暗殺することはできない！

警視　（うなずく）なるほど。暗殺者はストローニックを狙っているように見えたが、実は娘のライインカの方が本命だったというわけか。確かにストローニックを狙っているように思わせれば、ライインカ自身の警護は手薄になるし、動機もごまかせる。

エラリー　うむ、実に狡猾《こうかつ》だ。

警視　（笑って）さすがはお父さんですね。すばらしい推理です。でも、あいにくと半分しか当たっていませんよ。

エラリー　半分だと？

警視　思い出してください。寝室を交換したのは、ストローニックとクラブだけです。ライインカは寝室を換えていません。暗殺者がライインカと間違えて、ゲストルームのストローニックを殺したということは、あり得るでしょうか？　暗殺者が途方もない間抜けだとしても、とても考えられません。

エラリー　ちょっと待て、エル。お前は、暗殺者が寝室の交換を知らなかったから、間違えてストローニックを殺したと言いたいのか？

ニッキイ　そうです。内通者は寝室の交換を暗殺者に知らせることができなかったのです。おそらく、クラブが寝室の交換を行ったのがどたん場だったため、すでに暗殺者は行動に移っており、連絡が伝わらなかったのでしょうね。

エラリー　でもエラリー、ストローニックさんが寝ていたゲストルームには、クラブが泊まるはずだったのよ！

（鋭く）そうだ、ニッキイ。ならば結論は明白だ。暗殺者の本来の狙いは、カム・クラブだったのだ！　そして、だからこそ、暗殺はグロズニアでなくニューヨークで行われなければならなかったのだ！（間を置いてから、ゆっくりと）そうです、

ニッキイ　カム・クラブが真の標的だったのです。犯人は、まずストローニックの暗殺予告を出す。次に、〝警護のために〟という口実でクラブを雇う。最後に、ストローニックの暗殺者が邪魔なクラブを殺したように見せかける。――先ほどのお父さんの言葉ではありませんが、実に狡猾な計画でした。

エラリー　でも、クラブがどたん場で寝室を交換したために……

警視　そう、そのために、雇われた暗殺者が、真の殺害対象のクラブではなく、偽の殺害対象のストローニックの方を殺してしまったのです。皮肉なことに、偽の暗殺予告が正しく実現されてしまったというわけです。

エラリー　（考え込むように）うーむ……。それで事件のつじつまは合うかもしれんが、だとしたら、動機は何だ？　犯人が誰であるにせよ、グロズニア人がニューヨークの私立探偵を殺さねばならない、どんな理由があるというのだ？

警視　クラブにグロズニア国との接点がないとすれば、動機は、ニューヨーク側にあるとしか考えられません。

エラリー　ニューヨーク？――まさかエラリー、留学中のライインカがらみの動機だと言いたいのか？

ニッキイ　これはあくまでも仮説にすぎませんが、ライインカとクラブには男女の関係があったのではないでしょうか？

（不意に）そういえば、わたしがクラブと訪ねたとき、ライインカさんだけは、わたしに突っかかってきて、追い出そうとしたわ。あれは嫉妬だったのね。

警視　（うなずいて）なるほどな。捨てられたライインカが、父親の警護を餌にクラブをおびき出し、殺そうとしたわけか。

エラリー　残念ですが、違います。ライインカだけが、クラブを雇うのに反対していたことを思い出してください。彼女が犯人なら、そんなことをするはずがありません。

警視　（いらいらして）それなら、誰が犯人だと言うのだ。

エラリー　（静かに）ライインカを心から愛し、彼女の傷つけられた名誉のためなら殺人も辞さず、クラブを雇うことに熱心だった人物が、一人だけいます。

ニッキイ　（驚いて）エラリー、でも……それは、あり得ないわ。

エラリー　（冷静に）論理的な結論だよ、ニッキイ。

ニッキイ　あなたの言う条件に当てはまるのは、殺されたストローニックさんだけじゃないの！

エラリー　そうだ、ニッキイ。被害者のストローニックこそ、この事件の首謀者だったのだよ。愛する娘のためにクラブ殺害を計画したが、逆に、自分自身を暗殺させてしまったというわけだ。おそらく、本人は暗殺者に部屋の交換を伝えたつもりだったが、実際には伝わっていなかったのだろうね。（しばし沈黙が流れる）

警視　信じられん推理だ……。しかし、それ以外には考えられんな。

ニッキイ　（悲しげに）かわいそうなストローニックさん。クラブみたいな最低の男のために、命を落とすなんて……

エラリー　クラブを馬鹿にしてはいけないよ、ニッキイ。彼は自分が狙われていることを、うすうす感じていたに違いない。クラブがグロズニア人の暗殺者を殺そうとしたのはなぜだと思う?　暗殺者が生きていては、また自分の命が狙われると考えたからこそ、クラブはグロズニア人を殺そうとしたのだ。

ニッキイ　じゃあ、クラブがマレイさんを連れ去ったのも……

エラリー　同じ理由さ。クラブはマレイが暗殺者を雇ったのではないかと考えて、拉致《らち》したんだ。彼が二度と自分を狙わないように脅すか——場合によっては殺すつもりだったのだろうね。

ニッキイ　クラブがそこまで考えていたなんて……

警視　確かに、事件の後のクラブの行動は不自然だったな。言われてみると、警護に失敗した探偵の行動というよりは、自分を狙った者に対する復讐者の行動みたいだった。

エラリー　事件の前だって、そうですよ。彼はわざわざストローニックの警備にニッキイを同行させ、ずっと一緒にいました。クラブが本当にストローニックを警護する気なら、ドアの前で見張るか、定期的に安否を確認すべきではないでしょうか?　ニッキイを巻き込んだのは、ストローニックではなく、クラブ自身を守るためだったのです。

警視　なるほど。ニッキイを巻き込めば、お前やニューヨーク警察がついてくるからな。犯人を牽制するのにはもってこいだ。——ひょっとしたら、クラブが寝室の交換を

ニッキイ　したのも、自分の身を守るためだったのかもしれんな。
エラリー　（不満げに）エラリーさん、クラブがわたしを雇おうとしたのは、わたしの魅力にまいったからだとは思わなかったの？
ヴェリー　（困惑して）ああ、それは……
エラリー　（現れて）警視、エラリーさん。たった今、クラブがとんでもないことを白状しましたぜ。いやあ、驚くことうけあいですな。
ヴェリー　クラブとライインカが、かつて恋人同士だったというのだろう？
エラリー　（驚いて）ええ？　どうしてわかったんです？
ニッキイ　それが論理というものだよ。
（音楽、高まる）　人間ではなく、推理機械の論理ですけどね！

《評論篇》クイーンのラジオ・デイズ

一九三九年から約十年にわたって全米で放送されたラジオドラマ『エラリー・クイーンの冒険』。クイーン自身が脚本を書いたこのシリーズは、〝エラリー・クイーン〟の名を全米に広め、ビジネス的にも大成功を収めたと言われている。

本稿では、このラジオドラマの執筆がクイーンの中後期の小説に与えた六つの影響について考察したい。小説と区別するため、ラジオドラマの題名は太字で表し、さらに、「～の冒険」は省略している。

1　ニッキイ・ポーター登場

エラリーの秘書ニッキイは、もともとラジオドラマのために作り出されたキャラクターだった（今だったら、ドラマ化時にヴェリー部長が女性刑事に代わるかな？）。しかし、このキャラが、『靴に棲む老婆』のラストで、唐突に――小説の世界にも――登場するのだ。

このクイーン版『異邦の騎士』（by 島田荘司）が出た一九四三年は、ラジオドラマの人気が高まっていた頃だった。おそらく、ラジオドラマがきっかけでクイーンの小説に手を出した読者から、「どうして小説にはニッキイが出てこないんだ」と言われたのではないだろうか？（同じことは、現在でも——例えばテレビドラマがきっかけで有栖川有栖の小説に入ったファンなどに——生じているらしい。）

また、クイーンは一九四二年からたびたびラジオドラマの脚本を「エラリー・クイーンズ・ミステリマガジン（EQMM）」に掲載し、一九四六年からは脚本を小説化した『犯罪カレンダー』の連載を開始している。そのため、ニッキイを小説の世界にも加えておく必要を感じたのかもしれない。『エラリー・クイーン　推理の芸術』において、ネヴィンズは、『靴に棲む老婆』に銃後の描写がない点を指摘しているが、これは、本作を、ラジオドラマが開始された一九三九年以前の事件、すなわち、エラリーとニッキイの出会いを描いたものだと読者に考えてほしかったという可能性もある。

もっとも、ニッキイというキャラクターは、小説世界においては、重要な役割を果たすことはなかった。

理由の一つは、一九四九年から、短篇小説の発表舞台が、ミステリ専門誌から「ジス・ウィーク」誌などの一般大衆誌に移り、そこではショート・ショートを要求されたこと。ショート・ショートでは、ラジオドラマのプロットをそのまま使うことはできず、トリックや手がかりだけ抜き出して使うしかない。その際に、ニッキイの存在もカットされてしまうわけである。

また、中期の長篇では、ニューヨーク以外が舞台になることが多く、ニッキイは出しづらい。『九尾の猫』や『クイーン警視自身の事件』や『最後の一撃』も、物語の設定上、ニッキイを出すのは難しいだろう。

唯一の例外は、『緋文字』だが、この作に登場するニッキイは、ラジオドラマよりずっと性格に深みがある。むしろ、『災厄の町』のパトリシア・ライトの直系と言うべきだろう。――とはいえ、ニッキイ抜きで、どうやってエラリーを事件にあれだけ深く関わらせることができるのか、まるで見当がつかないのだが……。

2　容疑者が少なすぎる

容疑者の数が登場人物表で一ページに収まらない国名シリーズと違って、ラジオドラマでは、レギュラー陣を除くと容疑者が数人しかいない場合が多い。これは、聴取者が何十人も覚えきれないし、そもそも覚えようとはしない、という理由が大きいだろう。小説と異なり、ラジオドラマには登場人物表を入れることはできないし、前に戻って確認してもらうこともできない。

また、容疑者を増やすと、声優のギャラも馬鹿にならないというのも、理由の一つだと思われる。警察官などの単なる脇役ならば、兼《か》ね役（一人の声優が複数の人物の声をあてる）も可能だが、容疑者の場合は、これは難しい。聴取者が「あれ、この容疑者Aの声は、さっき聴いた容疑者Bと似ているぞ。ひょっとして一人二役か？」と考えてしまうと、目も当てられないからだ。

そして、この〝容疑者を少なくする〟というラジオドラマの縛りが、中期の作品に取り込まれることになった――と言いたいところだが、そうではない。クイーンの短篇では、初期の頃から容疑者数は少なかったし、長篇でも、『ニッポン樫鳥の謎』あたりから、容疑者数が減っているからだ。

また、「その少ない容疑者を描き分ける手際がラジオドラマで磨かれた」という説も、いささか弱い。というのも、ラジオドラマの脚本を読んだ限りでは、事件関係者の描き方はステレオタイプだからだ。

例えば、何度も登場する〝風変わりな富豪〟が、エピソードごとに描き分けられているようには、とても思えない。おそらく、脚本執筆時には配役がわからないので、型通りの設定にしておいて、後は声優の腕に任せたのではないだろうか？　いや、ひょっとしたら、キャスティングの都合で、「脚本では年寄りだったのを若者に変更」とか、「脚本ではドイツなまりだったのをイタリアなまりに変更」といったことすらあったかもしれない。

影響があるとすれば、以下の二つだろう。

一つめは、台詞回し。ラジオドラマの台詞は、活字として記されるためではなく、声優に発話してもらうためにある。こういった台詞をいくつも書くことにより、クイーンの小説中の台詞が洗練されたということは、充分あり得るだろう。特に、活字でゆっくり読んでもわかりにくいエラリーの推理は、ラジオドラマでは、かなりわかりやすくなっているように思える。

二つめは、ミスリードの手法。少ない容疑者で犯人当てを実施すると、聴取者は犯人を当てやすくなる。そこで、聴取者をミスリードする手法が重要になってくることは、言うまでもない。実際、**「ナポレオンの剃刀」**や**「ブラック・シークレット」**では、あざといまでのミスリードが使われている。

長篇小説の方では、ライツヴィルものはあまり露骨なミスリードを感じることはない。むしろ、読者をミスリードするのではなく、事件の構図や人間関係を錯覚させる手法が多いように見える。一方、後期の『顔』『真鍮の家』『三角形の第四辺』などでは、犯人に関する巧妙なミスリードにお目にかかることができる。これは、ラジオドラマの影響だろう——とは断定できない。なぜならば、ラジオドラマ以前の『シャム双子の謎』などでも、犯人に関する巧妙なミスリードが使われているからだ。むしろ、こうやって考察するような大仕掛けのミスリードではなく、**「カインの烙印」**（犯人が善人に見える）や**「放火狂」**（犯人は火事で大損している）のような、ちょっとした印象操作のテクニックが、ラジオドラマで磨かれたと考えるべきだろう。

3　音の手がかり

クイーンの小説に登場する手がかりを、ラジオドラマ開始前後で比べると、大きな違いがあることに気づく。ラジオドラマ開始以降の小説では、聴覚がらみの手がかりが増えているのだ。特に、ダイイング・メッセージを見ると、その違いがよくわかる。

〔ラジオドラマ以前〕『Xの悲劇』の角砂糖と指の形、『シャム双子』のトランプのカード、「ガラスの丸天井付き時計」の紫水晶と時計、「ひげのある女」の絵、と、すべてが視覚に訴えるもの。

〔ラジオドラマ以降〕後期のある長篇、「さびしい花嫁」、「変り者の学部長」、「パラダイスのダイヤモンド」、「ドン・ファンの死」、「半分の手懸り」、「ペイオフ」、「オーストラリアから来たおじさん」の八作が聴覚に訴えるもの。視覚は『緋文字』、『間違いの悲劇』、「GI物語」など九作。

と、使用比率がゼロから五割近くまで大幅にアップしている。これは明らかに、音声しか使えないラジオドラマの影響だろう。ラジオドラマから流用したのか、ラジオドラマ用に案出したが使わなかったのかは不明なものが多いが、影響自体は間違いないはずである。「オーストラリアから来たおじさん」などは、ラジオドラマ向きだと感じた人も多いだろう。

ダイイング・メッセージ以外でも、「代理人の問題」や「キャロル事件」や「菊花殺人事件」などでは、決め手となる手がかりは、音声によるものである。さらに、〈パズル・クラブ〉シリーズでは、すべてのデータが、音声によって与えられている。「七月の雪つぶて」の列車消失トリックは、脱力系だとかバカミスだとか言う人もいるが、原型がラジオドラマだとわかると、逆に、感心するに違いない。

4　故郷はラジオ

ここから先は、影響の大きなものを考察する。まず、ラジオドラマのトリック、シチュエーション、プロットが小説に流用されている点から。

中後期のクイーンの小説作品には、『犯罪カレンダー』収録作のように、ラジオドラマのプロットを変えずにそのままで小説化したものがいくつもある。また、トリックやシチュエーションといった作中の要素が、ラジオドラマから取り込まれているものも少なくない。例えば、**「暗闇の弾丸」**が『帝王死す』、**「奇妙な盗難」**が『十日間の不思議』、**「ブービー・トラップ」**が「国会図書館の秘密」といった具合である。また、**「〈生き残りクラブ〉」**は、間違った推理が「動機」に、正しい推理が「結婚記念日」に使用。**「三人マクリンの事件」**の手がかりは、「運転席」に流用されている。さらに、**「三つのR」**と**「皇帝のダイス」**では、エラリーを欺く偽の手がかりをばらまく犯人が登場している。

ただし、小説作品への影響は大きいものの、関係の指摘以外には考察すべきこともないので、この程度にしよう。

5　ヒーローになる時

拙著『エラリー・クイーンの騎士たち』（二〇一三）では、探偵をヒーローとして描くかどうかがミステリ部分に影響を及ぼすことを指摘している。そして、小説と異なり、ラジオの連続ドラマの主人公は、ヒーローでなければならない。聴取者は主人公の颯爽とした活躍を楽しみに、毎週、ラジオのスイッチを入れるのだから。

例えば、クイーンも脚本を書いた連続ラジオドラマ「またの名をジミー・ヴァレンタイン」を見てみよう。原作であるO・ヘンリーの短篇「よみがえった改心」の主人公の金庫破りは、物語の主役に過ぎなかった。それが、ラジオ・シリーズになると、かつては犯罪のために用いた腕前を生かして悪と戦うヒーローに変身したのである。そしてもちろん、ラジオドラマの探偵エラリーもまた、ヒーローに変身せざるを得なかった。

では、その変化を、『エラリー・クイーンの騎士たち』の考察に沿って見ていこう。

①ヒーローは活躍すればいい――探偵ヒーローものには、ホームズの事件簿のように、謎解きがないエピソードもある。ファンは毎回ヒーローの活躍を期待するが、その活躍は、毎回推理によるものではなくてもかまわないのだ。そしてエラリーにも、**「ぺてん師エラリー・クイーン」**という、推理のないエピソードがある。

②ヒーローは常に脚光を浴びる――探偵ヒーローものでは、物語のかなりの部分にヒーローが登場

する。もちろん、ファンが見たい（聴きたい）のは、ヒーローの姿（声）だからである。クイーンのラジオドラマも、その大部分のエピソードで、探偵エラリーの登場場面が圧倒的に多い。クイーン警視やヴェリー部長が捜査するシーンは少なく、ほとんどが、エラリーに捜査結果を説明するだけである。クイーンの小説は探偵エラリーの視点で描かれているので、おかしくはないが、ラジオドラマは三人称的なのに……。もちろんこれは、ヒーローが脚光を独り占めするからである。ただし、シリーズが長く続くと、マンネリ打破のためか、サブキャラが脚光を浴びる話も作られるようになる。**「くすり指の秘密」**などは、そうしたエピソードの一つなのかもしれない。聴取者から、「ウチの息子が父親を馬鹿にするようになったので、たまには警視に事件を解決させてくれ」という要望が来たのかも……。

③ヒーローは崇拝者を持つ——ホームズに対するワトソンのように、崇拝者がいた方がヒーローは引き立つ。クイーンの場合、小説には崇拝者は存在しない（ジューナは〝崇拝者〟と言えないこともないが、出番が少ない）。だが、ラジオドラマにはニッキイがいる。加えて、ヴェリー部長もラジオではエラリーに対する崇拝度が高くなっている。この二人が「こんな謎、解けるわけないわ」とか「いくら大先生《マエストロ》だって、わからんでしょう」と言ったり、「言われてみれば、確かにそうだわ」とか「どうしてあたしは気づかなかったんでしょうな」と言ったりすることにより、エラリーのヒーローらしさが強まるのだ。……もっとも、二人がエラリーをからかったりするシーンもけっこうあるので、手ばなしの崇拝というわけでもないらしいが。

以上の点は、中後期の長篇小説には、まったく影響を及ぼしてはいない。というか、小説では、ひたすらエラリーの〝ヒーロー性〟を剝奪しているようにしか見えないのだ。むしろ、「逆の影響を及ぼした」と言うべきだろう。

もっとも、前述のショート・ショートでは、エラリーは「ズバッと参上、ズバッと解決」といった感じなので、こちらはヒーローだと言ってかまわない。だが、こちらの場合は、ただ単に作品が短いからに過ぎないと考えるべきだろう。

6　エラリーが先か事件が先か

ラジオドラマがもたらした最も大きい影響は、「探偵エラリーが事件の前から登場」という点にある。ラジオドラマでは、とにかく殺人の発生が遅い。こう書くと、「ラジオドラマ開始以前の『悪魔の報復』や『ハートの4』なども殺人が起きるのは遅い」と指摘する人もいるだろう。だが、これらの小説とラジオドラマには、大きな違いがある。それは、「ラジオドラマでは、エラリーは殺人が起きるのを予想している」という点である。

例えば、**「殺された百万長者」**というエピソードでは、身の危険を感じている富豪がエラリーに助けを求める。そして、エラリーと会った〝後〟に、殺されるのだ。一応、富豪の依頼は警護ではなく、命を狙っている相手（妹の婚約者を疑っている）の殺意を裏付ける証拠探しだという設定にはしている。とはいえ、エラリーが依頼を受ける決心をしたのは、殺人を予感したためだったので、やはり役立たずと言わざるを得ない。

これが、**「暗闇の弾丸」**だと、きちんと警護を依頼されたのに、予告された時間に殺人が起きるのを防ぐことができなかった。もはや、言い訳の余地はないだろう（トンネルの場所くらい事前に調べておくべきではないだろうか）。

他にも、**「墜落した天使」「悪を呼ぶ少年」「針の眼」「死を招くマーチ」「殺されることを望んだ男」「黒衣の女」「カインの烙印」「見えざる手がかり」「双面神クラブの秘密」「ゲティスバーグのラッパ」「くすり指の秘密」「一本足の男」「奇妙な盗難」**と、活字化されているエピソードを見ただけでも、かなりある。さらに、**「姿を消した少女」**や**「ダイヤを二倍にする男」**のように、殺人以外の犯罪の捜査中に起こった殺人を防ぐのに失敗している事件も、少なくない。**「クリスマスと人形」**のように、盗難を防ぐことができなかった事件も、これまた少なくない。はっきり言って、殺人も盗難も事前に防いだことはないようにさえ見える。

では、なぜラジオドラマでは、エラリーが関与してから殺人が起きるのだろうか？　法月綸太郎は、『犯罪カレンダー』文庫版の解説で、ラジオドラマが「物語のテンポと臨場感を重視する」ためだと述べているが、それは正しいだろう。だが、もう少し掘り下げてみることにする。

まず、国名シリーズ初期のように、殺人の発生→警視の捜査→エラリーの捜査→解決、という手順だと、ドラマとしては、以下の問題が生じる。

①主人公であるエラリーの出番が遅くなる。
②ドラマの大部分が、地味な捜査シーンになる。
③事件関係者の会話は尋問関係がほとんどになる。

①については、小説でも存在する欠点といえる。読者は「名探偵エラリー・クイーンの新たな活躍」を期待して読んでいるのに、なかなかエラリーが登場しないと、不満に思うだろう。クイーンもその問題は自覚していたらしく、『オランダ靴の謎』から、エラリーの出番を早くする工夫をするようになった。

一方、ラジオドラマでは、「エラリーのところに依頼人が来て～」という冒頭を持つエピソードが多い。作家であるエラリーに事件の捜査を依頼するというのはおかしな話だが、出番を早めるには、この手が一番簡単なのだろう。

逆に②は、小説では小さい問題だと言える。もともとミステリは少数のファンが読むものであり、彼らは捜査シーンが延々と続いても、不満は言わない。――というか、捜査シーンが気に入らない人は、そもそもミステリを買ったりはしないだろう（もっとも、ミステリ作家でも、J・D・カーや横溝正史のようにストーリー性を重視する作家は、捜査シーンを短くする傾向があるが）。ただし、ラジオドラマの場合は、大きな問題となる。小説の読者の何百倍もの〝ミステリに関心のない〟一般聴取者を獲得しなければならないからだ。法月が「物語のテンポ」と言っているのは、このことだろう。

最後の③は、ドラマでのみ大きな問題になる。事件の関係者を演じるのはプロの俳優（声優）であり、さまざまな場面でさまざまな演技をしてギャラをもらっている。しかし、捜査シーンで、警察に事情聴取をされるだけならば、腕の（声の）振るいようがないではないか。小説の場合は、クイーン警視が「あの夫婦は不仲だ」と語るのも、エラリーとニッキイの前で夫婦が口げんかをするのも、同じデータの提示になる。だが、ドラマでは――提示されるデータは同じだが――天と地ほども差があるのだ。

法月が「物語の臨場感」と言っているのは、このことだろう。

ここまではミステリのラジオドラマ一般に関する考察だが、クイーンの場合は、殺人の発生を遅くするもっと大きな理由が存在する。——それは、「エラリーの推理の鮮やかさのため」である。

前述のように、ラジオドラマでは、エラリーを探偵ヒーローとして描いている。そして、ヒーローとして描きたいならば、事件の解決までの時間は短い方がいい。犯行現場で「誰が犯人か皆目見当がつかん」と悩むクイーン警視。そこにやって来たエラリーが、現場をひと目見るなり、「お父さん、犯人がわかりました」と言い放つ——まさしく、探偵ヒーローのあるべき姿ではないか。しかも、クイーン作品の場合——小説もラジオドラマも——事件現場に決め手となる手がかりが残されている場合が多いので、「現場をひと目見るだけで解決」することは、可能なのだ。

ただし、ラジオドラマは三十分（初期は一時間）もある。開始早々に印籠を出すわけには、もとい、開始早々に推理を披露するわけにはいかない。そこで、「現場をひと目見る」シーンを後半にまわすために、殺人の発生を遅くするわけである。

「エラリーは物語の序盤から登場するが、殺人が起きるのは終盤」——クイーンのラジオドラマが多用するこういったプロットは、「主人公の出番を早くする」と、「主人公があっという間に事件を解決する」という相反する要求を二つとも満たすためだったのだ。

法月綸太郎は、前述の『犯罪カレンダー』の解説の中で、「（収録作の）特徴のひとつは、エラリイが事件の起こる前に関係者に招かれ、犯罪が行われる現場に居合わせるケースが目立つ」だと指摘し、「四〇年代以降のクイーン作品のプロットが、ラジオドラマ的なシナリオ作法に由来することを示唆してはいないでしょうか」と述べている。私も基本的には賛成だが、まったく同じではない。

というのも、『災厄の町』以降の長篇において、エラリーが事件が起こる前から関係者になっているのは、「エラリー導入プロット」――犯人が探偵エラリーの存在を前提とした犯行計画を立てるというプロット――のためだからだ。エラリーが関係者に加わってから犯行計画がスタートするわけだから、事件の前から犯行の舞台にいるのは当たり前だと言える。表面上は同じでも、聴取者を惹きつけるためにエラリーの出番を早めるラジオドラマとは、理由がまったく異なるのだ。

それならば、クイーンの中後期作に、ラジオドラマはどんな影響を与えたのだろうか?

私の答えは、「〝エラリー導入プロット〟のため、殺人の発生を中盤以降に回さざるを得なくなった。その際、殺人が起こる中盤まで、読者を退屈させないように、ラジオドラマで培《つちか》った手法を用いた」となる。

長篇小説において殺人が中盤以降まで起きないということは、殺人の謎も――犯人や犯行方法や動機の謎も――中盤まで存在しないということになる。従って、殺人の謎以外の何かによって、中盤まで読者を引っ張らなければならない。クイーンの読者層は、ミステリ・ファン以外にも広がっていたため、捜査シーンをゆったりと楽しむような読者は、ごくごく一部になってしまったのだ。――まあ、殺人が起きる前ならば、そもそも捜査シーンは存在しないわけだが。

というわけで、以下では、長篇において、殺人が起きるまでの長丁場を持たせるために利用した（と思われる）ラジオドラマを見てみよう。

『災厄の町』では、殺人の前に、ある一家に不穏な空気が漂い、殺人未遂が起こる。これは、**「悪を呼ぶ少年」**で、殺人発生までを盛り上げた手法。

『フォックス家の殺人』では、殺人は十二年前に起こった一件しかない。その事件の謎を追求するシーンだけで読ませるテクニックは、ジョージ・ワシントンの宝を探す**「大統領の5セント貨」**から。

『十日間の不思議』の、一家の不倫を中心とした不穏な雰囲気を殺人までつなげる手法は**「墜落した天使」**。恐喝から殺人への流れは**「マイケル・マグーンの凶月」**。

『ダブル・ダブル』の、「自然死や事故死に見える複数の死が連続殺人ではないか」という疑惑で引っ張ってから殺人に至る流れは**「双面神クラブの秘密」**。

『悪の起源』と『最後の一撃』では、次々に届く贈り物の謎で読者を中盤まで惹きつけているが、これは、次々に小物が盗まれる**「奇妙な盗難」**から。もちろん、さらにその根っこには、「は茶め茶会」がある。だが、贈り主が誰かを考えると、「は茶め茶会」よりも「奇妙な盗難」の方が、ルーツにふさわしいだろう。

『帝王死す』では、予告された殺人時刻に、刻一刻と近づいていくサスペンスで読者を引っ張っている。これはもちろん、同じように時刻指定付き殺人予告が登場する**「暗闇の弾丸」**の手法。

『緋文字』では、殺人まではエラリーとニッキイの目の前で不倫事件が展開する。これは、エラリーとニッキイの目の前で誘拐事件が展開する**「姿を消した少女」**。

ここまで考察すると、ラジオドラマは、クイーンの中後期の小説に〝影響を与えた〟というよりは、ラジオドラマの要素や手法を〝利用した〟と見なした方がいいようだ。

例えば、『緋文字』のプロットは、ニッキイ・ポーターが先にあったのではない。プロットの都合上、事件とエラリーの間に入るキャラクターが必要になり、ニッキイを利用したというのが正しいだろう。あるいは、「ジス・ウィーク」誌のため、〈読者への挑戦〉付きのショート・ショート・パズルを書く必要に迫られたので、〈聴取者への挑戦〉付きのラジオドラマからトリックや手がかりを流用した、と。

中期以降のクイーンは、長篇では重厚な本格探偵小説を、短篇では軽妙な本格パズルを書き続けた。これは、長篇も短篇も同じ手法で書かれている初期とは、大きく異なっている。同時期に、まったく相反する作風での執筆を可能にしたものは、ラジオドラマだったのだ。

併載の贋作はクイーンのラジオドラマだが、問題篇は実際に一九四八年一月二十二日にラジオで放送されたもの。問題篇しか入手できなかったので、自分で解決篇を書いてみた。この時期はフレデリック・ダネイではなく、アントニー・バウチャーがプロットを考えていたそうだが、あえてダネイ風の解決にしている。

第十五章　『エジプト十字架の謎』と『Yの悲劇』

【注意】以下の作品の真相に言及しています。
《贋作篇》エラリー・クイーン『エジプト十字架の謎』
《評論篇》エラリー・クイーン『Yの悲劇』
テレビドラマ『刑事コロンボ／構想の死角』

《贋作篇》刑事コロンボ／赤の十字架

〔第五幕までのあらすじ〕小学校の校長ヴァンは、過去の恨みを晴らすために、二人の兄の殺害をもくろむ。まず、金《かね》で雇った前科者のクロサックを利用し、三兄弟を狙う復讐者をでっちあげる。そして兄二人を殺してから、強盗の仕業に見せかけてクロサックを殺害。だがコロンボは、この偽装を見破っていた……。

第六幕

《シーン80》

内観。アンドルー・ヴァンの自宅の応接室。
コロンボとヴァンが話している。

ヴァン　「いつになったらクロサックを見つけ出してくれるんだ！　二人の兄が殺された今、やつは私を狙うに決まっているんだ！」

コロンボ　「いやあ、あたしたちも必死に探しているんですがねえ。やっこさん、どこに隠れて——」

応接室の電話のベルの音。ヴァンが出て、しばらく話す。

ヴァン　「きみにだ、コロンボ君。警察から」

コロンボ　「すいません」(電話を取り、しばらく話す)「ええ？　見つかった？　すぐそっちに行く」

ヴァン　「何が見つかったのかな？」

コロンボ　「クロサックが見つかりましたよ——死んでいました」

ヴァン　「ほう。死因は？」

コロンボ　「どうやら他殺のようですが……。いやあ、それにしても、先生は冷静ですなあ」

ヴァン　「なぜかな？」

コロンボ　「だって、自分を狙っていた復讐者が死んだのですよ。あたしだったら、まず何よりも、ホッとするでしょうねえ。ところが先生は、まっ先に死因を気になされた。——冷静じゃないですか」

ヴァン　(間を置いてから)「どうもまだ信じられなくてね。死んだのが間違いなくクロサックだとわかったら、安心すると思うよ」

コロンボ　「なるほどねえ。……そうだ、先生の車であたしを現場まで送ってくれませんか？　実は、あたしの車は修理中でして。ここにはタクシーで来たのですよ。それに、先生も現場をご覧になりたいでしょう？」

ヴァンは不満げな顔でコロンボの後に続いて部屋を出る。

《シーン81》

内観。ヴァンの車の中。
ヴァンが運転席、コロンボが助手席に座っている。

ヴァン　（両腕をハンドルの上に置いて）「それで？」
コロンボ　「はい？」
ヴァン　「それで、どこに行けばいいのかな？　クロサックの隠れ家の場所を聞いていないが」
コロンボ　（とぼけて）「あれ、言いませんでしたか？　いやあ、うっかりしてました」
ヴァン　（にやりとして）「知っていたら大変だ」
コロンボ　（道の前方を指さして）「そうですなあ。ええと、ここから百キロほど離れた郊外の山小屋です」
ヴァン　（エンジンをかけながら）「この道でいいんだな」
コロンボ　「ええ。……そういえば、あたしは、クロサックが隠れ家で死んだことも言っていないような気がしますが」

ヴァンは無言で車を出す。

《シーン82》

内観。山小屋の中。カメラ正面の壁には薬品棚。右と左の壁にはドアがある。中央のテーブルの上にはさまざまな物が置いてある。

死体はすでに運び出され、床に死体の輪郭が描かれている。警察官や鑑識が忙しそうに働いている。ヴァンはテーブルの上の物を（初めて見るような顔をして）手に取って眺めている。そこにコロンボが近づいてくる。

コロンボ「この山小屋は初めてですか？」

ヴァン「当たり前だろう」

コロンボ「そうでしょうね。——どうやらクロサックは、一人暮らしばかり狙う強盗にやられたようですなあ」

ヴァン「私はその強盗に感謝しなければならないな」

右手のドアから刑事が顔を出す。

刑事「コロンボ警部、ちょっと来てもらえますか」

コロンボ「ああ、いま行く。（ヴァンに向かって）ちょっと失礼しますよ」

コロンボはわざわざヴァンとテーブルの間の狭い隙間を通って右手のドアに向かう。この時、ヴァンの左腕に軽くぶつかる。

コロンボ「おっと、ごめんなさい」

《シーン83》

内観。同じ場所。ヴァンの上半身をアップで。

ヴァンはコロンボがドアの奥に消えたあとも、その方向を見つめている。ふと、左手の親指のつけ根から血が出ているのに気づく。

ヴァン　（右手のドアに向かって）「コロンボ君」

コロンボの返事はない。ヴァンはハンカチを出して傷口を押さえる。そのまま左右を見回すと、警察官も鑑識も左右の部屋で働いていて、部屋には自分一人しかいないことに気づく。再び傷口に目をやると、まだ血は止まっていない。汚い部屋を見ながら舌打ちをして、薬品棚に近づく。

《シーン84》

内観。同じ場所。薬品棚の前。ヴァンの手の動きを追って。

ヴァンは薬品棚から脱脂綿と半透明の瓶を迷わず選び出す。瓶のふたを開けると、確認もせずに、中身を脱脂綿にたらす。ヨードチンキが脱脂綿に染みこんでいく。

《シーン85》

内観。同じ場所。左右のドアが画面に入るアングルで。

コロンボ　（右手のドアから顔だけ出して、肩越しに大きな声で）「きみ、今の見たね」

コロンボのわきから先ほどの刑事が顔を出す。

刑事　（うなずいて）「ええ、見ました」

コロンボ　（左手のドアの奥に向かって）「きみたちも、今のヴァンさんの行動を見たね」
左手のドアから警察官と鑑識係が顔を出す。
警察官　「はい」
鑑識係　「目撃しました」
ヴァン　「何を見たというのだ」
コロンボはヴァンに近づく。

《シーン86》

内観。同じ場所。コロンボとヴァンのアップ。
コロンボ　「あなたが、そのヨードチンキの瓶を取って、罪を認めたところをですよ」
ヴァン　「馬鹿な。なぜそうなる」
コロンボ　（ゆっくりと）「いいですか。あなたはこの山小屋は初めてだと言った。車の中では場所も知らないと言いましたね」
ヴァン　（腹立たしそうに）「言ったが、それがどうした」
コロンボ　「だとすると、どうしてあなたは、その瓶の中身がヨードチンキだとわかったんですか？」
ヴァン　「それは……」
ヴァンは何か言おうとするが、手に持った瓶に目をやると、口をつぐむ。
コロンボ　「そうです。その瓶にはラベルが貼ってない。おまけに半透明です。外から見ただけでは、

ヴァン　絶対に中身がヨードチンキだとわかるはずがないのです」
コロンボ「では、どうして私にはわかったと言いたいのかね、コロンボ君」
ヴァン　「この山小屋は、あなたが用意したものだからですよ。二人の兄さんを殺した後、すべての罪をクロサックに被《かぶ》せて殺すために――」
しばらく沈黙が続く。やがてコロンボが口を開く。
コロンボ「アンドルー・ヴァンさん、あなたを逮捕します」
ヴァン　（微笑んで）「いや、コロンボ君。残念ながら、きみの推理は間違っている」
コロンボ（驚いた顔で）「あれえ、そうですか？」
ヴァン　「きみには言っていなかったが、私は鼻が利く方なんだ。ヨードチンキの匂いというのは強いからね。それで、この瓶の中身がわかったのだよ」
コロンボ（疑わしげに）「本当ですか？　瓶のふたはしっかり閉まっていましたよ」
ヴァン　「嘘だとしても、きみには証明できないだろう」
コロンボ（きっぱりと）「いいや、あなたは匂いで中身がわかったんじゃない」
ヴァン　「ほう。どうしてそう断言できる？」
コロンボは薬品棚の方に歩いて行く。

《シーン87》
内観。同じ場所。画面奥から手前に薬品棚、コロンボ、ヴァンが入るアングルで。

コロンボは薬品棚の前で両手を広げる。
コロンボ「実は、あなたを訪ねる前に、もうクロサックの死体は見つかっていましてね。あたしも現場を調べました」
ヴァン「なるほど。だからもう、死体が運び出されていたのか」
コロンボ「ええ。それで、あなたの家に行く前に、ここであることをしたんです」
ヴァン「あること？」
コロンボは薬品棚から瓶をひとつ手に取る。
コロンボ「この瓶も、半透明でラベルが貼ってありません。……中身は胃薬だったのですけどね」
ヴァン「それで？」
コロンボ「それで、あたしは、瓶の中身を入れ替えたんですよ」
ヴァン（呆然として）「中身を……入れ替えた？」
コロンボ「ええ、中身を――」
コロンボは瓶のふたを開ける。瓶を傾けると、中からヨードチンキが流れ出す。
コロンボ「――ヨードチンキと入れ替えたんですよ」
ヴァン「全部……入れ替えたのか」
コロンボ「はい。半透明でラベルが貼ってない瓶は、すべて」
ヴァンは床に流れるヨードチンキを見ながら立ちつくす。
コロンボ「ねえ、これであなたが匂いでわかったというのが嘘だと証明できたでしょう？」

ヴァンは何も言えない。

コロンボ　「これだけヨードチンキの瓶があるのに、あなたはたった一つの瓶だけを迷わず選び出した。最初から、瓶の中身を知っていたんですよ」

うつむいたヴァンが、ふと自分の左手を見る。

ヴァン　「この傷……金具か何かで切ったと思ったが……。そうか、コロンボ、きみがさっき、ぶつかった時に切ったんだな」

コロンボは肩をすくめる。

コロンボ　「さあ、どうでしょうかねえ。……ご想像におまかせします」

床を流れるヨードチンキがヴァンの足下に達したところで、

［画面を停止。エンド・クレジット。アイリス・アウト］

《評論篇》Murder by the Synopsis

テレビドラマ『刑事コロンボ』は、本格ミステリ・ドラマとして、高い評価を得ています。このシリーズを生み出したリチャード・レヴィンソンとウィリアム・リンクは熱烈なクイーン・ファンで、一九七一年には『九尾の猫』のテレビムービーを、一九七五〜七六年にはテレビドラマ『エラリー・クイーン』を製作。また、小説家としてのデビュー短篇は、クイーンが編集する雑誌「エラリー・クイーンズ・ミステリマガジン（ＥＱＭＭ）」の新人コーナーに掲載されました。

従って、『刑事コロンボ』には、クイーン作品のアイデアやトリックや手がかりが数多く盛り込まれています。クイーンの『ダブル・ダブル』を応用した『愛情の計算』や、「実地教育」を使った『溶ける糸』などなど……。

では、その中でも、最も〝クイーン度〟が高いエピソードは何でしょうか？　それは、クイーンの『盤面の敵』＋『レーン最後の事件』とも言える『断たれた音』でも、クイーンお得意のダイイング・メッセージを扱った『死者のメッセージ』でもありません。犯人と被害者の設定、決め手となる手がかり、そして推理の根幹までもがクイーンに由来するエピソード――それは、『構想の死角』なのです。

犯人と被害者

本エピソードの犯人ケンと被害者ジムは、ミステリの合作コンビという設定です。誰もがレヴィンソンとリンクをモデルにしたと考えるでしょうし、実際、マーク・ダウィッドジアクの『刑事コロンボの秘密』によると、ケンを演じたジャック・キャシディは、撮影中、「僕はどちらを演じているんだい。レヴィンソン？　それともリンク？」というジョークをとばしていたそうです。

しかし、ケンとジムはかなり対照的なキャラクターとして描かれているのに、どうしてキャシディは、自分がレヴィンソンなのかリンクなのか、わからなかったのでしょうか？　答えは簡単。二人のモデルが、レヴィンソンとリンクではなく、エラリー・クイーン、つまりフレデリック・ダネイとマンフレッド・リーだったからなのです。

これは私だけの見解ではありません。例えば、『エラリイ・クイーンの世界』の中で、F・M・ネヴィンズは「クイーン・ファンには犯人と被害者がフレッド・ダネイとマニー・リーをモデルにしていることはすぐにわかったろう」と書いています。

では、犯人ケンがフレデリック・ダネイ、被害者ジムがマンフレッド・リーだという証拠を挙げていきましょう。

①性格

『構想の死角』では、「ケンは社交的だがジムは非社交的」となっています。一方のダネイとリーは、デビューしてしばらくたつと、離れて仕事をするようになります。ニューヨークで雑誌やアンソロジーの編集、さまざまなイベントへの参加、各種会合への出席、といった活動をするのがダネイ。田舎に引っ込んで執筆に専念しているのがリーでした。シャーロック・ホームズ愛好家の集まり「ベイカー・ストリート・イレギュラーズ」のアメリカ支部を例に取ると、ダネイは立ち上げから中心となって活動していましたが、リーの方は、ダネイに誘われて会合に出たことが一度あるだけでした。

②執筆分担

クイーン作品における二人の執筆の分担は、「ダネイがプロットを書き、リーがそれを小説化する」と言われています。つまり、極論すれば、ダネイは――ケンのように――「エラリー・クイーンの作品を一行も書いていない」と言っても間違いではないわけですね。

また、リーの死後、マスコミに「一人で、あるいは他の作家と組んで書き続けることはないか？」と聞かれたダネイは、「『エラリー・クイーン』は、リーと二人で作り上げ、二人で書き続けてきたものなので、彼への礼儀としてシリーズはもう書くことはない」という意味の答えを何度もしています。このマスコミとのやりとりもまた、『構想の死角』でそのまま使われていました。リーの死去が一九七一年四月で、このエピソードが同じ年の九月放映であることから考えると、スタッフの誰かが、テレビで観たか新聞雑誌で読んだダネイの言葉を参考にしたという可能性も、無視できませんね。まあ、あまりにも近すぎるので、逆に、『構想の死角』のシナリオの方が先行している可能性もありますが。このあたりは、コロンボ・ファンの研究に期待しましょう。

③シリアス志向

ジムがケンとのコンビを解消しようとしたのは、「もっとシリアスな小説を書きたい」という思いからでした。そして、リーもまた、同じ希望を持っていたのです。本人自身もそう語っていたそうですし、『ガラスの村』や『孤独の島』といった、名探偵エラリーが登場しないシリアスなミステリは、リー主導で書かれたと言われていますから（ちなみに、ダネイの方は逆に、ゲーム性の強い、人工的なミステリが好みだったようです）。

もっとも、こういったクイーンの内幕は、一九七一年当時は、一般には知られていませんでした。とはいえ、レヴィンソン&リンクは、前述したように、EQMMに寄稿もしていますし、『構想の死角』製作の少し前には、クイーンの『九尾の猫』のテレビムービー版の脚本も書いています。従って、一般の人よりは、ずっと詳しかったに違いありません。

前述の『刑事コロンボの秘密』によると、レヴィンソンはこの犯人と被害者の設定について、「もちろん、ドラマの中のふたりは私たちをモデルにしていないが、殺人のアイデアとしては新鮮だと思ったんだ。（中略）おもしろいので、物語には私とリンクのキャラクターをジョークとして織り込んだんだ」と語ったとのこと。この言葉は、犯人と被害者の設定が、脚本家のスティーブン・ボチコのアイデアではなく、レヴィンソン&リンクのものであることを示しています。そしてまた、犯人と被害者はレヴィンソン&リンクをモデルにしておらず、それをほのめかすいくつかの要素は――二人の名字の頭文字が同じであることや、『殺人処方箋』という題名の本を書いていることなどは――後から付け加えられたものであることも。

ここで気になるのは、右のレヴィンソンの言葉にある「殺人のアイデアとしては新鮮だと思った」というくだり。原書を見ると、「新鮮なアイデア」の原文は「novel idea」となっていました。確かに

「novel」には「斬新な」等の意味があります。おそらく、レヴィンソンもその意味で使ったのでしょう。しかし、ここまで考察してきたことを加味すると、レヴィンソンの頭のどこかには、「novel」のもう一つの意味もあったのかもしれませんね。——「小説」という意味が。

手がかり

コロンボが犯人ケンを追い詰めた最後の決め手は、被害者ジムの残したプロット・メモでした。そして、コロンボがこのメモの存在に気づいたきっかけは、ジムの家で、内側にアイデアが書き留めてある紙マッチを見つけたからです。この紙マッチの書き込みについて、ジムの妻は「ジムのアイデア・メモの一つ（吹き替えでは「主人は何でもメモしたんです」）」と説明します。

では、エラリー・クイーンのエッセイ集『クイーン談話室』の邦訳書254ページの以下の文を見てみましょう。傍点は私が加えたものです。

> わたしたちはかがんで、机の横にある棚からボロボロになったマニラ封筒を引っぱり出しました。その封筒には、色あせたインクで「アイデア」と記してあります。その中にはたまたま浮かんだ考えや思いつきで、いつか使えそうなもの——プロットや性格描写の点描、会話の断片など——を走り書きしたものが入っているのです。
>
> わたしたちは封筒の中に詰め込んであったメモの中からいくつかを取り出しました。便箋の端をちぎったもの、請求書の裏、二つ折り紙マッチの内側、メニューの隅——「アイデア」が急に浮かんだとき、手近にあったものなら何でも使用したのでした。

さあ、どうですか？　本エピソードの手がかりのヒントは、このエッセイだったと考えられませんか？

私見ですが、レヴィンソン&リンクが『クイーン談話室』を読んでいる可能性は、かなり高いと思います。なぜならば、この本の257ページには〝電話番号で名前を示す〟というトリックが出てくるからです（アメリカの電話のダイヤルには番号の脇にアルファベットが添えてある）。実は、これはそのまま、レヴィンソン&リンク自身が脚本を書いたテレビ版クイーンの一エピソードに使われているのですよ。このエピソードのアイデアの元ネタは、『クイーン検察局』所収の「名誉の問題」という短篇だと考えている人が少なくないようです。しかし、『クイーン談話室』と「名誉の問題」を読み比べるならば、前者の方がより直接的に結びつくことは明らかでしょう。

推理

前述の『刑事コロンボの秘密』において、『構想の死角』は「全エピソードの中で最も優秀な作品（原文は"the finest of all the episodes"）」と言われています。その理由はいろいろ考えられますが、ミステリとして優れた作品になった理由は、たった一つしか考えられません。このエピソードが本格ミステリ・ドラマの傑作になった理由――それは、「全ての本格ミステリの中で最も優秀な作品」を下敷きにしたからです。もちろん、その作品とは、クイーンの『Yの悲劇』に他なりません。

前の節で挙げたプロット・メモの発見にたどりつくまでのコロンボの推理は、以下の通りです。

「最初の殺人は実に見事だった。ところが、第二の殺人はおそまつもいいところ。そこで、あたしは考えた。『ミステリも書けない男に巧妙な殺人が仕組めるのか?』ってね。それでわかった。最初の巧妙な殺人は、あんたの考えじゃない。二番めの間抜けな犯罪が、あんたの自作だってね。あまりにも差が大きい。(最初の殺人のアイデアは)あんたの相棒のものさ」

つまりコロンボは、同じ実行犯のはずなのに、第一の殺人と第二の殺人が、それぞれ別の人物が立てた計画だとしか思えなかったのです。そこでコロンボは、「第一の殺人は実行犯(ケン)ではなく別人が計画したものではないか」と考え、ジムのプロット・メモを探すことになったわけですね。

一方の『Yの悲劇』でも、実行犯と計画犯は別人です。実行犯は十三歳の少年ジャッキー・ハッター。彼は死んだ祖父ヨーク・ハッターの残した探偵小説のプロット・メモ(というよりは草稿《シノプシス》)を参考にして、殺人を犯します。計画犯はこのヨーク・ハッターとなりますが、彼は犯行を計画したわけではありません。探偵小説のためのプロットを考えただけだったのです。従ってジャッキーは、この草稿に従って現実に殺人を犯す際に、書いてない部分を自分で――十三歳の知能で――考えて埋めていかなければならなくなりました。かくして、事件の中に、「大人が考えた犯罪」と「子供が考えた犯罪」が、そして「探偵小説のための犯罪計画」と「現実の犯罪のための犯罪計画」が混在してしまったわけです。

では今度は、『Yの悲劇』の事件を解決した名探偵、ドルリー・レーンの推理を引用してみましょう(引用時に手を加えています)。

「ジャッキー少年の計画は手が込んでいて――巧妙で、疑いもなく大人の知能を思わせるものがあります。いかに早熟であろうとも、十三歳の子供が一人で考え出したものとは、どうしても思えません。

ところで、その計画の実行ぶりには、きわめて顕著な矛盾があるのです。――どうみても大人の頭よりも子供の頭から生まれたものと思われる矛盾なのです。

可能な解答は、ただ一つです。それは、大人が考え出した計画書があって、そのプロットどおりに子供が実行している場合です。

バーバラ（ヨークの娘）に会った結果、ヨークは探偵小説を書いていたに違いないという私の推測が正しかったのを知って満足しました。バーバラは、ヨークがその小説のプロットを書いていると言っていたこと以外には、何も知りませんでした。だが、それならそのプロットがどこかにあるはずだ！」

どうでしょうか？　よく似ていると思いませんか？　レーンもまた、事件に二種類の頭脳が混在していることから、プロット・メモの存在に気付き、それを見つけ出して事件を解決したのですから。正確に言うならば、「似ている」というよりは、『構想の死角』は『Yの悲劇』をわかりやすくシンプルにしたもの」と言った方がいいかもしれません。『Yの悲劇』は、一つの事件に二人の――しかも大人と子供の――知能が混在しているために、複雑すぎるきらいがあります。小説ならば、その複雑さが魅力になるのですが、テレビでは視聴者がついていけません。そこで、

・第一の殺人――探偵作家の計画

・第二の殺人――素人の計画
として、わかりやすくしたのでしょう。

クイーンの『Yの悲劇』は、江戸川乱歩のようなトリック至上主義者にとっては、「子供が犯人という〈意外な犯人トリック〉の作」に過ぎません。しかし、本当は、「大人の計画犯と子供の実行犯という組み合わせによるねじくれた論理を描いた作」なのです。『構想の死角』は、スタッフがこの『Yの悲劇』の持つ魅力をきちんと把握し、わかりやすくシンプルに変え、一時間半の本格ミステリ・ドラマに仕立て上げた傑作エピソードに他なりません。このエピソードによってシリーズが幕を開けた時点で、「刑事コロンボ」の成功が決まったと言っても、異を唱える人はいないでしょう。

この評論では、『刑事コロンボ』の一エピソードからクイーンの『Yの悲劇』を抜き出してみました。併載の贋作は、この切り口を逆にして、「クイーン作品『エジプト十字架の謎』の〝ヨードチンキ瓶の手がかり〟を『刑事コロンボ』で映像化してみたら」と考えて書いたものです。

「まえがき」に書いたように、本書では、本格ミステリのさまざまな作家やテーマに、贋作と評論の二方向から切り込みました。おそらくは前代未聞だと思われるこの試みに挑んだきっかけは、二つあります。（以下、敬称略）

一つめは、天城一の『密室犯罪学教程』。商業出版された『天城一の密室犯罪学教程』日本評論社版では他の短篇と組み合わされたりして趣向がわかりにくくなっていますが、一九九一年の私家版『密室犯罪学教程——理論と実践』では、以下の形式になっています。

・〈理論編〉は、横書きの左開き。ここには、「第一講　抜け穴密室」から「第九講　超純密室」まで、密室トリックを九種類に分類して論じた評論が収められています。

・〈実践編〉は、縦書きの右開き。ここには、〈理論編〉で分類したトリックを用いた十作の密室ものの短篇が収められています。

どうです？　実に洒落た趣向でしょう。似たような趣向の本としてはアントニイ・バークリーの『Jugged Journalism』（部分的にしか訳されていませんが）や堀晃の『マッド・サイエンス入門』（新潮文庫）などがありますが、頭一つ抜けていますね。このすばらしい趣向に自分なりに挑んだものが、本書というわけです。

二つめは、私が編んだクイーンの贋作・パロディ集『エラリー・クイーンの災難』（論創社）。このアンソロジーに、私の「ドルリー」という贋作（オマージュ作品）を、翻訳に見せかけてもぐり込ませたところ、かなり好評でした。本書収録の「翼上の小鬼」や「甲冑殺人事件」なども、同人誌での発表時にはプロの作家や評論家に誉めていただいたことがあったので、調子に乗って、本書の企画を思いついたわけです（なお、特に好意的な評を寄せてくれた芦辺拓には解説をお願いしました）

ここまでの説明にもある通り、本書に収録した贋作や評論は、同人誌のために書いたものがかなりあります。以下、その初出について説明しましょう。

第一章の贋作篇「翼上の小鬼」の初出は、〈ＳＲの会〉の会誌「ＳＲマンスリー」一九九〇年九月号。この〈ＳＲの会〉は、半世紀以上の伝統を持つ老舗ミステリ同好会で、私は高校の時に入会して以来——会誌の編集長を務めた時期も含めて——ずっと原稿を書き続けています。本作はこの時期に書かれた御手洗ものの短篇を読んで、島田荘司の手法が見えてきた（ような気がした）ので、評論にせずに贋作を書いてみました。書いている最中は気づかなかったのですが、このトリックは、小林信彦の『大統領の晩餐』第三章に出てくるトリックと、エラリー・クイーンのジュニアもの『THE MYSTERY OF THE MERRY MAGICIAN』のアイデアの組み合わせになっていましたね。

評論篇「奇想、犯人を動かす」は書き下ろし。ただし、内容自体は、現在構想中の『奇蹟を解く者たち』——Ｊ・Ｄ・カーを切り口に日本の本格ミステリ作家を論じた本——の島田荘司の章（の一部）を抜き出したものです。

第二章の綾辻行人篇は、本書のテスト版として、『本格ミステリー・ワールド２０１７』（二〇一六年／南雲堂）に書き下ろしたもの。そこそこ好評だったので、本書の刊行にＧＯサインが出ました。

第三章（天城一）で最初に書いたのは、評論「夢の中から火の島へ」で、手塚隆幸編集の同人誌〈名探偵研究シリーズ〉の一冊、「摩耶正研究第一集」（一九九四年）に発表。ただし、初稿の内容は、本稿の「ここで結論――『夢の中の犯罪』は欠点の多い作品だったが、『火の島の花』はそれらがすべて解消された佳作である。」という文まで。その後、「と、これだけ批判しておいて言うのも何ですが～」以降に書いたようなことを考え、贋作「夏と冬の犯罪」を書きました。こちらは私が天城一の米寿を記念して編んだ同人誌『天城一読本』に発表。甲影会が発行を引き受けてくれて、「別冊シャレード93号」として、二〇〇六年に発行されました。

第四章の贋作「甲冑殺人事件」は、〈神津恭介ファンクラブ〉の会報「らんだの城通信」の第六号（一九九一年五月）から第十号（一九九二年五月）まで五回にわたって連載したもの。「『甲冑殺人事件』を本当に書いてしまうなんて私くらいのものだろう」と思っていたら、一九九四年に二階堂黎人が『悪霊の館』で〝甲冑殺人事件〟を描いたので驚きました。しかも、作中探偵の二階堂蘭子が「（甲冑というのは）各部が重なり合って関節等を保護するような構造になっているのです。ですから、そういう隙間から……」と言うので、さらに驚きました。

また、「らんだの城通信」の第七十五号（二〇一六年十月）には、浜田知明が私の作の設定を取り込んで描いた贋作「もう一つの『仮面よ、さらば』」が掲載されています。

その神津ＦＣが創立10周年を記念して一九九九年に出した『名探偵・神津恭介読本』に寄稿したのが評論「罪なき探偵」。「甲冑殺人事件」のために、神津恭介についてあれこれ考えたことをまとめたものです。「罪ある探偵」は、この『読本』に載った他の執筆者の原稿を読んでいるうちに思いついた評論。文中にある「ある神津ファンの（〝魔性の人〟という）評」は、この『読本』に載っています。『読本』の第二弾に載せるために書いて編集者に送ったのですが、刊行に至らず、今回が初のお目見えになりました。

第五章の評論「〈見えない男〉はなぜ見えないか？」の初出は、前述の『天城一読本』。もともとは天城作品「高天原の犯罪」と「夏の時代の犯罪」を論じる必要上、G・K・チェスタトンの「見えない男」と「奇妙な足音」を考察した文でした。今回、そこだけ抜き出してまとめたわけです。

ただし、チェスタトンの考察は、二〇〇〇年あたりから始めていました。この時期、『エラリー・クイーン論』の原型となる連載を開始し、チェスタトンの逆説を〈意外な推理〉と重ねようとしていたからです。その考察を生かして書いたのが、贋作篇の二作。「21世紀・見えない男」が「SRマンスリー」の二〇〇〇年五月号（なので題名は「21世紀」ではなく「平成編」でした）、「21世紀・奇妙な足音」が二〇〇三年九月号です。前者は今となっては当たり前すぎると思うかもしれませんね。でも、発表当時は、スマホもタブレットも普及していなかった点を考慮してください（本書では加筆しましたが、しなかった方がよかったかも）。また、後者の初出時には冒頭に「本作は三月二十一日に脱稿しました」と添えていいます。もう忘れた人も多いと思いますが、二〇〇三年三月には、アメリカがイラクに侵攻しました。

第六章の贋作「幻の花嫁とのランデブー」の初出は「SRマンスリー」の一九八二年十一月号。評論「本格ミステリとしての『幻の女』」は書き下ろし。ただし、構想は同時期でした。ウールリッチの翻訳や研究で知られる門野集が一九八一年に創刊した、そのウールリッチの研究誌「DEADLINE」を読んで刺激を受け、贋作と評論を構想したわけです。もっとも、評論の方はその当時はまとまらず、『エラリー・クイーン論』を経由して、今回、ようやく書くことができました。

第七章の贋作「世界最短の密室」の初出は「ＳＲマンスリー」の一九八四年七月号。評論「密室の奥にひそむもの」は書き下ろしで、前述の『奇蹟を解く者たち』のＪ・Ｄ・カーの章から、贋作と結びつけることができそうな考察を抜き出しました。

なお、この贋作は、〈ＳＲの会〉会員の岸名沙月が漫画化して、宝島社の「ミステリー・シャワー」誌一九九〇年冬号に掲載されました。もちろん私は、原作料をもらいましたよ。

第八章の贋作「『第二の銃声』さらなる解決篇」は、「ＲＯＭ」94号（一九九五年）に評論として発表したものを贋作に改稿。「ＲＯＭ」とは「Revisit old Mysteries」の略で、未訳のクラシックの紹介を主な活動とする会と会誌の名前です。

評論「『アクロイド殺し』考察」は、クリスティ・ファンクラブ機関誌「ウィンタブルック・ハウス通信」の78号（二〇〇九年十二月）と79号（二〇一〇年九月）に分載。作中に書いているように、浜田知明との手紙による議論がもとになっています。

第九章の贋作の初出は、「ＳＲマンスリー」一九九五年五月号。一月号に会員の成田純一が寄せた〈日常の謎〉風エッセイ「四〇二号室の謎」に対する解決として書きました。従って、本作の問題篇では、このエッセイをそのまま再録しています。

評論「多重解決ゲーム」は書き下ろし。前半の『ギリシャ棺』ゲームの話は、作中にも書いているように、完成できなかった評論から。実を言うと、私はコンピューター・ゲームには詳しくないので、今回の原稿にミスがないか、遊井かなめにチェックしてもらいました。

第十章は、贋作・評論ともに書き下ろし。ただし、贋作の中で江神の語る推理は、「SRマンスリー」一九七七年十一月号に『女か虎か』の数学的考察」と題して発表したものです。当時、〈ゲーム理論〉がちょっとばかり流行っていたので（この理論を取り込んだ山田正紀の『謀殺のチェス・ゲーム』は前年に刊行）、それを「女か虎か」と組み合わせた考察でした。結局、ポピュラーな理論にならなかったので――「ゼロサム・ゲーム」という言葉が残ったくらいでしょうか――贋作では戦略マトリックスを外し、ゲーム理論を知らなくても楽しめるように変えました。

なお、有栖川有栖の英都大推理研の面々を出したのは、水準以上の推理をできる者が四人必要だったからです。でも、私が、彼らがディスカッションするシーンがお気に入りだという理由も、かなり大きいですね。また、ラストで江神が語る説は、評論篇と連携するために私が言わせたもので、有栖川有栖の考えとは無関係であることをお断りしておきます。

第十一章の贋作「二十一世紀黒死館」の初出は、「SRマンスリー」二〇〇一年九月号と十一月号。もともとはこの年の〈SRの会〉の全国大会――テーマが〝小栗虫太郎〟でした――での推理ゲーム用に執筆したものでした。従って、法水太郎、麟子、その他の人物、ナレーション、の四人だけで朗読できるようになっています。なお、初稿版は（小栗らしく）暗号の謎も入れていましたが、会員の評判が悪かったので、本書ではカット。代わりに、見立て部分を加筆しました。

評論「誰が殺人を見立てたの？」は書き下ろしですが、『ダブル・ダブル』論自体は、以前から考えていた（けど、うまくまとまらなかった）ものです。実際、前述の全国大会で、会員から「『二十一世紀黒死館』のアイデアはどこから得たのか」と訊かれた際には、「『ダブル・ダブル』の応用」だと答えています。贋作を書き、『エラリー・クイーン論』を書き、ようやく今回、まとめることができました。

この全国大会ではもう一つ、「なぜ作中人物の名前を（車田正美の漫画）『リングにかけろ2』から採ったのか」という質問も受けました。答えは、「主人公が叔父（高嶺竜児）や父親（剣崎順）を否定しながらも、結果的に同じ事をやってしまう姿が犯人と重なるから」でしたが、みなさんは、何のことやらわかりますか？

第十二章の贋作「盤面の強敵」の初出は、私が主宰する〈エラリー・クイーン・ファンクラブ（EQFC）〉の会誌「Queendom」81号（二〇〇七年十月）。評論「盤上の人形遣い」は、同誌93号（二〇一一年十月）に掲載された「女王の操り――クイーン作品の〈操り〉について考察する」から、『盤面の敵』関係を抜き出したものです。

第十三章の贋作「死ぬのは王だ」の初出は「Queendom」61号（二〇〇一年二月）。この二〇〇一年は『帝王死す』特集で、それに寄せた私のアンケート回答や読書会での発言をまとめたのが評論「王を殺す、冴えたやり方」です。

ところで、「死ぬのは王だ」の〝クイーンの小説の映画化企画がイアン・フレミングの小説の映画化にスライドした〟という設定に対して、あり得ないと思った人がいるかもしれませんね。ところが、日本のテレビ・シリーズでは、実際に起こったことがあるのです。その作品は、一九六七年から放映が開始された横山光輝原作の『仮面の忍者赤影』。このドラマは、本来は白土三平原作の『ワタリ』のテレビ化のために集めたスタッフとキャストでしたが、東映が原作者ともめて、企画が横山光輝原作にスライドしたと言われています。そのため、ワタリ役の予定だった金子吉延が青影を、四貫目役の予定だった牧冬吉が白影を演じることになったようですね。

第十四章の贋作「私立探偵の冒険」の成立事情は以下の通りです。まず、EQFCの会員がラジオドラマの脚本の問題篇だけを入手して会に提供。「Queendom」61号（二〇〇一年二月）ではその脚本を邦訳し、〝会員の推理〟を募集。それに応じて次の62号（二〇〇一年六月）に発表した私の解答が、贋作の解決篇になっています。なお、本書収録にあたり、脚本の前半三分の一ほどはダイジェストにしましたが、残りはほぼ完訳です。

ちなみに、F・M・ネヴィンズの『エラリー・クイーン　推理の芸術』には、「（エラリーとクラブは）二人とも殺人者として正しい人物を指摘する」とあるので、マレイが犯人だと思われます。手がかりはおそらく、ストローニック邸でエラリーが受けたチャラク団員からの電話。彼は、電話の相手がマレイだと勘違いして、暗殺の報酬について話したのです。エラリーの声を女性のライインカと間違えるはずはないし、ヴァズニーなら最初からグロズニア語で話すはず、といった推理が披露されるのでしょうね（違うかな？）。

また、私の解答を気に入ってくれた天城一が、さらにひねりを加えて、「春　南方のローマンス」という短篇に仕立てました。この作は『天城一傑作集3　宿命は待つことができる』（日本評論社）に収録されているので、お持ちの方は、ぜひ読み比べてみてください。

評論「クイーンのラジオ・デイズ」は、「Queendom」１０６号（二〇一七年五月）に「女王の戯曲――クイーンのラジオドラマについて考察する」という題で発表。私の編訳で二〇一八年に論創社から出る予定のクイーンのラジオドラマ集とのタイアップ原稿でした。

第十五章の贋作「刑事コロンボ／赤の十字架」の初出は、「Queendom」69号（二〇〇三年十月）。この時期、『刑事コロンボ』研究家の町田暁雄と知り合い、コロンボ熱が再燃して書きました。その町田が出した刑事コロンボ同人誌「COLUMBO! COLUMBO!」の第五号（二〇一一年六月）に発表したのが、評論「Murder by the Synopsis」。題名はもちろん、「構想の死角（Murder by the Book）」のもじりです。

穴埋めの「21世紀〈国名シリーズ〉」は、ミステリ関係の知人宛ての年賀状で二〇〇一年から始めた企画。ハガキ一枚に収めるために、毎年苦労しました。

では最後に、感謝の言葉を。

第九章の「四〇二号室の謎」の再録を許可してくれた成田純一氏に。同じ章の評論「多重解決ゲーム」をチェックしてくれた遊井かなめ氏に。第十四章のラジオドラマ脚本の翻訳を手伝ってくれた谷口年史氏に。すばらしい解説を寄せてくれた芦辺拓氏に。こんな珍妙な企画を通してくれた上に、いくつもの有益なアドバイスをくれた、南雲堂の星野英樹氏に。

そして、この「あとがき」に登場する、ファンクラブすべてに感謝します。私は、前述の「ＳＲマンスリー」編集長時代に、多くのファンクラブとつながりができたおかげで、会員ではないのに会誌をいただいたり、寄稿させてもらったりしました。そのため、他のミステリ・ファンよりも、かなり活動範囲が広くなっていると思います。そして、こういったファンクラブでさまざまなファンと出会い、語り合い、手紙のやりとりをしたからこそ、評論や贋作のアイデアが生まれたのです。こういったファンクラブの会誌という発表舞台があったからこそ、そのアイデアを書こうと思ったのです。こういったファンクラブのマニアックな読者に楽しんでもらおうとしたからこそ、練り込みや磨き上げに力が入ったのです。ですから、本書の生みの親は、多種多様で活発な日本のファンクラブだと言ってもかまわないでしょう。みなさん、ありがとうございました。

「あとがき」に登場するファンクラブで、現在も活動中の会の連絡先は以下の通り。
〈ＳＲの会〉http://blog.livedoor.jp/sr5520070318/
〈エラリー・クイーン・ファンクラブ〉http://www006.upp.so-net.ne.jp/eqfc/
〈神津恭介ファンクラブ〉〒２１１―００４１
神奈川県川崎市中原区下小田中４―５―18―Ｃ２０６　山前方
〈甲影会〉http://www4.big.or.jp/~yosimasa/

深水黎一郎
『ミステリー・アリーナ』(2015,原書房)

松田道弘
「新カー問答」『とりっくものがたり』
(1979,ちくま文庫)

芦辺拓・有栖川有栖
小森健太朗・二階堂黎人
『本格ミステリーを語ろう![海外編]』
(1999,原書房)

島田荘司監修
『本格ミステリー・ワールド2016』
(2015,南雲堂)

ウィリアム・アイリッシュ(コーネル・ウールリッチ)
「九一三号室の謎」
(1938,『早川　世界ミステリ全集4』)
『幻の女』(1942,同前)

アイザック・アシモフ
『黒後家蜘蛛の会』(1974〜,創文)

J・D・カー
『三つの棺』(1935,早文)
『皇帝のかぎ煙草入れ』(1942,創文)

エラリー・クイーン
『オランダ靴の謎』(1931,創文)
『ギリシャ棺の謎』(1932,創文)
『エジプト十字架の謎』(1932,創文)
『Yの悲劇』(1932,創文)
『TO THE QUEEN'S TASTE』
(1946,Little,Brown)
『ダブル・ダブル』(1950,早文)
『帝王死す』(1952,早文)
『クイーン談話室』(1957,国書刊行会)
『盤面の敵』(1963,早文)
「キャロル事件」『クイーンのフルハウス』
(1965,早文)
クイーンのラジオドラマは、小説化が『犯罪カレンダー』(1952,早文)、脚本が『ナポレオンの剃刀の冒険』(2005,論創社)と『死せる案山子の冒険』(同前)に収録。他の邦訳は『エラリー・クイーン　推理の芸術』を参照。

アガサ・クリスティ
『アクロイド殺害事件』(1926,創文)

マーク・ダウィッドジアク
『刑事コロンボの秘密』(1988,風雅書房)

G・K・チェスタトン
「奇妙な足音」「見えない男」
『ブラウン神父の童心』(1911,創文)
『ブラウン神父の秘密』(1927,創文)

F・M・ネヴィンズ
『エラリイ・クイーンの世界』
(1974,早川書房)
『エラリー・クイーン　推理の芸術』
(2013,国書刊行会)

アントニイ・バークリー
『第二の銃声』(1930,創文。原文は
HOUSE OF STRATUS版を参照)

ウィリアム・ブリテン
「ジョン・ディクスン・カーを読んだ男」
(1965,『ジョン・ディクスン・カーを読んだ男』
論創社)

エドガー・アラン・ポー
「モルグ街の殺人」
(1841,『ポオ小説全集3』創文)

リチャード・マシスン
「二万フィートの悪夢」
(1961,『運命のボタン』ハヤカワ文庫NV)

引用・参考資料一覧

※作者や作品に踏み込んだ言及をしていないものは省略している。
※出版データの西暦年は初刊時のものだが、出版社等は筆者が執筆の際に参考にした本の場合もあり、必ずしも最新の版とは限らない。また、翻訳作品は、あえてなじみのある旧訳の方を参考にした場合もある。
※短篇は、発表年と収録作品集の刊行年の開きが大きい時のみ、発表年を添えている。
※略号は、角文＝角川文庫、講ノ＝講談社ノベルス、講文＝講談社文庫、創文＝創元推理文庫、早文＝ハヤカワ・ミステリ文庫

天城一
「夢の中の犯罪」
（1949,『天城一の密室犯罪学教程』日本評論社）
「火の島の花」（1982,同前）

綾辻行人
『十角館の殺人』（1987,講ノ）

有栖川有栖
『江神二郎の洞察』（2012,創文）

泡坂妻夫
「意外な遺骸」『亜愛一郎の転倒』
（1982,創文）

飯城勇三
『エラリー・クイーン論』
（2010,論創社）
『エラリー・クイーンの騎士たち』
（2013,論創社）

江戸川乱歩
「カー問答」と「『幻の女』評」は
『海外探偵小説作家と作品』
（1958,講文）より。

小栗虫太郎
「後光殺人事件」
（1933,『失楽園殺人事件』扶桑社文庫）
『黒死館殺人事件』
（1935,教養文庫）

紀田順一郎編
『謎の物語』（2012,ちくま文庫）
※第十章で取り上げた以下の作品はこのアンソロジーの訳を参照した。F・R・ストックトン「女か虎か」（1882）、「三日月刀の督励官」（1886）、マーク・トウェイン「恐ろしき、悲惨きわまる中世のロマンス」（1870）、ジャック・モフィット「女と虎と」（1948）、クリーブランド・モフェット「謎のカード」（1896）、「続・謎のカード」（1896）。なお、「女か虎か」の訳では、男がどちらの扉を開けたかはっきりしないが、原文では右側だと書いてある。

島田荘司
『占星術殺人事件』（1981,講文）
『斜め屋敷の犯罪』（1982,講ノ）
『北の夕鶴2／3の殺人』
（1985,カッパ・ノベルス）
『本格ミステリー宣言II』（1995,講文）
『魔神の遊戯』（2002,文藝春秋）
『ネジ式ザゼツキー』（2003,講ノ）

高木彬光
『刺青殺人事件』（初稿版1948,岩谷書店）
『呪縛の家』（1949,角文）
『人形はなぜ殺される』（1955,角文）
『成吉思汗の秘密』（1958,角文）
『白魔の歌』（1958,角文）
『仮面よ、さらば』（1988,角文）

手塚治虫
第四章の『鉄腕アトム』からの引用は
「電光人間」
（1955,秋田SUNDAY COMICS版）より。

本格ミステリ戯作三昧
―― 贋作と評論で描く本格ミステリ十五の魅力

2017年 12月15日 第一刷発行

著者 飯城勇三
発行者 南雲一範
装丁者 岡 孝治
発行所 株式会社南雲堂

東京都新宿区山吹町361 郵便番号162-0801
電話番号 (03)3268-2384
ファクシミリ (03)3260-5425
URL http://www.nanun-do.co.jp
E-mail nanundo@post.email.ne.jp

印刷所 図書印刷株式会社
製本所 図書印刷株式会社

ISBN 978-4-523-26565-8 C0093